Your Body is
a
Wonderland

你的身体是个仙境

周晓枫
著

北京出版集团公司
北京十月文艺出版社

目录

你的身体是个仙境

她的脸和身材都变形得厉害——两年没见了，她刚刚在几十个小时以前做了母亲。我的女友怀抱满身通红的褶皱婴儿，给我古怪的错觉：看陌生人抱着小怪物。这就是女人的幸福。女友向我出示剖腹产的刀口：纱布红红黄黄的渍迹，刀口长得吓人。人们从她的血肉中夺取孩子，从此，她的命被劈开了。

我的腹部有一道相似的伤痕，它跟了我二十多年，我都快忘了那是手术刀的业绩了，好像与生俱来，我天生就不完整。九岁那年，它如此醒目，我直起身子或弯腰都疼，身体藏了把折刀似的。

肉体意识通常是由疼痛唤醒的。那天放学途中我有意落在后面，缓慢地蹲下来，背靠涂满炭黑字迹的电线杆，最下面那行斜写的字迹就印在我身后：“金明军是条狗！”蝙蝠缭乱地飞，我承受剧痛，却羞于求援。路人黑色的脚在眼前交错。身体的灾难瞬间就把我推入深渊。天黑了，我遭到蒙面世界的抢劫。

大夫后来对妈妈说，畸胎瘤已经体位扭转，再晚来一会儿我就会休克。他诧异我为什么独自忍受那么长时间而不叫喊。他不知道我害羞到什么程度，尤其针对与肉体相关的事情。我幻想自己有鱼一样无声无息的肉体。

或者，我预感到这种不详的疼痛会带来羞耻。住进妇科，我是多年来病房里年龄最小的患者。肿瘤自我降生就寄存体内，跟着我一起长，如同我的胎儿。妈妈叮嘱我，一旦别人问起，要说做了阑尾炎手术，千万别提妇科。体检时校医怀疑了：阑尾炎手术刀口怎么会在这儿？我坚持妈妈的说法，死不改口。我从九岁起就开始为了名誉而撒谎……像真有了什么可耻的把柄。为避免难堪，我后来尽量不去医院看病，身体不适也习惯忍着。

在医院里看的那场悲喜交集的电影，我终生不忘。术后一星期，护士把我推到休息室看电视，正在播放香港喜剧《蟋蟀皇帝》。让人非常痛苦的喜剧——因为我笑的时候震动伤口，疼得我忍不住哭。休息室里只剩我一个人，坐在轮椅里，无力把自己推回去。我又的确被剧情吸引，就这么边看、边笑、边哭。等护士把我送回病房，我伏在枕头上，泪水流得更欢。我不知道为什么会觉得委屈。一个不纯洁的妇科手术，让我连承受欢乐的能力都丧失了。

生育，治愈了我的女友自少女时代起的痛经。我记得每个月都有几天，她突然改变的脸色，和那种挣扎与隐忍的表情。

有一次，女友白色的纯棉裙子上，印染了可疑的暗血……颜色特别脏。我没上体育课，一路掩护她回家，走在后面，亦步亦趋——我挪开一点，难堪的污迹就暴露无遗。走着走着，我对她有了一点嘲笑和鄙夷。我知道经血正使她散发一股越来越浓的烂鱼味儿。

女友艰难地爬上床铺，让我给她灌暖水袋。暖水袋呈肉红色，软塌塌的，又带着温度，看起来像什么动物的内脏。她的卫生带里也垫有一层自行车内胎般的肉红色胶皮，洗涤的时候特别恶心，尤其，还要在阳光里曝晒它，上面搭着遮羞的毛巾。女友蜷腿躺下，紧闭眼睛，嘴里“咝咝”地吸着凉气，活像条毒蛇。

常识老师已经对我们进行过生理卫生教育，课上得别别扭扭的，男女分别关在小黑屋里看幻灯片。女孩的成长验证着老师的话，她的确告诉了我们一条真理：作为女性，青春的开始是以流血作为标志的。

月经就是在我体内发生的月食。我的性别决定我将终生遭受来自肉体的麻烦。

读美国女作家安贝蒂的短篇小说，有一段话我印象深刻："他不清楚皮亚被割掉的是哪个乳房。可这显然是无关紧要的。失去一个乳房是可怕的事，但它毫无疑问是男人们所无法感受的，"然后她说："就像女人无法知道睾丸被踢的感觉一样。"我和许多女性同样习惯说："你们男人不懂……"这里面有无奈、有拒绝，也有自得，炫耀比男性更多的负荷。陷入苦难无法自拔的人，总是要这样保持孤独或者掩盖脆弱吧。安贝蒂的话让我有所省察，也许我习于对女性身份自怨自艾，而忽略了男性的苦痛。怀疑和检讨之后，我发现，安贝蒂虽然说出了男女各怀肉体被袭的隐忧，但其间存在重要区别。睾丸被袭一般发生于欲行不轨的情况下，是意外；但是，只要你是个正常女人，就将一生被肉体的疼痛所威胁。卵子的酝酿，使女人交替处于流血和妊娠之中，别无选择。和男性不同，流血和疼痛正是健康女性的常态。

快过30岁生日那天，我在浴缸里滑倒了，我看不到任何外伤，但是大量的血奔涌出来，顺着腿流，漫过脚面。无法遏止的失血，使我的体温迅速下降，我浑身发冷，剧烈地颤抖，牙床不住磕碰，根本打不了求助电话。我只有听任血流。那是一种奇怪的感觉，我觉得自己从内部摔碎了。我第一次目睹，自己储存了那么多的血以备伤害。

我帮助过一个流血的少女，并非自愿，我不知道怎么摆脱她的恳求。15岁我因烫伤住进烧伤科病房，漫长而收效甚微的医治过程令人沮丧，我的兴趣转移到观察病友出出进进，看到那些与自己同样遭受残损的身体也许能缓解焦虑。

凤梅的手指碾进了烫衣设备中。从她后来的哭诉中，我们得知，悲剧起源于嫂子的多疑。凤梅从农村来城里投奔表哥，原来做餐厅服务员，但餐厅离家近，表哥工作的派出所离家也近，无端猜测的嫂子为避免两人中午偷情，执意把凤梅调到离家远的、附属自己单位的洗衣房，以便监督。半个月后，凤梅出事了——不满19岁，烫衣机碾断她六根手指。

凤梅嫂子陪床了两天，她的妒忌使我增加了对她的关注，但她太普通，让人迅速忘记她的长相。我对她表哥印象深些，他探视的次数勤，那个中年男人有张微微肿胀的方脸，下眼泡浮起，看人的时候歪着脖子。

凤梅残破的手被纱布重重裹缠，两个拳击手套式的大坨子，使她不能自己吃东西，不能自己上厕所，事事要人服侍。

烧伤科中许多人行动不便，护士忙不过来的时候我去帮忙。凤梅没完没了地吃喝拉撒。我给凤梅削苹果，她一次至少吃三个。从没收到过这么多慰问品吧，她简直像过节，我替她的胃口不好意思，她丝毫没有一个少女病人应有的优雅的虚弱。凤梅每天两次大便，淤积的食物使她肠胃繁忙，我们经常听到她放屁。如果尿壶拿得不够及时，她会失控地尿到床上。我渐渐失去了最初的同情，长得不好看，还说蠢话，凤梅微胖的肉体制造太多麻烦。我其实嫌恶凤梅，照顾她是为了让自己更讨护士阿姨的喜欢。有一次，我没有及时拿来尿壶，我的从容里暗含一种惩罚……尿壶没有接应上，当着我和同室病友的面，她掀开被子，尿液呈弧线喷射出来。

后来凤梅露出破绽。她向我请求："你给我表哥打个电话，就说我来月经了，让他给我拿卫生带过来好吗？"我惊讶又羞耻，难以想象这话怎么能对一个男性启齿。凤梅安慰我："没关系，他都结婚了，什么都懂。"问题不是他懂不懂，是我难堪。我直觉地判断出，凤梅有隐情，因为她毫不避讳让表哥了解自己的生理周期。

大概，幸福对一个少女来说，是难以作为秘密保存的。几天以后，凤梅不仅承认私情，还讲到嫂子的性爱习惯——每星期五晚上她必有所要求，那是表哥告诉她的。凤梅说："表哥只爱我，我也非他不嫁，等他离婚了，我们马上结婚。”她哧哧地笑，然后俯在我耳边低语：“男的怎么那样呢？”她讲起令人尴尬又心跳的细节。想起凤梅曾经声声喊冤，我不明白她为什么能那么理直气壮。这时，她完全忘却残疾的痛楚，沉浸在肉体的享乐回忆里。

身体的花园已经开始凋败……凤梅眼眶里含着想念的泪水，她的上肢断了手指，下体流着血，痴情地，等未来路上心思叵测的表哥。

这是必须承受的伤害吗？女性成长，要面临那么多险境。淘气的男孩以恐吓胆小的女生为乐，权要人物不断瞄准新的尤物——这是成功的标志。侵犯甚至从童年就开始，我从未忘记那些恐惧。

上课铃响起，我打开铅笔盒，赫然看到一条硕大的深绿色豆虫。震动使它转变方向，露出从头到脚两排绵延的腹足。瞬间，惊恐让我头脑空白，濒临爆炸。然后。我吓哭了，但不能哭出声破坏课堂纪律。数学老师不喜欢我，她跟我说话带着明显的厌恶。她是我至今所知的态度最鲜明地讨厌我的人，她毫不掩饰。我对她的恐惧逐渐和对数学的恐惧糅合在一起。我曾装病缺课躲她，越发跟不上教程，傻子一样看着莫名其妙的公式，成绩拖了全班后腿，当然更增加了她的反感。同桌的恶作剧似乎是暗合她心意，她格外温和地鼓励那个顽皮男孩回答问题，丝毫不理睬我的战栗。我一直哭，不知怎么停止……我缺少一个哪怕是象征性的安慰。我坚持无声地哭满了整个一节课，虽然到后面，坚持的毅力远远超过悲伤。领会了数学老师的默许，下课铃响之前，同桌用圆规几次扎我的腿，低声说："你等着。"利用课间，似乎出于对我的补偿，他报复了那条虫子。他趁虫子向外爬的时候用力按下铅笔盒的盖子——身体变形挤压出体液，它被斩断，逃出来的是头部和小半截胸腔。那是一条隶属妇科的肉虫，它的头很像儒艮——就是被水手称为美人鱼的动物，它的腹足如同增殖的乳头。铅笔盒成了盛敛它残肢的棺材，我满脸泪痕，不得不自己把它扔进垃圾道。这桩小事留给我这样的不实印象：我的自尊被女老师伤及，而我同时迫使一条妇科的虫子去死……那个肇事的小男孩，正热衷于和伙伴打闹，他和此事牵扯甚少。

另外的例子来自若叶。若叶品学兼优，成绩总是位居年级排行的前列，不仅如此，她还会拉二胡，才艺和长相超出人们对于好学生的要求。我还记得她穿着红裙子在联欢会上表演的样子。她的命运瞬间被改写。学校组织春游，若叶专心致志地观察点水的蜻蜓，一个男生偷偷靠拢，出其不意地，把一条泥鳅放进她的后衣领。若叶惨叫，变了嗓的古怪声音把我们吓住了，谁也没反应过来马上帮她把泥鳅取出来。她突然沿着拒马河岸跑，鞋掉了，就光着脚跑……老师沿着石块上的血迹去追。若叶后来休学很长时间，用以治疗癔症。回到学校，以往的光荣不再了，她当众犯病，全身抽搐，口吐白沫。当她被按倒，上衣掀露，可以看到她的肚皮和半个微隆的乳房……有经验的食堂大师傅死命地往她嘴里塞进半个肮脏的土豆，以免她咬掉自己的舌头。一些人出于宗教原因不吃无鳞鱼，我模糊记得，从若叶出事以后，我再也不能把泥鳅和鳝鱼当作食物——凝聚两种最让女人害怕的动物形象：它们有老鼠的头、蛇的身子。

我知道不应苛责。那些小公鸡尚未发育，哪里懂得爱护。他们会经历蜕变，成年以后开始倾慕并追逐女性。捉弄女生的坏小子也许变得充满绅士风度，爱玉怜香，勇于担当。谁会意识，这些妙曼女性，从某种意义上说，已是两性战争的幸存者。

整个下午，孩子吹胀白气球，系在晾衣绳上。自愿结合的队伍进行比赛，按照排球规则计分，乳白色气球被争抢和传递。奇怪的是很长时间不被干涉，孩子们信马由缰，家长很少涉足这个荒僻的后院，有人偶尔路过，诡异地笑，不置一词。孩子兴高采烈，不明白手中的玩具其实更与成人游艺相连。等那个贡献避孕套的孩子遭到父亲暴打，我们猜测出，这个世界上有的道具、有的内容，禁止曝光。

奥秘就在黑暗深处，需要我们自己摸索。我躲在蚊帐里仔细地翻查字典，查找和生殖有关的词汇。阅读小说，也可以嗅到有限的暗示。我定期拜访五窨口公厕，那扇摇摇欲坠的黄油漆门板内侧，经常出现龌龊的文字和插图。

好奇心驱使下，从小一起长大的林小森恳求我带他参观女厕所，我同意了。出于保守秘密的需要和知恩图报，林小森也侦察了男厕所，确认无人之后掩护我入内。我鬼鬼祟祟，心跳狂乱，迈进几步就惊惶地退出。但这个惊险的时刻不幸被邻居小姑娘撞到，她威胁去告密，除非，我肯献出贝壳项链作为缄口条件。我失去了自己的珍爱，很长时间又提心吊胆，怕小姑娘不能守口如瓶。令人羞耻的把柄在她手里攥着，听说她得了猩红热，我暗暗希望那是一种致命疾病。20年过后，如果快餐厅里的女厕被占用，许多女客会临时征用一下男厕，把那个狭小的单人洗手间划上门闩就行了。我从来不能。我深知自己擅闯禁区后落下了漫长的后遗症。

对性满怀迷惑，但没有一个明朗的渠道能让你有所了解和交流。我鄙夷自己有一个贱性的肉体。我鄙夷到专门在经期吃冷饮、长跑，我对它蓄谋折磨。因为认定女友们冰清玉洁，都纯洁无恙，只有自己沾染了难以启齿的泥浆，我变得孤僻。何况，我的过去有不能去除的污点。很久以后才省悟，李椰姐姐的问题就是我的问题，就是许多成长中的女性共同存在的问题……若干年前，她的手向我摸过来。

坐在花池的石头上，刮着五六级风，骑自行车的有人戴着口罩，他们躬下身子以求减低风压，根本无心留意路边并排坐着的两个女孩。李椰姐姐假装取暖，把右手伸进我左边的裤兜里。裤兜事先被她用一把折叠剪刀剪开，这样她的手指就可以触摸到我的隐秘之处。她比我大，我听从，但情绪紧张，我隐约意识到这是不洁的，但我无力其实也无心反抗。我从未萌生过告诉家长的念头。我不能分辨，她究竟真的喜欢我的身体，还是仅仅因为需要诱导我去抚摩她。把我带到阴暗的楼道拐角处，李椰姐姐握牢我的手停留在她的乳房。我的指端逐渐感觉得到她的皮肤因为受凉和受到刺激而产生的细腻颗粒。当她试图进一步指引，我的手已经下滑到她的腹部，好像忽然听到楼下奶奶叫我的名字，于是我逃难般地跑开了。

李椰姐姐继续教育我。她给我讲红军女战士遭受毒打的故事，兴趣集中在表述里面的猥亵部分。她讲特务如何玩弄女战士的身体。为了加强效果，提到拷打，她用布垫着从炭火中取出的烧红的铁片，将另一端按实在我的手背。缭绕青烟从皮表升起，我闻到自己被灼伤发出的味道。李椰姐姐还给我表演男人的撒尿姿势。操场边一间破落的厕所，临时搭建，供部队练兵比赛用，因为不久就会拆除，所以里面极其简陋，泥糊的墙体掺着稻草，只有一扇窄窗，装着几根不平行的铁棍……透进的光，照着面前少女赤裸的下体。我同时负责留意外面，怕有谁朝这边走过来。坦率地说，我的确没有从中体会到乐趣，手背上的疼痛、心理紧张加上她迫使我直视的口气，都让我希望一切尽快结束。尽管一直抖，但她一直坚持着在冷空气里光腿站着。她胆战心惊地展露着她的胴体和欲望，它们太蓬勃了，让处于蒙昧期的我茫然又畏惧。我几次看到她淫邪的行为，李椰的形象对我来说，有点魔鬼的成分。

李椰后来被父母送给了保姆，表面原因是那个保姆无后，又特别喜欢她。内幕并非如此。父母格外偏宠他们三代单传的儿子，所以当发现李椰与弟弟之间危险的肉体游戏，他们震惊之下迅速做出抉择。这个秘密，我可能是除她父母外唯一的知情者。

和李椰的短暂交往影响我的未来。首先是我今天认为性取向并非我们自己认定的那么天生和绝对。设若我那时与李椰年纪相仿，她更善待我，环境和气氛更配合，很难保障我始终排斥而毫无欢娱。有些人的同性恋倾向可能埋伏得很深，甚至不被自己知晓，直到某人到来，某个情节发生，才发现自己能与同类坠入情网。女同性恋者赞美恋人的嘴唇柔软，肌肤光润，远比男体优美诱惑。由于双方身体结构的相似性，不需要对敏感区域做出暗示和引导，更可享受销魂性爱。我对同性恋的态度比较正常，不会卫道士般地夸张反感，得益于童年的僭越。但同时产生了反作用力：与观念形成对比的，是我行动上的桎梏。我抗拒接触女性的身体，包括母亲和密友，我尽量回避包括握手在内的亲昵行为。那种除了礼节之外与女性的主动亲近，几乎被我完全清除。当女友偶尔揽着我的肩，本能抗拒使我的身体立即僵硬，虽然我能坚持着不说，但假若她敏感到了并且放手，的确令我如释重负。做一个书面选择测试题：假设必须和陌生人同眠，我似乎更倾向于男性。

躲避女性身体的态度，不仅仅针对女伴，还包括我自己的身体。

发育期用尺寸极不相适的胸罩束缚自己，我认为穿上紧身毛衣显现的起伏岂止不雅，更是羞耻。每次要花费长时间才能艰难地系上那几粒半透明的小塑料扣，我冻得嘴唇冰凉，当终于成功，纯棉胸罩马上如坚固的铁丝紧勒肋骨。连睡觉都不松开扣子，我以为长此以往，就会拥有男孩子般的平伏胸膛。乳房下面贯彻到后背的那道暗紫伤痕，数年不愈，因为有时会勒出血，洗澡的时候我忍不住在冲沸而下的水流里偷着流泪。

要参加区里的排球比赛，学校为保证主力队员上场给我们服用避孕药，这样可以错过经期。我体质敏感，吃了以后有恶心反应……就像魔鬼出现，搅扰了月夜下的潮汐。但心里是喜悦的，药物帮助我省却麻烦，我觉得自己利落、矫健、身轻如燕。如若没有副作用，我真想靠着药片，摆脱肉红色胶皮和叠厚了的卫生纸的纠缠——自然界里，没见过卫生纸那么不清不楚的粉色，弄上血迹，污浊不堪。

说到底，我不喜欢自己的女性角色，觉得上帝让我做女孩是种处罚。尽管为我热衷的文学作品里充满对少女和母亲的咏唱，依然不能有所安慰。女性因为孕育受到赞颂，她们身怀人类的未来——但我也知道这是对子宫和阴道的美化。神圣的诞生之地，让我联想到已获得的科普知识，我难以在其间维持平衡。我知道，某些鱼类、鸟类、两栖类和爬行类等动物，它们的肠道、输尿管和生殖腺的开口都在一个空腔里，这个空腔叫作泄殖腔。我嫌脏。

成熟各有标志，但对许多孩子来说，了解生殖秘密都是一个重要裂变，它撕开洞见黑暗的口子。我从乖巧变得叛逆，有时挑衅地跟母亲顶嘴。她曾经是我以为世上最完美的母亲，但她，竟然暗中辜负我……我不能解释我的委屈和敌意。明白了途经阴道的出生，我心理不适，对母亲和自己都怀有轻视。

我没有努力矫正自己病态的洁癖，并未意识，我要的纯洁，本身含有非人元素。我致力于把自己塑造得不存杂质，好像那样，就能赎回我的不洁往事。我读书，甚至强迫自己阅读兴趣不大的哲学著作：因为那个抽象世界里没有肉体，涉及肉体也经过科学改良，如同医学的穴位挂图早与欲望无关。越不受欲望拖累的人就越高尚，越有教养——我的教育和自我教育，逐渐精简为清除自己肉体的过程。

我的脑袋越撑越满，身子越来越萎缩，像个蝌蚪。我继续努力，尽量缩小下半截所占有的肉体比例——完全剪除最好，只有头脑，没有身体。回想起来这很滑稽，我的自我形象设计，仿佛就是从一个精子向一枚卵子的努力。一个自我圆满的卵子。不被侵犯，不会演变。在对纯洁的坚守中，完成一生的谢幕。

13岁的我，半带叹息半带炫耀，对我的密友宣布：我这辈子，决不结婚。

问题是，对小说里描述的动人爱情我是向往的。怎么才能爱一个人而绕行肉体，我有柏拉图。我的初恋时间漫长——由于长期缺乏进展而造成的拖延。和他数年不说话，我猜一旦开口就有危险，沉默保障着肉体之间迢远相隔。我的“爱”是名词性质的，静止，稳定，不动声色；作为动词的“爱”，我力争淘汰。

所以，当某一天他的举止破坏了缄口不语的和谐关系——那被我视作完美的和谐关系——我被伤害了。只要不能妥善处理“肉体”这个障碍，我就无从学会面对爱情最重要的态度：无所畏惧。我踮起脚，贼似的溜走。我当时想，我会用一生来纪念这场尚未发育就结束的羞怯爱情……一生啊，我用那么大的一座坟去埋婴儿的骨灰。

男女相互找寻另一半的历程多么消耗体能和智慧，据说，这样人类就没有余力和神作对。上帝既然万能而仁爱，为什么不让人雌雄同体，像一朵花那样，从容优雅，自己的雄蕊围绕着自己的雌蕊……但倘若它们抚触自己岂不接近手淫？我奇怪手淫受到极端攻击，一个不与他体碰触的自足行为何以远离贞洁？不侵犯他人财产的情况下爱抚自身却不道德，好像它是吸毒既损伤自己又埋伏着危及他人的隐患……我们对自己究竟有无所有权和使用权，有无权利娱乐并享用自己的身体？或者说，是否必须放弃自己制造欢乐的能力，当肉体有所需求，只能求助异性才合情合理、无可指摘——甚至必须是法律允诺的异性对象。或者，这是限制人类自私的办法，除非与人分享，否则你无权独吞肉体快感。

尽管判断上存疑，但从青春到成年，我的身体始终处于荒凉的纯洁之中，既无男友又无手淫的打扰。说白了，还是不喜欢肉体得到享受，我厌恶它。我不喜欢附属它的皱纹、疤痕、赘肉、斑点、茧子；我不喜欢它的气味；我不喜欢它对欲望的向往；我不喜欢它快乐，不愿它获取满足。在这种持续的反感情绪下，我很少观察自己，洗澡都潦草，总是趁浴室里还雾气蒸腾就穿戴齐整。有一次，我放掉浴缸的水，看到水流漩涡中有朵下陷的玫瑰，也看到其中夹裹着几根自己掉落的长发。突然想到，一天天老去，我从来不曾完整地了解自己，比如我不知道自己的背部曲线什么样儿。犹豫了一下，我搬来里屋的梳妆镜，背对浴室敞阔的那面镜子……镜子繁殖着我的背影，我发现，我竟然对自己这个与生俱来、相伴而行的裸体分外陌生和恐惧。

那个炎夏，我的另外一个女友带着男朋友来找我玩。她的男朋友骑着一辆破旧的自行车，十多里地，她就坐在摇摇晃晃的后车架上。我一眼就注意到她男朋友的血脖子——衬衫领根本遮不住那些印子，好像被什么动物抓过一样。我知道那是女人的指甲。女友后来承认了自己的作为，她脸红了，没有详说缘由。他们在外人面前也难以克制柔情蜜意，来往着小动作，交流燎烈的眼神……让人猜测不出，那些新鲜抓痕，是爆发争执还是性欲癫狂残留的记号。

两件同样的道具：自行车和血迹，让我想起故交。交往数载，我们的友谊水净沙明——那是一种分外美好的情谊：相互欣赏，彼此又无企图，性别提示似乎不存在了，我们把对方改造成了中性。重复着的美好也会让人疲惫吧，结局逃不出花败春逝……我的朋友突发奇想，力图改良友谊的土壤。天资聪颖的他骄傲、固执，承受失败的能力稍弱，所以当他的情爱建议遭到否决，少年的坏脾气被激发起来。而我也坚持：男女之间一旦与性牵扯，友谊就会迅速腐烂。我们之间，爆发了秘而不宣的暗战。心理对峙终于落实为行动，我的朋友试图以强力征服，这使我落入窘境。当发现语言和行动上的抵抗即将失效，突如其来的仇恨席卷了我。指甲深陷进他的后背，我能感到他的皮肤像木匠手底的刨花一样慢慢卷进自己的指甲里。我不是一个暴力倾向显著的人，但犁出的血道确实部分缓解了我的焦虑，以致我连续地、专心专意地、狠狠地抓破他……渐渐地，指尖被浸得潮湿。这种转移自己的惊惶、恐惧和愤怒的方式震撼了我的朋友，在危险的最后瞬间，他恢复理性，停止了侵犯。抽完一支烟镇定情绪，然后他送我回家。我坐在朋友的自行车后面，难过地看着他的后背……伤口正从白色T恤里面洇出一道又一道长长的血迹。我对他怀有兄弟般至深而不言的信赖。这场保卫战，捍卫了肉体完整——这平日为我厌弃的肉体，牺牲掉我亲爱的朋友。回想被我斩草除根的初恋，情节出入只是表面现象，原型被隐蔽着，是同一个。我们一路无话，天上乌云涌动……像个病重者被搬移。从此以后，我们对彼此的肉体抱有难以诠释的敬意，或言敌意也好——保持了对彼此肉体的忽视，才使友谊重回正轨。

在我的个人经历中，这是为数不多的我施加于男性身上的报复。更多情境，我更多自伤。

曾听过两个电梯女工聊天。其中一女工与男老乡有矛盾，两人多次恶语相向，几乎诉诸拳脚。她现在向同伴抱怨道："他老骂脏话，我除了骂他妈和他老婆还能怎么办？他妈的，骂男人的脏话都没有！"即使是侮辱，即使是最小规模的两性战争，女人往往也从伤害同类入手。

闪回两个电影画面。一部是大岛渚导演的《青春残酷物语》，女孩在流产的手术床上，与她有同样经历的姐姐说：

“年轻的时候，我们都想用这种方式来反抗这个世界。”另一部是纪录片，镜头对准22岁的亚裔女子Annabel，她以石破天惊之举创造世界纪录：连续10小时与521个男人做爱。尝试走一条与众不同的新女性道路，备受争议的Annabel说：“性爱是值得生死相许的。”

弗朗西斯·维庸的诗句这样写道：“噢，女性的躯体，如此柔软，娴雅，珍奇，那些邪恶也在等着你吗？是的，要不你就能活着进天堂。”

当我们不满，当我们反抗，当我们自由得无所畏惧——可资利用的表达工具，唯有自己的身体。

她处于麻醉的昏迷状态中，口鼻罩着氧气面罩，呼吸机帮助她的心脏跳动。通过腹腔镜的监视仪，医生烧灼血管，以避免过多失血——她的腹腔里充满了血流、肉烧焦后产生的烟和脂油。医生一点点地烧灼，然后，一点点地剪断与子宫相连的组织。掉落的子宫，要通过阴道，拽出体外。宫颈一平方厘米左右的面积上，数把止血钳夹牢并且垂坠下来。外科医师的面孔凑紧在她的阴道口，相互协助，力欲取出它。死了的子宫还在流血。

终于，癌变的子宫被握在主刀医师的手里。他用手术刀

噢，女性的躯体，

如此柔软，娴雅，珍奇，

那些邪恶也在等着你吗

噢，女性的躯体，

如此柔软，娴雅，珍奇，

那些邪恶也在等着你吗

娴熟地剪开病态增厚的子宫壁，他把它剪成几块。我站在他身旁，我看到这个女人的父母和情人也不曾了解的部位：她的子宫。子宫，接受过对于女人来说，世上最珍贵的东西——情人的爱和孩子的依恋。女人如同一棵历尽艰辛的树，她培育体内的这只梨子——唯一的果实。可它烂在她的肚子里，并且，要她的命。

我之所以费尽周折地找关系进入妇科手术现场，因为受到她丈夫之托——名义上参观，实则有点监督的性质。她的丈夫是个小伙子，比她小十几岁。我们已经习惯老男少女的组合，相反的角色置换多少让人有点儿不放心，尤其猜测到他们之间的性。要知道，她已进入老女人之列，如何能让一个血气方刚的男人自律，降低对年轻女子的兴趣?

在此之前，我从没想到过男人可以如此看待一个女人的老年。在手术室外面的长廊，她丈夫含着失控的眼泪，对我说："她真美，她的阴部像一朵花。"

从欢闹的人群里退出来，我给我爱的人打电话。焰火在高空不断绽放。手机里有些噪声，正好用于掩饰我声音里的颤抖。焰火像硕大而艳异的伞，撑开，又缓慢收拢……我和他在电话里分享，那种绽放的欣快感。他说，你来吧。

他的吻，让我像被唱针轻轻触及……身体在歌唱里。繁花

他的吻，

让我像被唱针轻轻触及……

身体在歌唱里

绽放，他来的时候，盛大无比的春天就降临。

什么人对性只存稀薄的幻想和依赖？神、太监和孩子。很多年我找不到自己的位置，在三者之间奔波往返，我分泌着一个怪物孤独的汗液。是的，我协调不了两者关系，无论怎样完善灵魂，我还是不能把肉体当作盛纳的花瓶。某种偏执的自虐指引我，把肉体视为垃圾桶，我绝望地，不断嗅到自己败坏的味道。

这时，窗外很大的雪下起来。我记得童年的礼物：一摇晃，玻璃花球里面就开始下雪——那是我的节日。多美的大雪天，让我觉得整个世界都被摇晃，上帝为我施放了一场洁白的爱情礼花。我就在礼花的中心，被抬升到天堂的高度，我愿我有一双白痴般永远置身幻觉的眼睛。他怀抱里有大动物特有的温存和温暖。是否，他是微服到我命里的神，是解咒者，将施予我难以想象的恩泽？

我爱的，这即将为你享用的乐园，我已用数十年的苦难建设。它是我点滴储存的赃款，是否，它开始偿还……给我非法的利息和欢愉。

注：标题取自第45届格莱美最佳男歌手约翰·梅尔的同名歌曲《Your body is a wonderland》。

幼儿园

1

受慢性中耳炎的影响，我17岁得了体位性美尼尔氏综合征，好在是偶尔发病。躺在床上，透过蚊帐看天花板；蚊帐里面，落着一只蚊子。我对它奈何不得。因为只要稍微转动方向，哪怕只是偏一下头，就天旋地转，身体飘浮起来，跟着旋转；或者，感觉从高处掉下去，恶心，想吐。周围的事物仿佛盛在水中，被晃动，放在北窗下的桌子似乎瞬间就飞出南窗。

前两年又受了折磨，我梗着头颈，躺了三天，心里灰颓。忽然，从身体感受上，我复习到某种似曾相识的东西。后来想明白了，这种旋转，这种下滑，两侧物体的这种一闪而过，有若童年热衷的游戏：转椅、滑梯和秋千。区别在于，欢乐彻底演变为痛苦。一生情状有多少在幼年被预示、被警告？我那时进行的，也许，正是身体的适应性练习。

荡秋千，越来越高，越危险越喜悦。作为一个骑在钟摆上的孩子，呼啸的岁月在我耳畔。

2

葡萄架下，一片片黑迹。蚂蚁有的已经阵亡，蜷缩着，像五号字体的逗号。大部分还在继续较量。

小小的铠甲武士，相互箝牢，企图置对方于死地。我不能从外貌上区分两方：精巧的触须和腿，占到身体一半的硕大脑壳，卵形腹部，细得夸张、几近束断的腰——蚂蚁长得全一样，它们凭什么记清庞大的家族成员并指认混同于其中的敌人？靠气味吗？我从两边的蚂蚁队伍里各捏出几只，仔细地闻，辨别。

蚁群麇集，两侧各延伸出一条细线，后方仍在增援。同族之间碰碰触角，似乎传递着牺牲的决心，然后它们勇往直前，越过密密麻麻的已经死去的兄弟。

我把糖吐到地上，含化一半的牛轧糖落有几个不整齐的牙印儿，软软的，泡在亮晶晶的唾液里。甜味并没有像往常那样吸引蚂蚁，除了三两只被糖块粘住的，正费力地试图挣脱。我为自己的礼物没有受到重视而气恼，带着报复心理，拨弄起刚刚逃离困境的那只。它在尘土、唾液和手指的压力下翻滚。没过一会儿，它死了。我黏着的脏手指上粘着卑微的尸体。

上一次，也是半块牛轧糖，让我抓到很多俘虏。蚂蚁簇拥着掉入我布好的陷阱。我合上火柴盒的盖子，把它放到耳边。

火柴盒薄，我听到众多不安的黑的碎的小脚在移动。它们慌张，找不到光和出口。声音极轻，极轻，我看不到它们。像亡灵。

为什么孩子都对观看蚂蚁抱有兴趣。它们把一只肥胖的虫子拖到洞口，如同脚夫搬运着一具棺材。虫子还在扭动，身体的前半部被蚁群覆盖，只露出后半截令人不快的鬼样的浅绿色和蛆般的螺纹。相对蚂蚁来说，肉虫体积庞大，但这个巨人的威胁形同虚设，它笨拙的自卫方式根本无法抵御遍布全身、同时进行的咬噬。它会被肢解得最碎。

蚂蚁得胜回巢，效忠肥胖的蚁后……没有发现，运回的猎物，长相酷似它们敬爱的女王。

或许，它们乐于享受这种相似。

卑贱，数量众多，终日忙碌。在超现实主义大师达利那里，蚂蚁，和软表、面包、拐杖、抽屉一样，成为重要的个人绘画符号。它暗示着人类潜意识中的恐惧、脆弱和焦虑。

达利在自传中回忆童年时一只受伤的蝙蝠："我大声跟这只我开始宠爱的蝙蝠说话。我一遍又一遍地亲吻它毛茸茸的头顶。"但是第二天早晨，等待他的是一幅可怕的场景。蝙蝠遭到疯狂蚂蚁的进攻，它"嘶哑地喘息着，嘴张得老大，露出小老太婆的牙齿"。被怜惜的感情支配着，达利匆忙拾起它，打算吻它疼痛的头，但他却没有这么做。

"……用牙死命地咬了它一口，我觉得它断成了两截。"

蚂蚁忙着加固蚁巢，以防雨水渗漏。沙粒发白，把穴口堆得像座微型火山。

中班的小案兴致勃勃地劳动着。他掘开蚁洞，泥土溅起，弄脏了他的脸和昨天磕破的还上着红药水的膝盖。错综复杂的庞大的地下工事，暴露在他的玩具铁铲下。还有白花花的卵粒。小案耐心地翻捡蚁卵，说回家用水冲冲，喂给他们家的鱼吃。他的指甲里塞着泥垢，几粒芝麻大的卵。

一个孩子，轻易可以杀生无数。我就曾把滚烫的开水浇注到蚂蚁堆里，蚁尸顺着小便一样的水流漂浮。

凸透镜下，出现一个耀眼的光斑。我调整角度，让它追上一只正在觅食的黑蚂蚁。舞台投射下来的聚光灯，集中在蚂蚁身上。强烈的光源似乎让它怔住了。它不动。然后，蚂蚁的腰背渐渐拱起，头部弯下去，几乎碰到屁股尖。它僵硬地翻了个身，几根细得快看不出来的腿在空气中盲目地蹬了几下，就停止了。细小的光斑从死蚂蚁身上跳开，跃过不平的路面，跃过刚露出土面的草芽，跃过另外一只黑蚂蚁……又移回来。

一只又一只，慢慢蜷缩，死于明亮。牺牲者的悄无声息，降低了暴力的快感和意识。

那个杀人的光斑终于灼痛了我的眼睛。盛夏，正午，让人眩晕。我站起来，眼前一片漆黑。过了一会儿，才能发现自己置身于怎样夺目的光亮里。世界被太阳照着，要多灿烂，有多灿烂。

太阳也许就是一只巨大凸透镜下产生的光斑……上帝躲在光明后面，调整焦距。人如蚂蚁，被关照，渐渐拱起衰老的背，手在空气中抓上最后一把。

权力的最高判断，是由谁来决定生死。

我们能同样利用光明的力量杀死上帝吗？蚁群搬得动一只虫子，不能转动孩子握着的凸透镜手柄。

3

蝉歇斯底里地叫着。大中午的太阳照着，照着……满墙的爬山虎，晒得发蔫的牵牛花，空无一人的秋千。壁虎躲进叶子背面，离下一次捕猎还早。午睡时间，幼儿园里安静极了，全像死孩子。

我趴在床上，不动，双臂向前伸，像蜥蜴分叉的舌头。很困，但我强迫自己睁大眼睛，不许睡。不为什么，就不想和他们一样。我的头越来越沉。扭脸看见邻床的肉肉，嘟着嘴，一线长长的口水淌在枕巾上。

操场上晒着肉肉的床单，褐黄的尿渍隐约可见。肉肉经常“画地图”，作品在全体小朋友面前展览。他的自尊心不受伤害，才睡得这么香。

尿床，是由于对身体缺乏足够的控制和警惕。这种技术失败让人沮丧，我们连自己都操控不了。

我似乎从幼儿园就开始锻炼自己。把话梅糖摆在前面，却尽力不看它。忍不住了，把它拿到鼻子底下嗅一嗅，又酸又甜，真好闻。再把它放回去。我喜欢这么自我折磨，一旦到了那个心里预定的时间，我迫不及待地剥开糖纸，吞下去，几乎噎着自己。我为这种急切而恼恨，希望自己此时能轻蔑地把这块糖吐出去，但结果，我总是略带羞耻地一遍遍吸吮糖块，直到它变成薄片，消融在舌尖。

肉肉为什么能在知情的小朋友们中间无动于衷地傻笑，而不加紧对泌尿系统的管教？我视不能控制自己的身体为耻辱。漫长的成长中，我固执地鄙夷缺乏自控的行为。打嗝，放屁，摔跤，感冒时不时流下鼻涕，醉酒，失恋后外显痛苦。我把教养理解为滴水不漏的隐忍。

我们全部的尊严，来自对欲望及其附属物的控制。

黄昏，光线散了。我看起来聚精会神地捏着橡皮泥：一个扁脸小人，红嘴黑眉毛，他的腿易于弯曲，手臂松松垮垮地垂下，一条胳膊比另一条胳膊长。老师打毛线，阿尔巴尼亚花针，一件葱绿背心。她把毛背心放在我背后比了一下，我回头，看见尖尖的竹针，她高高翘起的兰花指。过了一会儿，她放下毛线活，望望窗外。

老师和我一起等我妈妈，我不知道她是否因为推迟下班而心生怨意。妈妈做医生，一旦抢救病人就不能准时接我。常常，我成了遗落在最后的人。

孩子已离开的教室，墙壁依旧热闹地涂绘着梅花鹿和猴子，黑板左上角，依旧挂着鲜艳气球，但有一种东西伴随黄昏而来，那是孤独。当明白恳求无望，我就放弃了对妈妈的幻想。我尽力忍受这种孤独，以及孤独中的难以言明的幻灭感。

迟到的母亲是否意识到伤害？黄昏，一切陷入缓慢的沉沦。谁看得清一个孩子黑暗中的表情。

我假装习惯这种放逐。

上大班了，父母不再日托，我周末才回家。礼拜一早晨，全院孩子由班车统一接走。

隔着玻璃，我看着那些挣扎着不上班车的孩子们。他们号啕。离别之短暂，使一切场景变得滑稽。我和几个男孩一起，漠然，还带着格外的轻蔑斜视那些鼻涕眼泪揉作一团的可怜虫……父母用绣着孩子名字的手绢在他们混乱的小脸上擦抹，甜言蜜语地安慰着，许诺。我不耐烦地撇嘴。

他们更聪明，哭泣是因为从此面临被管教的人生？

我从来头也不回，并且，立即要求父母走开，不必等班车开走的时候挥手。我天生建立一种观念：当众呈现感情是可耻的。我的表现常被其他父母视为典范，用来教育自己要赖撒泼的孩子。隔壁的吴阿姨说我："这孩子，心可真够硬的。"

我和那些没心没肺的淘气包看起来相似。我长大以后也许和那些出语张狂、举止乖戾的问题少年相似。等度过青春期，也许，我和那些为所欲为、水性杨花的女子相似。无人知晓，我始终是个拟态中的孩子。

像鞘翅目昆虫，我折叠着珍贵的明媚翅膀。我会飞，但不动声色，隐匿秘密的本领，藏身于随风摇摆的叶子之间。对温情怀有早熟的警惕和回避，我将与幸福为敌。

“展示感情非常不安全，尤其是自己的爱和美……”一个睡梦中前来的天使俯在我耳边泄露，“所以，我们从不在光线下显露形体。”天使是遵守誓言的，即使与我秘密谋面，她的面孔和身体也裹挟着雾气，如在浴中，这使她增添撩拨人心的性感。等我醒来，耳畔尚存她的鼻息，而自己的脸已有中年的冷漠。

4

关心一个事物“像”什么，更胜于它“是”什么。后者属于上帝的创造，前者，由我篡改。

雨天，一个小姑娘穿着大圆点的裙子光脚嬉戏，像，正在变得臃肿的蝴蝶……我曾看到它泡在浅水洼里，翅膀上，殷红的眼斑闪烁。

洗发膏真辣，我的眼泪滴在手背上。我讨厌洗澡。我钟爱自己的味道，关灯以后，偷偷翻出枕头底下的袜子嗅。妈妈却定期把我按在澡盆里，毛巾粗暴地搓在背上，恶心的肥皂水溅进我的嗓子、鼻孔、耳朵和眼睛里。油腻的泡沫泛起，我坐在不再清洁的水盆里，委屈不已。

周围是雾气和雾气中红润发亮的大腿。仰起头，隔壁吴阿姨的脸悬在上方。视线向下，我惊讶地发现，她的肚子上叠着棕色花纹。尺蠖一类的虫子行走时，先要收缩身体，这时它的腹部会形成一系列褶皱。这个古怪的阿姨，如果她愿意伸张，我猜她有霎时增长的、令人瞠目的身高。

她弯下腰跟我说话，使得妊娠纹显得更深更重。出于惊慌，我用玩具鸭子灌储的水袭击了她突然临近的五官。

幼儿园东侧有一棵法国梧桐树。我热衷剥下它皮癣式的斑驳树皮。有一天，我在树下捡到两枚球形果实，茶褐色，布满鳞状凸起。

前两天，我刚吃过荔枝，飞机运来的，鲜红诱人。果肉仿佛半透明的琼脂，甜而多汁。我的口腔分泌出有关回忆的唾液。不久，仅存的几颗荔枝表面变成暗黄色，妈妈不许我吃，说坏了。我为此耿耿于怀。现在，它魔法般回到我手中。事实上，我当时以为它们就是过期的荔枝，所以，毫不犹豫地咬进嘴里。

果实缓慢暴露出腹腔内部的黄色茸毛。我连连啐着，也难以去除它留下的恶劣味道。

梧桐宽大的树叶之间，闪闪烁烁，缀满貌似甜美的果实，高悬着，映衬以阳光的金黄，谁也设想不到它们败絮状的心脏。

20年后，我在河北正定隆兴寺，再次体会到相似带来的疑惑：为什么最甜美的要和最苦涩的相似？铜制的千手观音，她辐射着古老的辉光，背后，是万能的无所不在的手臂。对神，我一向敬畏，但仰望时我忽然涌起一个罪孽的联想，并因此产生渎神恐惧。她慈和的面容后面，那么多手臂，那么多，让我想起……蜈蚣。为什么，最神圣的要和最低贱的相似？！

厕所窗台，摆着一盆敞开的吊兰，由于疏于培育，它死了，死人头发般披着的长叶中间，绽开一朵透明之花……是小朋友用唾沫把两片蜻蜓翅膀粘在吊兰上。

蜻蜓停落在松针之间。它腹部修长，像一枚金黄的钉子，只是背部有两三条极细的黑线。这是一种特别干燥的昆虫，即便旋下它螺丝帽的头部，或者，把草梗捅进它被揪断的尾部，蜻蜓沉重地起飞——即便如此，也不会有一滴汁液从身体内部渗溢出来。

扁豆角开花。我从浅紫色的豆荚花上剥去脆小的花瓣，一直剥到花蕊……里面藏着一头小白象。

它长着逼真的长鼻子。

5

对身高矮小的孩子而言，大人意味着权势——迫使他必须仰视。正因为儿童对所有事物采取的仰望姿态，所以，他处于一生中最谦逊的时期。孩子看见植物的根，他看见的花比实际高大。

我眯起眼睛，奶奶的脸上布满好看的皱纹。

我是它们的王。

三条红的，一条黑的，剩下一条生着杂驳的斑点。这些鱼是爷爷给我买的，是我的私人奴隶，我的玩偶。我坚持必须自己喂食，禁止别人接触鱼缸。

圆形的鱼缸，它们游动时经过弧形的侧面会变形，体积豁然放大：膨胀的腹部，比例失调的头颅。开始，我的靠近让它们分外惊慌，在狭窄的活动空间徒劳地逃亡。后来，它们终于把我的临近与进餐时间建立起联系，于是，每当我靠近水面，金鱼就将身体竖直，仰起它们朝圣般的脸。

半个月后，它们全死了。

弟弟趁我不在增加了喂食，金鱼为自己的贪婪和背叛付出代价。

漂浮水面，尾巴松垂，白肚皮透出不洁的微黄色。我盯着它们，闻到水腥，看到它们被浸泡得肿胀的尸体镶嵌在自己倒映水面的脸上。

6

坐在竹制的儿童车里，爷爷推着我。这辆四轮竹车平时除了装孩子，还用来买米买菜——初冬，准备屯储的几百斤大白菜会在竹车里留下浓重的菜帮味儿。经过努力，我终于把扶手裂缝中嵌着的一粒绿豆抠了出来。我得意地咬着战利品。

爷爷偏宠，将我的乖戾也视作骄傲。天黑透了，已经到了快入睡的时候，我顽固地要求去院外的小树林玩。爷爷不顾爸爸的反对给我披上斗篷。

正午树丛投射下的阴影消失了，只剩下黑夜里沙沙作响的声音。几个迟归的男孩相互追逐，晃动着手电筒，绕过花椒林——我知道树枝上布满尖锐的刺，花椒成熟的时候会星星点点地爆出暗红。

月亮在最高的地方。我的周围，弥漫着花粉一样浅金色的月光，薄薄的，带着酒香。下了一场月亮雪，天地要多纯净就有多纯净。我没有消耗一丝力气，黑暗就像船头的水在眼前分开。

路面不平，童车吱呀呀发出响声，我的座位被震动着。幼年时光在一种轻微的可以忍受的颠荡之中前行。等我抬头，才发现月亮其实瘦小，还坑坑洼洼的，像童车上那个不久就掉下来的轮子。

爷爷推着我……直到，把童车上的我连同他自己，都推下一个废弃的坑。

掉进世界的黑内脏。

这个世界给予小孩的，总是比他需要的多，爱，连同伤害。

我的额头上蒙着绷带，伤口疼痛。

无聊的我捉到一只磕头虫消遣。它是黑色的，胸口能弹动，用手捏住后半身，它的头部就不停向下磕。如果碰在硬物上，能磕出血来。

7

过家家。我们切碎花和茎，把它们盛在杨树叶充当的盘子里。

有种草本植物，掰掉明黄的花冠，会从断裂的茎中分泌出奶白乳汁……我品尝着汁液，感觉到茎上极其细微的茸毛。这些有着虚弱黄冠的小花，午后摇动，危险中美丽的头颅。

我倾心的小学二年级学生陆桐现在扮演浅浅的丈夫。我是他们家保姆。从浅浅手里接过他们的孩子：一个玻璃奶瓶，我不慎把它摔碎了。

导致我失手的，是最初的暗恋和妒恨。

我把凤仙花汁挤在又短又秃的指甲上，然后，两只手耷拉在胸前，一动不动，像条狗。很快风干，花汁浸出了不整齐的边缘。

“你看，这片叶子。”拿着一片薄荷叶子在陆桐眼前转动，我想指甲的红比薄荷的暗绿更醒目。陆桐看看那片莫名其妙的叶子，又莫名其妙地看看我。

清凉又辛辣的薄荷气息，微弱地散开。成长意味着慢慢熟悉这种欲望的气息。

凤仙花的颜色多日不褪。斑驳而低贱的果汁红，有种被孩子天真和天然共同掩遮的脏。

三色堇非常艳丽，花瓣覆瓦状排列，色彩多变。紫，红，蓝，黄，白，橙，粉……像拉丁民族的节日，到处翻动着弗拉明戈的舞裙。

浅浅告诉我，花儿里藏着一张人脸。

仔细辨别，那些舞裙里，果真都能发现一张小丑面孔：浓眉，塌鼻，还有汹涌的大胡子。

可以凉拌，炒着吃，包饺子也香。

马齿苋开出碎黄花，可惜寿命只有几个小时，开放的同时就开始衰败。常常是一株马齿苋的大部分花蕾还在羞怯地酝酿，就被采摘的人挖走了。

夏天的清晨，它们开在微凉的空气里。迷惘，无助，除了想吃掉它们的人没有谁注意到它们。在这短暂的时间里，期待着授粉——这些瘦小的只能存活半天的新娘。

8

沙堆上，我们修筑城堡。

有的结构单靠挖掘不能完成，我们还借助纸板搭起架子；为了加固工程，小男孩用自己的尿和出湿泥。一不注意，辛辛苦苦的劳动成果就被一只不慎的脚踩塌，所以拍牢沙层的时候格外小心。

等沙堡的规模足够庞大，我们却不能了解其中的孔道。趴在洞口看，里面是黑的。

我养的两只小鸡派上了用场。它们叽叽叫着在一旁刨沙，鹅黄体色还没有完全褪清。我把一只小鸡放进去，它惊惧地一遍遍试图退回身子。后来，它绝望了，因为我们长时间堵住入口，它一遍遍地啄也毫无用处，除了瞎了一样向深不可测的黑暗核心走去，它没有别的出路。我们把耳朵贴着各个洞口，听到它从沙子底下传来仿佛被什么东西捂住的声声尖叫。我们有时候判断不出它的方向，亲手建造的地下迷宫比记忆中的还要复杂。当某个出口浮升它哆哆嗦嗦、勺形的小脑壳，我们欢呼起来。

为了让它从预定的洞口走出，我们准备封锁另外几个出处。关闭一个通道的时候，陆桐由于用力过猛，夕阳中的辉煌城堡几秒钟之内就塌方了。我们慌忙搅动沙层，寻找埋在其中的小鸡。它一点声音都没有，埋进我们花了整个下午为它修筑的坟墓。

另外一只小鸡长大了。我把对它死去兄弟的爱也释放在它身上。尽管如此，也得承认，这只公鸡长了一双仇恨的眼睛。

为了使公鸡日益茁壮，我拨开草丛，捉蚂蚱给它吃。方形头部，结实的脖颈与肩同宽，蚂蚱的翅膀腰刀似的带鞘。还有一种蚂蚱体形很小，灰秃秃的，我猜它的肉带着一股土腥味儿，懒得去抓。

抓来的蚂蚱全放在纸药盒里，还混着几只三尾儿蛐蛐。我打开一条缝儿，蚂蚱们在死亡面前自动排序，一只，接着一只……最向往自由的最先死。怕它们逃跑，我取出一只后会先合拢盖子，把这只的蚂蚱腿齐根儿扯下来，再去了翅膀。奇怪，只要扯下腿，蚂蚱好像连自己会飞也忘了，注意力全集中在自己的断肢上，挣扎着往前爬，翅膀即使完好也不再打开。鸡坚硬的喙有时一下就准确啄住了残疾的蚂蚱，而有时，蚂蚱旺盛的求生欲让我意外，它会在死到临头的最后一瞬闪跳开来——这使灾难有了一个更详细的展示过程，也大大增加了我的观赏乐趣。

一个大家伙想趁人不备从药盒里溜掉，我追上去，它刚落地我就一脚踩下去……一摊微绿的肉泥，镶嵌着一对完好的坚硬的眼珠子。

公鸡追逐那些注定无法逃生的蚂蚱，锯齿形血红的鸡冠因兴奋而颤抖。隔开一米，还有我为它准备的餐后点心：那里整齐地摆放着许多对修长而弹力饱满的大腿。

鸡的体温在40摄氏度左右，抱着它，就像触摸高烧病人。动物是否能让儿童产生同情心，屠杀它的时候有所犹豫，不取决于别的，取决于这种动物是否带有体温。

只有自身经历过痛楚才能够产生悲悯。幼年时期，苦痛和喜悦都没有渗透到内心，即使有所悲欢，也不完全和情感联系，仅仅，与情绪相关。

我小时候从来不认为自己残暴。那是成人以后的观念。如同食人族的残暴一定源于文明世界的外来判断。

9

无法拜访天使，因为我们读不懂星斗在天空展开的地图。

我偷偷溜下床，揭开窗帘一角。风像吹动一片树叶那样吹动着夜晚。连绵的吹动下，使夜晚有了一层不易察觉的起皱的表面。蟋蟀，杜鹃，草丛的声音，夜行人的口哨，母亲的摇篮曲……这些鸣响，好像叶脉，渗透整个夜晚，撑开睡眠宽阔的锦被。

长时间站在地上，脚丫冰凉，但我有预感，奇迹就要发生。

星星的光芒变成半透明的翅膀，它们从那么远的地方飞过来，像一只只金色的蜻蜓。

夜晚

有了一层不易察觉的

起皱的表面

路途漫长，尽管天使每夜向人间飞临，天亮时分，我们也会和她们失去联系，看不见那些透明的身影。

天使因无法着陆，最终融化。

夜风吹拂星空，吹拂大神的百花园。我希望发现他的办公场所——我把那里设想为像天安门那样有着辉煌檐宇的地方，大神在那里批阅卷宗，处理人间的繁杂事务。但我从来没有如意，只有星星闪动。那座浩瀚花园，一望无际……由于距离遥远，我已闻不到芬芳。

难道，大神只醉心园艺，热衷于栽种夜空发光的神奇植物，他对人的培育根本不感兴趣？

月明星稀，天上一共闪着五颗星星。它们离得不远，我不用转变方向，就能看全。我看到它们中间的三颗同时在移动，两颗比邻的星星拉近距离，还有一颗，半分钟之内，魔幻地消失在我眼皮底下。

按照妈妈后来的解释，我看到的不是星星，是飞机。我不信。我只信秘而不宣的魔法。

我认为自己只是出于某种尚未获得解释的原因暂时被寄存

在这个世界。总有一天，来自异域的人会向我敞开光亮中的道路，我将跟从。在飞行的半空，我看到家越来越小，像积木，看到空旷背景下呆呆仰视我的爸爸妈妈。他们吓傻了。我彻底飞走以后，他们才会想起哭呢。

每当他们逼迫我睡觉，不给买我中意的玩具，我都在幻想中报复。

当然我喜欢飞机，尤其当它低飞，向我暴露昆虫般有着硬壳的胸壳和腹部。这个金属的庞然大物，出现在天空太突兀，暗示我存在着另外的力量将它托举。

直到小学快毕业，我仍没彻底消除幼稚的宇宙梦，热烈向往着飞碟里的铠甲人。我梦见太空舱里的女王，有着乳白色的、半透明的、吱吱作响的脖子……它旋转得知此灵活，可以像蛇一样自相缠绕。

10

冬天，妈妈带我去北京东四的一条胡同找老中医。天寒地冻，妈妈抱不动我，鼓励我自己走。胡同空荡荡的，屋檐下，是肮脏的积雪。我穿着深蓝的棉袄、条绒棉鞋，一路高喊：“一二一，一二一，坐着飞机打美帝……”

在飞行的半空，

我看到家越来越小

我得的是哮喘，喉咙里呼噜作响。似乎是配备给老年人的病，喘不上气，让我提前感受了活着的威胁。

作为一个仅仅几岁的病孩，我从经常摔倒的结冰路面爬起来，含着泪水，坚持着，要去打美帝。

六岁，生病在家，但有时无人照料我。这种疏忽本来会令我舒适。不满两岁，妈妈看门诊的时候就用绳子一头拴住我的腰，另一头拴住床头，绳长的半径保证我不会摔到床底下。哭闹没有用处，不到休息时间，谁也不会回来。

问题是，妈妈每天下班都能准确猜出我当天干了什么，她能猜到细节。我没有早熟到领悟出儿童的行为内容有多单调，家长容易从孩子的表情和口气上套出详情。我怀疑妈妈根本没有上班，她在房间某个隐蔽的角落挖了个小洞，躲在后面。为了避免受罚，我独自一人的时候也遵守纪律，对自己有所约束。如果表现良好，我可以得到半块义利牌维夫巧克力。

敬畏执掌者的潜在，自律以免受惩或以期好运……这个过程，与信仰的形成过程和威慑作用相近。对我个人来说，信仰产生于生病时期。

深弯下腰，从自己的两腿间向后看。这是典型的儿童姿势，此后几十年，我再也没有使用这个姿势观察过世界。

但幼儿的我从中获益。一次，我发现自己颠倒了，世界的秩序并没有颠倒，树冠还是同着白云生长。另外一次，我看到宝塔糖打下自己肚子里的蛔虫。

11

她的嘴唇贴近。一个秘密降临。

17岁的单老师热衷观察天象，一本水彩画绘制的《看云识天气》被她翻得掉了封面。积云，层云，卷云，高积云，层积云，卷层云，卷积云，高层云，雨层云，积雨云……都是要牢记的概念，她必须从它们时常交混的状态中辨出各自形貌。她还知道燕子低飞预示阴雨，如果蜜蜂在细雨中忙碌，不久就会放晴。单老师用红塑料皮本子记录观察到的云彩和物象，本子里夹着一张图片：草原上，风轮转动，一个漂亮阿姨正打开白色百叶箱取出温度计。单老师有时需要画表格。她停下来欣赏自己的成绩，左手握着鲜黄色的木头尺，右手，指端灵活地转动着圆珠笔……它就像直升机的螺旋桨一样。

这位热爱生活的少女，难以寻找到合适的人来分享她的乐趣，只好选择孩子——尽管他们口齿不清、有时尿床、根本提不出建设性的意见。

她像仙女，从天上的蛛丝马迹判断未来。她把观测结果轮流告诉孩子……就像对待秘密，每次，只告诉给一个孩子。

天上的马群缓慢奔跑，鬃毛被风托起。天上的鱼大得无比，鳞斑从东边一直铺陈到西边。天上的城堡高耸，我仰望它愈渐明亮的檐角……它不久就会倒塌。

那些我们引以为秘密的，不过是动物的普遍常识。蚯蚓拱出像人的肠子或脑子那样的土堆，树上的虫窝溢出胶质水滴，都是下雨前兆。为什么动物们通晓，而人类毫不知情？“麻雀洗澡雨要到”，也许因为它们过分聪慧侵犯了人的自尊，才被气枪瞄准……光裸着的麻雀被炸得嗞嗞作响，让我们一起干掉这些讨厌的先知。

它就像个渔夫。轻盈透明、嵌着碎钻的网床中央，睡着一只狰狞的蜘蛛。

蜘蛛不是我要的。微雨过后，我在蛛网下的草丛和墙根处寻找蜗牛。我用拇指和食指捏住蜗牛。过了一会儿，这枚“纽扣”活动起来……蜗牛迟疑地，探出可调节长短的触角天线，渐渐地，露出它的扁平足。

我曾深信蜗牛听得懂人话。我们把它侧放在地下磨，嘴里念念有词："蜗牛蜗牛快出来，你妈给你买肉吃。猫不吃，给狗吃。狗不吃，给鸡吃。鸡不吃，最后还是给你吃。"摩擦产生的灼热，迫使蜗牛爬出来，而我以为它是上当来吃肉赴宴的。最后结局：外壳破损，蜗牛晒干在自己的黏液里。

我后来认同，蜗牛壳上的螺旋形结构是自然界及几何学中最富有魅力的形态之一。这时，蜗牛已伴随着童年从我的语言阴谋中逃跑了。

……暗魅之夜。月亮，只剩下织纹螺的壳，是谁，吮吸了它舌头样柔软多汁的肉？

"虹"和"霓"的概念不一样。"虹"的色带排列外红内紫，角半径为42度；"霓"相反，外紫内红，角半径为52度，也叫"副虹"。我能顺序背出光谱，不能释去彩虹曾经带来的美感震撼和迷惑。

大约五岁吧，手臂上爬着一只蜗牛，它沿行进路线留下的黏液让我的皮肤发痒。一条辽阔彩虹，横空，让我忧伤。一定有人幸运，光芒就在脚下，邀请他们登临。离得那么远，那座桥梁并非为我准备。

大约是在2000年吧，我读于坚的一首小诗：彩虹出来了／"架起一条通向天堂的火车"／只是一个幻觉／学校据此教育

学生 / 努力吧 / 要不然没有座位。

类似的信念介于宗教和迷信之间：如果够不着短暂停靠的彩虹，就等于错过上天的末班车。是谁，驾着彩虹在雨后广场上空驶？或者，那些神秘失踪的乘客是否凭票入场找到了正确的座次？

活着让人不耐烦，从幼儿园到敬老院，自始至终光洁无瑕，才有资格顺着彩虹的虚幻路线抵达天堂。

但愿在天堂，上帝对人类足够了解，不必建立解剖室，以满足上幼儿园的小神们蓬勃的好奇心。

寒光

一滴，一滴，又一滴……吊瓶里的葡萄糖液节奏精确地滴落下来，针头刺进布满老年斑的焦枯的手。血液被稀释，生存的能量被分解。是谁，偷偷掐光了没来得及开放的骨朵儿——嗜花如命的陈爷爷一气之下血压急剧升高，儿女们把他送进了医院。

陈爷爷偏爱形态奇特的植物，阳台上，摆满各式各样的仙人掌和龙舌兰。仙人掌肥厚变形的茎患病器官般的肿胀着，并且簇生细刺，使整株体积呈现出朦胧的扩张出去的边缘。习惯于在缺乏水分和营养的艰难环境中存活，也许，老革命陈爷爷视之为一种象征：仙人掌如同自觉的砺苦者，要争取磨难之后的胜利——就如同，青春时代的自己。这种时刻警戒的植物反而引起人们的侵犯兴趣。孩子们争相小心翼翼地碰触针毛，指尖马上感到由抵抗带来的尖锐的刺痛。一棵我叫不上具体名称的高大的龙舌兰科植株放在最靠里侧的位置，显然备受主人珍视。扁平有节的叶片交错上升，组成火焰般的造型。一个星期前，我看到锯齿形叶缘上花蕾蓄势待发。绛紫色的花蕾，样子像中古时代的某种武器——日日夜夜，斧钺状的花苞无声酝酿带有暴力色彩的美。

陈爷爷的儿女四处打探肇事者和知情人，我什么都不会说。被溅出的花汁染成奇异颜色的嘴，穿着军用胶鞋的脚把几朵残瓣踩进雨后的湿泥……短暂的记忆闪回，像电影胶片中的特写镜头，我看到敞开领口上方微微浮凸的少年的喉结。二嘎背靠后院的墙根，斜着膀子，玩弄指缝里夹着的几个紫色花苞——花朵奇异的嫁接使人注意到他手背上星星点点烟头灼伤留下的紫色烙印。大院里的孩子谁都明白，招惹二嘎会带来麻烦。我假装继续翻看《七侠五义》如若无其事地经过，他身上有种烟草、金属和汗液混合的味道，令我莫名紧张。书上的草莽英雄突然消失在盲区，我的视线里只充斥着一双脚：左脚支撑身体重心，右脚别在左脚外侧，不时地抖动。

木头电线杆的底部涂过黑漆，仿佛被火烧过，像炭。黄昏，孩子们在操场的电线杆间追逐。随着奔跑，颠荡的书包一下下拍打着他们瘦小的屁股，里面的铁质铅笔盒哗啦啦响——当拿开卷笔刀上旋转的层层刨花，孩子不免沮丧，笔芯已在内部意外地断成几截。昼与夜秘密交易，黄昏中游戏的孩子不知不觉身中魔法，进入暮色……就像墨水瓶倾翻了，流溢的黑色液体淹没纸上的字迹。

这天，操场上消失了平日笑声。停止玩耍的孩子被集中在电线杆下。公共厕所的外墙写着几个字："二嘎摘了陈爷爷的花！打倒二嘎！"字迹歪歪扭扭，又潦草，是用左手写的，看得出其中蕴含强烈的恨意，以及，与恨意一样强烈的胆怯。忐忑的孩子们轮流在地上用左手写出几个字，二嘎和墙上笔迹对照着，找寻暗藏的反叛者。

一行行稚拙的粉笔字覆盖了地面。出自全院孩子不同手笔的"打倒二嘎"。

二嘎在花园路一带知名度颇高。他是个典型的小混混，让老师们头疼，家长们讨厌，令乖巧的好学生恐惧，也让跃跃欲试和怯懦的男孩心生敬意。二嘎周围集结着一帮小兄弟。他们在公共厕所里抽烟，一张张萌生粉刺的脸凑近柴梗上低暗的火苗。对害羞的低年级女生吹口哨，并且做出猥亵的手势，彼此会意地哄然大笑。放学以后他们成帮结伙堵着校门——胆小的孩子不断察看黑板上方的挂钟，造型简洁的指针重新划分着表盘的区域，他将再次推迟回家的时间。

二嘎以骄人业绩闻名，在团伙里享有老大地位。他曾单打独斗，把一个彪悍的待业青年打得翻滚在地，跪下求饶，抱着他的腿叫“大哥”；参与街心公园一场著名的殴斗，几十人在自行车围就的场地中混战，二嘎抡着链子锁横扫过去，勇武无敌。战果是平掉马甸的狗牙帮，大大扩张了二嘎的地盘和名声。尘烟腾升，充满脏话的谩骂和夹杂的声声惨叫过后，地面上散落着血迹和破损的牙齿。

未来可能在瞬间被致命修改——锈黄的自行车辐条组成走不出的铁栅，无数挥动的拳头，凶器上的寒光，喷溅到脸颊、温度迅速下降的血……这场械斗永远镶嵌在一个孩子的记忆里，他甚至不知道灾难假借谁的手从天而降。一只假眼填充进空落的眼眶，这年，他16岁。从此他一生对世界的观察都无可避免地带着自卑者的脱视和偏见，因为，里面嵌入着生硬转动的玻璃球所携带的彻寒。

粗暴的手靠近花苞。它即将诀别，预期中的怒放。

放低声音，夜色中行进的队伍蹑足接近了仓库。十字螺丝刀旋转着，改锥用力撬动，木头纤维参差的钉孔终于暴露出来。几颗拧下的螺钉扔在地上，一只乌黑的硬壳甲虫疑惑地在这些长相酷似自己的金属同伴中停住脚步。蹦豆率先迈进，在他们身后掩上的大门发出夸张的响动。这个仓库曾经用来装大炮，脊檩很高。孩子们一抬头，正见一撇细极了的月牙，像蛇芯舔上窄小的窗玻璃。

手电筒的光柱在杂物混陈的库房里交错晃动。泛出湿霉气息的板材。粗铁丝。废弃的金属架。丝丝缕缕的蜘蛛网。空气闷闷的，弥漫某种动物腋下皮毛的古怪味道。

“肯定在这里面，躲哪儿去了？”

“你们从前面找，我从后面，两边夹击。”

熄了手电，蹦豆尽量不发出声音，从一侧偷偷爬上木料堆，一种恶作剧的快乐怂恿着他怦怦直跳的心。蹦豆跪在顶端，怪叫一声，然后做着鬼脸，左手翻开自己的眼皮，右手用电筒抵住下巴颏儿向上照……一张变形的狰狞面孔，突然呈现在黑暗中心！

孩子们惊骇地发现，同伴的形象完全被光源撕毁。他重铸了一张来自另外世界的脸：血红的眼，空洞外翻的鼻孔，骷髅般显露在外的牙。覆盖两腮的对称阴影。尽管理智告诉他们，这不过是蹦豆的唬人把戏，但还是被这张脸携带的邪恶震慑。一个男孩失声大叫“有鬼”，然后他们不约而同磕磕绊绊地逃向仓库外面。

得意的蹦豆禁不住大笑起来，仓库使他的笑声放大，并制造空阔的回音。半分钟后，他被自己沉寂黑暗中的孤独笑声吓住了。站在高处的蹦豆看见伙伴离去的那扇门半开着，一片狭长的杀人的蓝光捅进仓库腹地，然后像刀一样，不动声色地平放在深色的案板，刀柄依然握在藏匿于黑暗中的一只手里。蹦豆举着手电筒的胳膊不知不觉放下了。他惊诧地发现，手电筒尽头的光圈里，有一件摊开的军大衣。蹦豆惊慌地从木料堆上往下跳。他被一块突出物绊倒，手电筒脱手了，带着颠荡中的光亮掉进木料堆深处。顾不得膝盖的阵痛，蹦豆飞也似的跑开，好像仓库深处伸出的手就要提起他的后脖领。

遗落的手电筒放射出受到阻拦的单薄的光线。细密的灰尘滚动，被照射着，无声下降。

边缘破损的瓷碟里，盛着被嚼得精光的鱼刺。因为搁置多时，哈喇的鱼骨头泛出令人作呕的油渍和腥臭，正是苍蝇的飨宴。我弟弟与靖蹲在地上，观察被诱引的苍蝇如何钻进圆锥形的窗纱围就的简易捕蝇网，再也找不到出路。

苍蝇麇集在狭陋的空间里，嗡嗡鸣响，与靖努力想数清它们的只数，但这绝非易事——焦躁地上下翻飞，一群微小飞行物制造出一片混乱的曲线；暂时歇落的苍蝇也不停运动着，翻越巫婆齿梳般的油腻鱼骨，翻越同伴黢黑的身体。有两只苍蝇上下摞在一起，甚至翻飞时也紧紧黏合没有分开，与靖从中找到一种怪异的乐趣。

尽管与靖快上初中了，身材仍然出奇细弱，瘦小的脖梗支撑着硕大脑壳，让人隐隐觉得不安全。他外号“富强粉”，因为皮肤女孩子般的白皙，这显然没给他带来任何好处，反而成为被取笑和被欺负的对象。高年级学生边喊“拔萝卜喽”，边用双手夹紧与靖的脑袋向上举……与靖的脚尖就这样离开了地面。反抗无济于事，他的弱小和顺从辅助建立起大孩子的权威感和信心。很多年来，与靖都被大院的男孩当作一件成长所需要的祭物被牺牲——这种牺牲持续得如此漫长，以至于成人的与靖总是不知不觉回忆童年的屈辱：就像公共浴池里开胶的塑料拖鞋，他被任意的脚轮流踢踏；那些洗涤干净的身体离开以后，自己依然浸泡在污浊的水中。

又一只以为赴宴其实赴死的苍蝇赶来。到达终点之前，它落在与靖左臂上，两条前腿摩拳擦掌，似乎最后判断一下方位。童年的影响至关重要——粪便曾给予苍蝇安全的婴幼时光，从此，它一生的方向都朝着秽物进发：臭鸡蛋、沤烂的垃圾、粪便，还有腐尸大餐……它在恶心的地址上建立乐园，体验着被唾弃的腐烂变质的幸福。苍蝇比孔雀更能体现造物非凡的平等和公正，它使厕所受到和花园一样的爱戴。生着两只红豆粒似的圆鼓复眼的苍蝇，警觉地起飞，及时躲过与靖落下来的巴掌。

与靖站起身，感到一阵缓慢到来的晕眩，自己也像被拢在一个更多苍蝇飞舞的罩子里，虹膜上映着灰蒙蒙的网格。过了一会儿，他才看清对面的食堂，三三两两拿着钢精锅和搪瓷缸打饭的军人和家属。这时，一个无声无息贴近他背后的人突然别过他的胳膊。与靖听见自己的左臂骨头发出脆响。愣了一下，疼痛使他清醒过来，并霎时涌出眼泪。

从医院回来，我左手拉着我弟弟与靖的右手穿过操场暴晒下的煤渣跑道。与靖的右手沾了刚刚吃过的奶油冰棍汁有些发黏，他的左手和整个左手臂都固定在夹板和绷带里。与靖经常夸张地龇一龇牙，提醒别人不要忘记他随时忍受的痛苦。

与靖看病的那座医院名称特别：积水潭。我的想象朝着诡谲离奇的情节发展：推开医院后门，错杂的灌木丛后藏匿着一面铁灰色风波不惊的水潭；潭底，沉积着长长短短破碎的骨骼，有的骨节童话般嵌着晶亮的圆圆的银纽扣，仔细看，才分辨出，原来是几枚图钉。骨骼数量在深夜得到增长，因为瞳孔像猫一样会随着光线产生变化的大夫集体来到潭边，缄口不言，打开各自背负在肩的十字箱，里边的骨头短短长长，零零散散，出自不同部位，但是附着上面的骨膜全都隐隐发亮，好像涂刷一层月光的清漆。奇怪的是，骨头倒进水潭的时候阒寂无声，黏稠水面甚至没有泛起泡沫。我从想象、从自我恐吓中获取震撼的乐趣。

积水潭医院的确以骨科治疗著称，骨折、骨裂、骨质增生、骨癌等骨科病人会聚，在候诊室里呻吟，或是拄着拐，或足扶靠另外的臂膀艰难移动——石膏和X光片成为院区最常用的两件道具。医院的位置也的确邻近一个面积开阔的水潭，冬天，它为医院输送因追求速度和技巧而摔倒的滑冰爱好者。乱哄哄的急诊室人来人往，一位脸长得像镰刀的进修大夫猛然发力，使与靖脱臼的关节恢复原位。

灼热的八月，汗滴沿着耳根流下来，我的身体上只有舌尖融化的一粒人丹制造出短暂的清凉。蝉集体喊着救命，一只色彩斑斓的毛毛虫弓起多刺的背部爬向黑人手掌似的树叶阴影。这时，我被对面一阵突如其来的刺目强光晃得睁不开眼睛。

过了一会儿，光斑转移到与靖脸上，我才看清，握着边角破裂的镜面，二嘎站在侵犯性的光亮背后。

那只皮毛邋遢的野猫正从屋脊上经过，它的前脚一拐一拐的。狂乱的春夜，全院人都能听到它那被情欲折磨得焦躁不安的婴孩般不知羞耻的高亢叫嚷，身体内部渗出的黏液使它散发出一种淫邪的气息，一种不洁的期待。

正午明亮的光线下，蹦豆看清它倒三角形的紧张的尖脸，曾经鼓胀下坠的腹部明显瘪下去，它一定在什么秘密地点生完了崽子。蹦豆和他的伙伴在仓库里历险，却没有找到猫崽，现在看见这只又老又丑又脏的母猫大摇大摆地现身，蹦豆吸了吸鼻子，感到一丝懊恼。膝盖上的伤口结痂了，但是，碘酒和紫药水难看的印儿还没消除，这是上次撬仓库逮猫留下的失败的纪念。

最近蹦豆两次挨揍，一次是因为丢了手电筒，还有一次，更严重，他把与靖的肘关节弄脱臼了。爸爸盛怒之下抡起粗暴的巴掌，还有扫床的笤帚疙瘩……蹦豆的屁股持续至今还在燃烧。蹦豆恨恨地想，与靖这小子真不经折腾，没把他怎么着呀？还有那只猫，哼，早晚跑不出他的手掌心。

现在，他的口袋里装着一封神秘的信，必须要在明晚以前送到。蹦豆很想偷偷看看内容，但想起那张阴沉的脸他放弃了，何况，信的交叠处粘着胶水。

奶油蛋糕的裱花鲜艳得失去了真实感，粉红粉绿的，像节日，在平庸的欺骗中织造幸福。这是我的15岁，将被纪念的少女时光。

一口气吹灭蜡烛，吹灭仿佛尚在萌芽中试探的幼小的火苗，我开始被鼓励着切分蛋糕——这悲哀埋伏在欢乐里的一幕也许预兆未来，只是我一再忽略。分享生日蛋糕吧，看：光明被熄止；甜蜜被瓜分；迎接柔软的，是下陷到肉体里的刀。

雷声滚动在黑巨人的喉间，他湿热的肺有一种即将发病的急促与粗重。爸爸到京郊开会，带着与靖。妈妈前去抢救一个脑出血病人。现在，剩下我一个人。

闹钟在桌面上走动，无数个夜晚我倾听它甜蜜而安详的节奏像涟漪那样由近及远地扩散在黑暗里，然后自己缓慢旋转着，进入涡流中心，开始睡眠。金属指针所制造的小巧的时间的回声正在这个暴雨之夜被改变性质，闪电照彻的一刻，闹钟如同裸露在外的失血心脏，它的跳动控制在一只隐形的手上——因为隐形，这只手的职业特征没有表现，所以，你不知道它属于医生，还是屠夫。我感到惊慌，就像棺材里蛀蚀木头的蠹虫。我咬紧枕头一角，填充麸皮的枕头芯散发着淡淡霉气：一种早期的死亡的味道。

懦弱并习惯向幻想求助，我假想自己强大，以抵抗黑暗上方那些飘浮的脸：当一张新的面孔显现，前边的那张就像水泡一样破灭了，但它们都有着或绿或紫的诡谲脸色，五官模糊，像是被水浸泡的大字报上烂塌塌的字迹。睁开眼睛，我看清闪电照彻的老式木头桌子，木桌上方的墙壁，一根长长的闲置的铁钉闪闪发亮。大雨喧哗，反而制造出寂静。我扭过头，盯着窗户。

朦胧的预感得以应验。这时，窗帘上映现出一个人影，过了一会儿，他开始用弯曲的指关节有节奏地敲打玻璃。

军挎，军用水壶，赤裸上身穿着板绿的军褂。尽管学校老师和附近居民对部队大院的孩子印象不佳，孩子却为自己的出身隐隐骄傲。他们一身从父母那里继承的军用打扮，得意扬扬。已是80年代中期，被纪念章指引的信仰，在革命和斗争中被刺激和赋予的狂热激情还持续着余温。军队依然意味着一种不露声色的特权和资本，所有少年都在向往得到军衣和一顶正宗军帽。貌似的英雄主义覆盖了理想，同时，微妙地遮蔽起对武力无时无刻的崇拜。

即使在盛夏也光膀子穿涤棉军褂，至多把袖子高高挽起——二嘎只系下端两粒扣子，半露看得清肋骨的少年胸膛。

他为自己成为好人眼中的异端感到骄傲。二嘎从小性格乖戾，幼儿园时代就开始挑衅，骂出的脏字让看护的阿姨满面羞容。他的对抗微小，却如同一根针构成对整个皮肤的伤害。上小学后他更是令人头疼的叛逆，严厉的体育老师也未能调教好这个几乎随时准备拼命的孩子。口号向左，他的脸偏向右边；命令立正，他依然散漫地稍息，甚至无动于衷地径自离开队伍。父母的爱已被失望和愤怒过早磨蚀，二嘎被放逐在爱和管教之外。

是的，被放逐在爱和管教之外——但二嘎将逾越普通孩子的权限，从感情的接受方变为施与者。跟随着一群兄弟，无论他们出于钦佩还是敬畏，二嘎已通过暴力对甚至比自己年龄还大的人进行了另类的教导。对于爱，他尚且无知——他其实也没有掌握的能力和了解的兴趣，只是觉得自己应该交个女朋友了——“拍婆子”既在同伴中标明前卫的姿态，又对自己是个崭新刺激。他对异性抱持的好奇需要尝试、解释和印证。

二嘎养了一只小白鼠，是一个小兄弟向他从事医学实验的妈那里要来孝敬二嘎的。这只眼睛像红宝石的小家伙由于主人的疏忽时常陷于饥饿，它不安地在局促网笼里向外张望，尾巴弯折着拖在身后。宠物不会获得自由，即使被似是而非的爱围绕。仅容转身的监牢已限定弱者的命运，一只手掌中的玩物，它不是死于实验室蓄意毒害的针剂，就是死于少年的无知的乐趣。

水面耀动细碎的光斑。我坐在池边休息，微风吹拂，一阵清凉。各色救生圈，还有的，干脆就是笨重的汽车橡皮轮胎。泡泡纱泳衣半遮半掩之下的身体线条。紧绷的游泳裤。对称的瘦子的肋骨。痦子和老年斑。松垮的腹部。湿漉漉的头发。呛水的孩子委屈的难看的下撇嘴角。浅水区的站立者长着两条被光波弯曲和缩短的怪模怪样的腿。远处，有人被怂恿着从跳板上纵身向下，激起一片水花。

想起风雨之夜蹦豆隔窗送来的信，我情绪沮丧。游泳池里特有的喧闹变得遥远且失真。那封有所防范的信折成了一个紧密的纸结，并在交叠处粘上胶水，所以当我展开的时候，脆薄的纸由于牵拉撕破了几处——把缺口对齐，细小的锯齿形裂痕正好落在歪歪斜斜的“喜欢”二字上。草草看两行，我马上翻检信尾，在红色“市公共汽车四公司印制”的字迹上面落着末端签名。纸页因为不自觉的抖动发出窸窸窣窣的轻响。这是一封情书，或者更准确地说，是以情书名义发出的危险邀请。我明白自己陷入困境，而完全没有事先的准备和逃脱途径。

风雨过后，暗藏的根沉泡在烂泥浊水中，花瓣却在人们的视线里展现娇艳。第二天清晨，从外地到来的姑姑打量着食

在人们的视线里展现娇艳

不甘味咬着凉馒头的我，她身上散发着坐夜车特有的汗碱、咸鱼、烟和旧棉絮混杂的体味。姑姑惊喜又夸张地宣布：“瞧瞧，个子多高啊，我侄女长成大姑娘了！”我不知所措，怎样才能回报长辈的热情？她坐着一张横纹凉席，凉席下面铺着绿格子床单，床单下面垫一条薄褥，薄褥下面，压牢一封秘而不宣的信。我无能为力地坚持着微笑，掩饰身心的疲惫。昨夜被闪电和焦虑交替打扰，我不断醒来，又一次次，被押送回梦境低矮的城门。夜晚仿若一只巨大的奔跑中的豹——闪电是它黧黑皮毛上雪亮的豹斑，前面，有什么逃亡之物就要被追上。

突如其来，冰凉的水花溅到脸上。等抹去眼睫上的水，我看到正是那张令自己担忧的脸带着居心叵测的笑意，出现在加剧晃动的水面上。

徒劳蹬踹，也无法甩开夹住前爪的捕鼠夹——这只猫受困于为它的猎物所准备的圈套里。嘶哑的哀嚎没有唤来拯救者，来的，是更危险的敌人。蹦豆他们大喜过望，不费吹灰之力就逮着了这只早就被列为目标的野猫，孩子热切讨论着该如何处置它。

两年前，他们从隔壁的铁道大院偷过一只在花园散步的家猫。这只猫浑身黝黑，只是在腹部，雪白毛丛组成一个罕见的十字架。它习性古怪，比火腿肠还热衷的食物是凉拌黄瓜。孩子们抚弄它的皮毛并未遭到反对，它甚至侧卧下来，露出了腹底那个玄奥的图案。二嘎提起猫的后颈把它揽到自己怀里，顺手挠着它的腮，猫舒服地眯起眼睛，尾巴惬意摆动。旁边新搬进大院的一个孩子羡慕不已，也想抱猫，不知趣的重复请求让二嘎坏了兴致，涌起一阵莫名烦躁。二嘎咧开嘴冷冷一笑，拇指和食指慢慢滑向黑猫皮毛下的喉管。不动声色，只用两个指头，他就结束了它的性命。猫为自己的轻信付出代价，挣扎来得太迟了。刚才那个要求抱猫的孩子惊叫一声躲过二嘎的转赠，所以，那只猫头骨撞地，放出一声闷响——也许这沉重的一摔反而使它清醒，这只猫回光返照似的又抽搐了两下，死亡的雾霭才蒙上眼睛。

现在二嘎不在，这只臭烘烘的野猫会遭到什么下场？蹦豆可不想学二嘎剥去猫皮，尝它酸溜溜的肉，他即兴想出一个绝妙主意。

黄昏，云霞就像被烈焰舔食的落叶，慢慢地，变成橙红色，慢慢地卷了边儿。那只衰老的母猫发疯般地狂叫着乱窜。它自由了，刚刚从捕鼠夹下获得解放。作为自由的标志，猫尾燃烧着一个咝咝作响、随着奔跑而颠荡的火球——只有经过汽油的充分浸泡，才能打造出这朵灿烂夺目的礼花。

从游泳池二嘎第一次跟我说话开始，不管怎么绕道而行，我几乎每天都能遭遇他携带灾难气息的面孔。放学途中的羊肠小道。教室后窗，他的额头，踮起脚才能露出的深陷双眼。大院食堂，勺子刺耳地刮擦着饭盆底边。得意扬扬地坐上双杠，他跷着二郎腿，于是我没能顺利跳过山羊，摔倒在肮脏的落满灰尘的垫子上。随心所欲的口哨，让我连续几个星期没有出现在放映露天电影的操场。二嘎常常旷课，他出现的时间和地点可以是任意的。并且，不知他从哪个同学那儿抄到我的课表，使我随时处于监控之下。

尖针设定圆心，圆规另一端的铅芯徒劳无功地画了一圈又一圈——手失去控制，想起二嘎不知何时终止的纠缠，我无望地伏在几何作业上，迟缓的泪滴，洇湿了那个空洞的圆。我拉上窗帘，徒劳地用毛巾被捂住耳朵，依然听到窗外断断续续被叫嚷打扰的歌唱，吉他凌乱地伴奏。故作姿态的求爱仪式丧失掉真挚与端庄，成为众人眼里的笑柄。二嘎唱的大多是《寻梦园》之类刘文正的歌儿，我可以感觉到歌词里缠绵的那个“你”像缰绳不怀好意地套上自己的脖子，留下一道隐而不见的羞耻印痕。

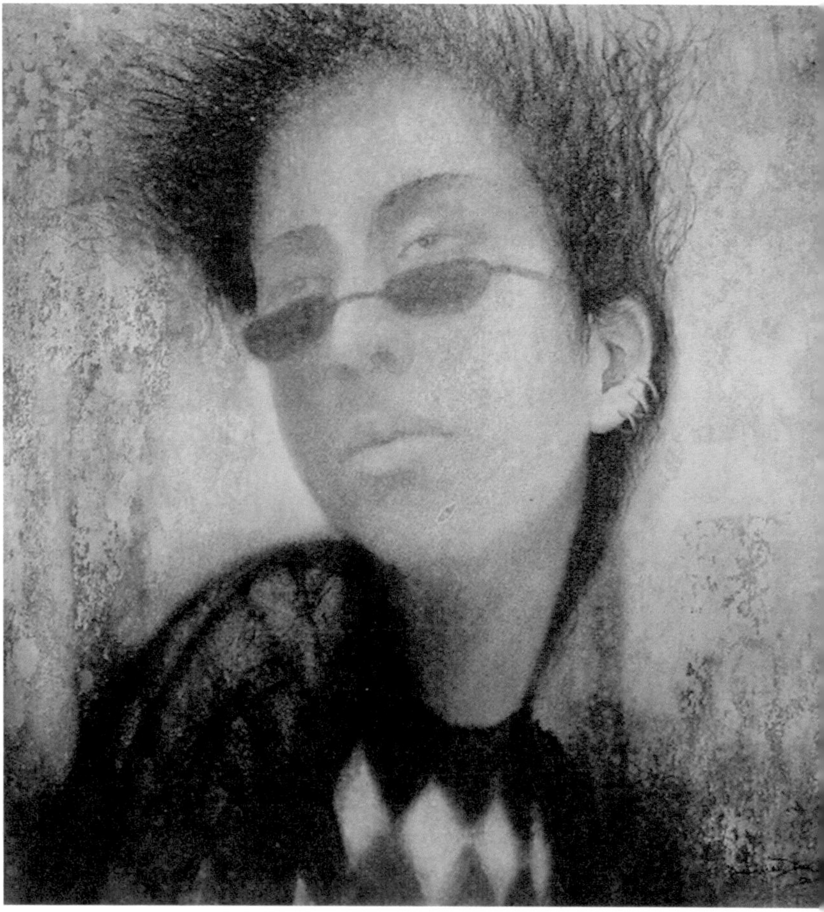

每天都能遭遇他

携带灾难气息的面孔

除了没完没了的忍受，我不知道还有什么办法来对付这种羞耻——忍受是最无效的行动，如同债务并不因长久拖欠而得以清除；相反，羞耻被巩固下来，我还必须支付在延宕过程中增收的种种苦恼。虽然堵着耳朵。听觉却仿佛更敏锐了，我听到一阵信手的疯狂弹拨之后，吉他弦突然断了。就像从光线中剔除的一道尸体，那根细亮的弦，晃动着，打在共鸣箱的琴板上。

拒绝二嘎，除了我与异性交往的不适，对二嘎威胁性质的追逐的厌恶和畏惧，还有名誉原因。作为一个听话的乖巧少女，仅仅因为使二嘎这种小流氓别有企图已经让我产生对自身的怀疑和不洁感。多年以后，我也不完全明白，当年为什么在孤独中日渐绝望，也没有把困境告诉父母以寻求可靠有效的援助。也许，我不愿这么明显地承认脆弱，以及成长的失败，也许每个人终身都无法摆脱对暴力深切的恐惧，宿命地服从。

猎物的躲避和恐慌，反倒给狩猎者增加了难度和乐趣。事实上，二嘎从未对这个普通得乏味的女孩抱有真正的眷恋，他喜欢的不过是一场新鲜刺激的游戏——以绝对的心理优势进行着操纵，他将达到必然的征服。经常在堵截的路口，二嘎习惯把板绿军装的领口竖起来，打着清脆的响指。

穿过主席台的队伍，步伐多么整齐。标准的敬礼。口号震耳欲聋。刺刀寒光闪闪，杀杀杀，消灭想象中的敌人。领奖台上，大比武中得到第一名的战士流淌着颗粒大小相同的汗滴和泪水。看台上的方阵，环绕操场的挺拔白杨，全是朗晴里的绿色。

轰轰烈烈的军队演练让人激动不已，尤其过后依然停靠在操场的坦克车。男孩们踏上履带，抚摩着旋转炮塔，用手势模拟喷出烈焰的机关枪。两天以后，坦克才开走。地面潮润，与靖追逐着坦克链轨留下的齿痕，看到一条钳紫色蚯蚓被压扁了枕住石头的半边。把它从泥土里挑出来，与靖用小刀把蚯蚓精细地切割成碎段准备当作钓鱼的诱饵。

最近心情愉快。与靖受到前所未有的优待，他能感到自己在同伴中那种隐隐的地位变化。以前欺负自己的蹦豆还特意送给他几枚子弹壳：大号的，闪着低暗的铜红色光亮。挺沉，就在兜里。听到子弹壳发出悦耳的碰撞，与靖微妙地自得。他知道，这种改变心照不宣的原因出自何处——二嘎正在追求他姐。

小黑板歪斜的粉笔字记录下刚刚失效的午餐菜谱：四喜丸子、木须肉、海米冬瓜、醋熘大白菜——临时借用为会场的食堂里飘散着大锅菜特有的味道。套着松垮雨靴的大师傅忙于用黑色的橡皮水管冲洗灶台间，还有那些巨大的炊具，一把用作炒勺的铁锹在经过大师傅拇指加压作用的水流下渐渐显出边缘的光亮。一张饭桌翻扣在另一张上，双双挤靠在食堂两端。墙壁张贴着“病从口入”的卫生宣传画，一个面戴口罩、眼神犀利的阿姨伸出无比严肃的手，指向斑斑点点一团肉红色的细菌。天花板上，六只巨大吊扇一起转动的声响作为始终的伴音环绕校长的讲话和麦克风里低回的电流噪声。这是每学年例行的期末总结，朗诵“三好学生”名单的教务主任有意放慢语速。以便给自己的回音空出追赶的时间和位置——一只误闯会场的燕子惊叫着盘旋凡圈之后才正确选择了另一侧的窗户，对教务主任的端庄带来少许破坏。

已经坐了两个小时了，我百无聊赖，开始察看自己的掌纹。三条关于生命、事业和爱情的干线不断被方向不一、长短不整的纹路阻截，有些无意间组成了平行关系，还有几个靠想象弥合的等边三角形，更多的杂乱无章，似乎暗地构成某种对抗关系——这些被习惯认为象征挫折和磨难的交错线条，使我又陷入近来常有的对未来的不祥感。

“三好学生”轰轰烈烈地领走奖状，意味着大会已进行到高潮过后的尾声，我已做好迅速离开的心理准备。这时，干练的女校长再次接过话筒，以一种与刚才的喜庆迥然相异的语调通知了一件事：三天前，一个孩子失踪了，名叫蒋小凯。有人曾看到一个身材高大的男青年把孩子从中午的校园带离——校方、警方和家长，都在焦急地征询其他目击证人。

会场一片安静。那是一种让人不安的异样的安静，是凶手刚刚逃离现场的那种安静，大动物隐藏在叶丛背后的那种安静。

像是衬衫上小小的纽扣，摊撒在桌面，五颗浅粉，两颗明黄，绿的三粒，棕黑色的我认出是甘草片，剩下的是墙皮那种不太清洁的白，数量最多。一只手把药片从深色药瓶里倒出来，其中几粒沿着自己的圆形边缘滚动起来；还是那只手，阻挡了它们前进的线路，停了好一会儿，才漫不经心地将全部药片收拢进另一只手的掌心。二嘎张开嘴，舌头上，一层由细胞、细菌、食物残渣和液体组成的发白的苔面——我怔怔地看到他把满把药片倒进去，喉结随着大口灌进的水起伏，然后二嘎得意地伸出空空如也的舌面，吧唧着嘴说：“如果你答应，我就想法儿把药吐出来；如果你不答应，我就死在你们家了。”

雨后，二嘎用湿泥在我们家的每扇窗户上勾勒出一个下颚凸出的阴晦的侧脸；当我试图擦拭，抹布所到之处，是它们在玻璃的清澈透明上制造的泥泞。一天，他撬窗进入无人的房间……放学的路上我听到他幸灾乐祸的声音："回家看看我送你的礼物。"——白色棉布文胸从五斗橱里被翻找出来，肮脏的食指蓄意在上面印了一个邪狎的指纹。敌敌畏的商标醒目：白骨打成的叉子上，眼眶渊深的骷髅似乎持有一种意味深长的危险笑容——"你是看着我喝，还是和我一起喝？"二嘎用力在桌面上碾压药瓶盖儿，使这个玩具式的硬塑料小轮胎发出轧轧的声响。一种浓烈而难闻的与死亡相关的气味散发出来……像被囚禁的魔鬼终于通过细细瓶颈，开始积累凶险的力量。我夺过敌敌畏瓶子，用力摔在地上。瓶身碎了，每个碎片都带着锋利锐角和四处溅开的毒汁，或密或疏地分布在我的脚下。

其实，我盼望二嘎意外又及时地死来解除加诸在自己身上的咒语。马路、学校、街道、电影院……随便什么地方，被复仇的凶器瞬间剪除，或者让他在监狱度过凄凉孤寂的残生——只要他的死因与我没有任何牵扯，否则，这个令自己厌恶又恐惧的人，他夕阳残照中被拉长的阴影会一直延伸……那么我的生不过是一件祭物，陪葬他漫长无涯的永远在过程之中的死。

宽阔的圆月被树影托举，一只夜行乌鸦缓慢飞过，像是那张明亮的脸上剥落一块暗斑。

房间的门被小心推开了——走过来时，与靖的尼龙短袖闪出一朵静电产生的蓝色火花。从与靖嗫嚅的声音里我听出了迟疑，但这显然是经过反复考虑的建议："姐，要不然，要不然，你就跟二嘎好吧。"

正午的太阳照进来，玻璃窗和隔墙在长长走廊投下明暗交错的光影，像音乐老师手指下的黑白琴键。语文科代表蒋小凯无所事事地望着操场旁的秋千——他特别佩服他的同桌：一个外地转校女生，虽然她带着怪腔怪调的可笑口音，可是班里从没有人敢把秋千悠得那么高，悠得让人心惊胆战。

蒋小凯发现，从一个特定角度看，秋千垂下的长绳恰好嵌进背景中的烟囱里——这个无所畏惧的插班小女生经常把绳链摆到与烟囱几近垂直的位置，然后又从高处呼啸而下。蒋小凯觉得害怕，好像总是自己，而不是秋千上的游戏者，下一秒钟，就要摔下来。

空荡荡的楼道里传来脚步声。

蒋小凯眯起眼睛，逆光中的人影逐渐接近。一个穿着深蓝色格子衬衫的人停在面前，蒋小凯仿佛在哪里见过他，可又想不起来。他向小凯询问去粮店的近路怎么走。小凯的语言叙述并不能使这个方向感混乱的大人明了，他似乎越来越糊涂了——他微蹙眉头，不整齐的门齿咬着丰厚下唇，移开之后，留下两个轻浅的凹痕。他说：“小同学，我到粮店有急事，反正离你们下午上课的时间还早，麻烦你领我去一趟，好吗？我给你买两根冰棍，一根奶油的，一根红果的。”

剪尖划过，细薄的刃光陷进皮肤——血珠迅速渗出，汇聚，然后变成窄窄的血流。右手握住一把豁开的剪子，我用它再次抵住左臂，阻止二嘎身体的靠近。

不久前的一次心理较量，已使我的胳膊落下几道平行的刀痕。我的自伤看起来是对贞洁进行烈性的捍卫，其实还有更隐蔽的原因——模拟的悲剧角色使我沉浸在一种难以言明的表演欲中，并且，血，也象征我为我的卑怯付出了不菲代价，我伪造了一个自己可以被原谅的理由。

不再进行名誉上的反抗，我终于默认这场专制之下的恋爱，然而每次见到二嘎，依然是狭路相逢。相互熟悉使我逐渐削弱了原来的恐惧，我当面轻蔑他的举止，嘲笑他的无知。我们必须保持一个由我规定的身体间距，二嘎试图缩短这个尺度的时候失败。一次激烈对峙中，我想也没想就挥手打了他一个耳光，蜿蜒的鼻血流下来……我意外自己身上也潜伏着暴力倾向的同时，也体会到报复那种恶毒的淋漓快意。

当发现这个在殴斗中建立权力的少年并不怕我虚张声势的剪刀威胁，我只好调转方向，将锋刃对准自己。

凝干的血渍颜色混沌，衣服掉了扣子，失去光泽的头发上粘着一片枯叶。远郊废弃的烟囱道里，蒋小凯孤单地蜷缩着。

小小的尸体令人震悚——胸肋上不仅有刀伤，还有钝物击打留下的大片青肿瘀血；凶手剥去了他的七个指甲；两个眼眶空了，在眼球被挖出以前，这个孩子有生以来第一次，也是最后一次，看见罪恶。

绽放，鲜艳和香气酝酿欲望——之所以美丽，是因为花朵有秘藏的营养。遮掩之下的根须向黑暗进发，花朵不仅需要阳光和雨水，需要微风，它更需要腐质的有效培养。我看到镜中的自己脸色红润，涌起的羞耻更巩固了这种奇异的久不消散的色泽。

一个隐形烙印，只有我自己明白它的位置，灼热的温度，它像蝴蝶翅膀一样轻触就经久停留。在我没有防备的时候，二嘎把嘴唇贴在我的面颊上。

一个吻，尽管来自敌人，依然施展出魔法。

瞬间上升到顶点的迷醉、激越和讶异，我头脑缺氧，双腿突然减弱的支撑力使我不得不倚在墙边。这个负荷电量的初吻，它的晕眩甚至在回忆中还发挥作用……二嘎离开的整个下午我都在复习这个吻，并被它瓦解全部的力量。时间逆流，指针致命地停在那个方向——我首次觉察有一种秘密的沉溺，一种无限的摧毁，与肉体享乐相关。

清湛平静的湖被突然的手搅动，那想止也止不住的轻佻涟漪传递到整个水面。我一面讨厌他的嘴脸，一面想起他食指和中指间浅浅洇开的烟黄。超越安全限度的应该被唾弃的不干净的快感，无论怎样遭到诅咒，它还是病菌般旁若无人地蓬勃滋长，让我感到羞耻和绝望。

我无法为自己辩护，况且有些事情即使冠以美名，也无法去除污点。我对二嘎和自己同样仇恨，因为这个吻不能完整地从它的给予者那里剥离出来——当我拆开一份阴谋的礼物，等于接受一份危险的交易，承认自己曾经回避的朦胧之中的欲念。

他的脸让我心生寒意——不是狰狞，而是平凡，他平凡得可以轻易混同人群不被辨识，平凡得可以使罪恶靠近不发出一点声响。

就是他，因为与同事抵牾竟然用最残暴的手段来对付一个无辜孩子以使他的父亲遭受终生折磨。就是他，提供了一份可疑的精神不正常的医学鉴定书，幻想减轻罪责——于是，他所居住的大院外墙上贴满了愤怒的声讨，白纸黑字，仅仅是对罪行的书面描述已经令人不寒而栗，怀疑到人性中的明暗配比是否符合我们曾经的设想。这个沾满孩子血迹的人必须受到惩处，简明扼要的速死甚至已经是对他的宽恕。

隔着公审现场观看的人群，我看到解放卡车上那张即将被消灭的脸。这张脸上没有我们应该见到的悔恨。挂牌上他的名字已被打了叉，即将穿射他身体的子弹已经压进枪膛。他的死，为受害家属带来的慰藉也许于事无补，但至少能为别人传递一些自欺欺人的安全感——否则，一个蛰伏的凶手，谁能预料，他突然亮出的刀刃会出其不意地对准谁？

这就是命运的不幸——为了揭露一个坏人，我们需要付出一个好孩子的代价。

凋谢之前，我要怒放。我的16岁，青春的礼花升到黑暗的高空。

邪恶的光亮映照着——二嘎手中的弹簧刀啪啪作响，隐藏的刀片一次次从鞘里闪射出来，像蛇芯，针对可以袭击的肉体。也许，所有的伤害都会被纪念，伤口像是另外保存的鞘，包裹留在身体中的那把即使被取出依然疼痛的刀——漫流的血，在上面打好漂亮的红绸带。我从二嘎那里见识到了各种各样的自制凶器：刮子，弹簧刀，管叉，链子锁，背带长长的书包里装着的一块板砖。不安分的能量激荡着，二嘎眼神里有一种狂乱和迷惘。

那个燃烧的夏天。一只猫被追逐的脚逼进死角，它发出绝望中的威吓时露出鲜红舌面上密布的倒刺，以及，齿锋上发黄的珐琅质；一个孩子被诱引着进入黑暗的歧路，他有纤细的脖颈，干净的手，不知道自己即将扮演恐怖故事的现实替身……这些往事，这些不溶的颗粒，永远不会化在记忆里。宁静美好的花季里，我能察觉自己不为人知的腐烂——在明亮夺目的阳光里我感到寒意，似乎，被闪耀的刀刃围困。

铅笔

2003年10月，镜子

镜子让我怨恨。晦暗的肤色，塌鼻梁，排列零乱的牙，伤疤。镜中人沮丧，再可爱的表情也难拯救这样的五官。我看到越来越多的痣，摆开脸上的北斗七星。涂上陶瓷色液体粉底，假睫毛和黑眼线夸张了瞳孔里的光，口红让嘴唇仿佛刚被亲吻过，饱满湿润。我在一张软面具里获得暂时的安全感。

但怎么才能回避那种几近落地的大镜子？它们无处不在。卫生间的墙壁、办公楼的入口处、试衣间的窄门里，还有练功房、家具售卖场、酒店明晃晃的外墙玻璃……尤其，镶嵌在衣柜上的，谁不遭遇它监视的眼睛。隔得再远，我也能看清自己占据其中的阴影。

胯骨过宽，臀部近于梯形。小腹前凸，弧线明显。腿不直，膝盖骨凸出。我当然没有那种簪子一样细并且优雅平行着的锁骨。到处是积聚的脂肪，能把它们藏在哪儿。我总是在镜子里发现自己一脸蠢相、一身拱动中的肥。

不正常地过度关心外貌中自认的缺陷，医学上称为身体畸形恐惧症。歌星迈克尔·杰克逊就是明显一例，他动过多达三十多次美容手术。他的前妻曾说，他从不卸妆，就是上床也不。

我怀疑自己也患上轻度身体畸形恐惧症。尽管年轻时曾因身材受到夸奖，可我还是消沉和绝望。我用修身塑形的内衣来改良轮廓，穿与裤子同色的高跟鞋以增长被想象确认的短腿。挺胸，收腰，提臀……踩在一个隐形高跷上，我抬升自己的视平线。如果没有貌似高傲的姿态作为矫正，我的不自信显而易见。我觉得夸奖的人并不了解实情，是剪裁得体的服装，伪造了我的荣誉。那些衣服是花费大量时间精心挑选的，线条优雅，它们不动声色地精确计算与皮肤之间的间距。所以他们的话并不缓解我的自卑，相反，我不得不花更大气力去维系这个谎言。穿紧致的衣服一般出于曲线炫耀，而我恰恰因为恐慌：对别人的判断将信将疑，又格外贪恋那种赞美，于是穿紧身衣频频展示，我需要得到不断的确认和安慰。

“难道你从来没有为自己的身材骄傲过吗？”女友疑惑地问。为什么我看到的自己，永远是臃肿和被小心包裹起来的畸形。我是否骄傲过呢，哪怕是在很久以前？我盯着镜中的陌生人。每个人，都有自己的盲区，即使在镜子面前。

镜子之所以成为镜子，因为它涂黑了玻璃的另一面，让人的视线无法穿越。表面上映照，其实是在阻挡——不透明的东西，隐藏在镜子后面。

对王后来说，白雪公主就是她的盲区。所以，她需要镜子的发现和提醒。一面可以开口说话的镜子，就不再普通，而成为揭破真相的魔镜。在白雪公主长大以前，王后曾经是世界上最美的女人——就像白雪公主注定成为未来的王后，王后其实就是一个变老的白雪公主。魔镜映照王后往日的辉煌。而王后频频下毒手，其实她真正想杀死的，仅仅是自己的回忆。

向镜子不可测度的幽深处望去。渐渐地，我的魔镜开口。那是一个来自男性的嗓音，经过克制的柔缓和低沉。他的声音来自密室，伴有轻微回音，仿佛在告知一个未经揭破的秘密。他说：“你看看你的身材，有多漂亮。”随后我被一双搭在肩上的手，轻轻推送到衣柜的镜子跟前。

镜中人高挑。脖颈和手臂纤长，她有玲珑的腰、修拔的双腿和果实一样甜蜜酝酿中的乳房。事实上，她是在魔镜说话的瞬间，才突然拥有少女曲线的。

魔镜魔镜，你的答案诱人又无情……沿着指引，回到14岁，回到我的白雪公主时代。

1983年4月，运动服

用剪尖小心地挑，缝线一一断开。运动服的裤脚本来收束设计，像个灯笼口，拆出松紧带以后，它成了筒裤。我穿上试试，这回行了，长度正及脚踝。没到一年，尺码为90厘米的运动服我穿得就小了。上体育课。跑着跑着裤脚就上滑到小腿。现在裤口散开，让我不再像个打鱼的那么尴尬，并且显出与众不同的别致。虽然所有运动服都是同一式样：纯棉质地，深蓝色，体侧有两道平行的白色条纹。

照照镜子，我烦恼地发现，自己似乎又长高了。门侧的墙皮上，铅笔划痕间距不等，每根不太平直的黑线旁边，写着一组数字。那是妈妈比着我的头顶在墙上做出的成长记录。最近一年，数字相邻的日期很近，而直线之间隔开的空白却越来越大。以不可思议的速度长高，无人知道这带给我的隐忧。

我暗暗希望自己娇小，轻巧，白而柔软，带着淡淡的香甜，做一个橡皮姑娘。而现实中的我，忽然铅笔样细高，尤其穿上这身运动服，鲜明的白条纹如同铅笔侧棱。身高在全班女生中排第二，课间操我站在杜临临的后面，也就是说，她生病的时候我必须站在队伍最前端。突出的位置让人无处躲避。何况，我还有另外的恐慌。我形成一种顽固的心理认识：高个女生难以获得家长和异性的宠爱。1米64，实在不像一个孩子的身高，我觉得自己因此显得笨拙，身高使我日渐脱离孩子的队列，向着成人靠拢，尽管我在心理上并没有同样地速成。生日我许愿自己别再长了。据说脚不发育了，个子也就停止生长，所以我刻意穿号码不合适的鞋子。严厉捆绑，我走路无时无刻不疼。半年过去，脚慢慢变形，除了大拇指向前延伸，并保持轻微上翘，剩下八个脚趾全部向下弯曲。小人鱼的美，从脚下的剧痛开始……我想象自己正因秘而不宣的残疾摇曳生姿。

只有锻炼时，我穿舒适的球鞋。也许正是这稀有的舒适巩固了我的体育爱好。每天长跑，来回大约2000米——穿过树林，穿过蓟门桥的十字路口，跑到终点的法院家属区。我气喘吁吁，抬头看见小桉家的阳台。

那是一幢四层楼的建筑。50年代的老房子，结构稳固，颜色灰暗。大多数阳台上，或堆满杂物，或晾着长长短短的衣服。小桉家格外整洁，植物参差，连翘垂金挂银地延展到底下一层的阳台。一株肥绿的盆栽备受珍爱，那是品性独特的昙花。它选择黑暗中开放。花蕾慢慢酝酿，膨胀，花朵打开时约10厘米，散发着寂静中的幽香，宛若少女乳房。我目睹过它的孤闭、唯美，还有怒放中的冶艳……润白的花瓣，烘托从中一株猩红而强壮的蕊柱，裸露中微微抖动。

"小桉！"我在楼下喊，等她探出毛茸茸的脑袋。我猜她在家，因为自行车停在楼下。小桉的车总是被爸爸擦拭一新。辐条光亮，转动时发出悦耳轻响。他不仅细致地清洁车身，还经常检测交叉的闸线是否灵敏。虎口稍一用力，车闸立即像钳子收拢，保障小桉能在危险跟前及时止步。小桉有一个令人忌妒的父亲。"小桉！"我继续喊。春天干燥的风吹得嘴唇脱皮，我咬下碎皮，吮吸从裂缝中渗出的血。

1983年5月，卷宗

把铅笔探进卷笔刀的孔，转动。旋下两圈木头皮，红棕色、墨绿的漆皮绲边，缩在一起，像某种动物脱下的皮蜕。笔芯削得很尖，坚硬，发亮，旁边散落细细的铅笔屑。我顺手在课本空白处画了一张女人侧脸：额头饱满，鼻子高挺，下巴有些外翘，长睫毛夸张地弯曲着。我又画了全身像，她的双腿修长笔直，芭蕾动作地超过90度打开……展平的铅笔屑正好做短裙，镶有锯齿形花边儿。

房间里，两把刀。一把是我手里的玩具卷笔刀，螺钉把短小的刃固定在塑料壳子里。另一把，近在咫尺。吉列刀片上的外包装上，印了一个小胡子男人，头发梳得纹丝不乱，打着骄傲的领结。剥开外包装，里面垫着半透明衬纸。刀片中间镂空，造型像根复杂的罗马柱，支撑着一座黑而薄的宫殿，支撑两边对称的薄刃……它锋利无比，不能轻易接近。现在它嵌进一把剃须刀里。

彭叔叔在刮胡子，剃刀在胡楂上走动。沙沙沙。这种声音让人焦虑，我老是想起连环画上的理发店谋杀。汹涌的泡沫堆积，一把超过90度打开的剃刀埋进泡沫里，犁出一片光洁的区域。稍不小心，或是顾客不慎动一动方向，剃刀就在脸颊上飞快地划上一道血迹。闭起眼睛的顾客向后深仰，暴露着喉结凸出的脖颈……居心叵测的理发师，左手笼罩在他口鼻上方，那把犹豫中的剃刀，如此逼近喉咙。我不安地抬起头，又看了一眼，彭叔叔已把刮胡刀放在水流下冲洗，并洗净脸上残余的肥皂沫。再低头时，我发现自己把答案填到下一个问题的空格里了。好在是用铅笔写的，我抓过橡皮，消灭自己的错误。

小桉洗澡还没有回来，我边等她边写作业。彭叔叔刚刮过胡子的两腮泛青，他的下巴中间，有个不易察觉的下陷的小坑儿。小桉一直为爸爸的漂亮而得意，虽然自己并不像他，她长得像平庸的妈妈。彭叔叔是法官，这使他的英俊相貌同样象征一种优越在上的权力。我心不在焉地写作业，他批阅他的卷宗。异常安静，挂钟的金属表针走动，声音简捷有力。

过了一会儿，我们似乎都对自己所做的事感到疲劳。彭叔叔递给我苹果，温和地建议我们互换手里的工作。这是一个有意思的休息方式。他检查我的作业，让我觉得自己是被父亲宠爱的女儿，这种错觉让人喜悦。但我没料到，他批阅的刑事诉讼材料，如此惊心动魄。

第一份材料是桩故意伤害案。兄弟之间因财富起纠纷，弟弟几次设法杀死哥哥，在自卫过程中，哥哥刺伤弟弟的肩膀，附着伤口外翻的照片。但是那只刺伤弟弟的手，已经不会再有新作为：它被弟弟随后报复的炸药炸飞。同样，附有一张残肢的照片。模糊的血肉，丑陋的残损，让我恶心。这个文字描述中的世界，互相侵犯，凶险四伏，迥异于我的校园环境。那是成人的世界，让我心生寒意，我还没有准备好能力和勇气参与。我翻过材料时，把彭叔叔批阅卷宗的红蓝铅笔“啪”的一声碰到地上。他帮我捡起来，我转移了眼光，不想让他看出我害怕。除了暴力，成人世界里还有其他内容孩子禁止入内。读到第二份材料，我心乱如麻。一个回家的男人目睹妻子通奸，狂怒中杀死了交媾中的男女。罪犯对自己杀人过程的申诉和辩解数千字。赤身裸体。性交。阴茎。精液。大量关乎器官的词汇，对奸情的场景描写，是我首次触及的色情文学。纸上字迹一阵模糊，我尽量调整感到困难的呼吸，但一种奇异的灼热在体内漫开。不想让他看出我的兴趣，我有意冷漠——右手转动着他的红蓝铅笔，左手翻页，我咬牙坚持，装作无动于衷地阅读，好像那不过是一张普通的收音机说明书。

皮肤表面，微微汗湿。我腾出两只手，把系成马尾的头发绾上去。我喜欢妈妈的盘发式样，但明白它并不适合自己的年龄，现在似乎只有这种成熟女人的发型才能帮我散开身体的热量。由于经验生疏，几绺头发没有梳拢进去，垂在了脖颈之间，那种痒时隐时现。左手扶住发卷，右手在作业本下面翻，我喃喃自语："那个卡子呢？"彭叔叔微笑，歪头着意看了我一眼。他说："你热了吧？"随后，他拿起我一支刚才削好的金鱼牌铅笔，斜斜地，插进我草草拢起的乱发里。

房间里，两支铅笔。一支是彭叔叔的红蓝铅笔，诉讼书上，生杀予夺；一支是插进我头发里的HB铅笔，它暧昧难测。

皮肤表面，微微汗湿。

我腾出两只手，把系成马尾的头发绾上去

2003年11月，橡皮笔记

记得小学三年级，老师同意出错率低的孩子率先使用钢笔。我们争先恐后地表现，似乎那是一种极具诱惑的特权。我下笔谨慎，力图卷面整洁，早日更新书写工具。后来终于得到老师准许，我用上了钢笔。

黑。蓝黑。纯蓝。墨水只有三种颜色，我总是不停更换。每换一种颜色，视觉心理需要适应一段时间，等我刚刚适应也就厌烦了。看起来是缺乏耐心，其实流露出的，是焦虑。那天我把一条米虫搭在墨水瓶瓶口，它蠕动，然后掉进去了。捞出快被淹死的虫子，怎么那么笨，它在格纸上爬，写最后的遗言。我对折纸页，厌恶地一捏，虫子的肉汁和墨水混在一起，留了一团污斑。看着拇指和食指之间同样留下的墨痕，我听任钢笔滚落，在水泥地上摔劈了笔尖。是的，我不喜欢墨水，尤其讨厌大字课，手握毛笔，对着古人碑帖模仿——白纸黑字，我的手指发出臭烘烘的气味。

为我倾心的其实还是铅笔：灰字迹，笔芯踮尖的脚，随着书写在纸上缓缓移动的纤细的芭蕾小人裙纱般的浅影子。你可以放心地写，铅笔字孩子气的天真，还有一种草稿性质的不确定感。常年使用钢笔，拇指和食指前端的印记并不明显，但是右手中指第一道线侧面，留下一个不易察觉的小坑，发红，有点儿茧化的硬。铅笔正好可以舒适地搁进这个小坑里。

铅笔与钢笔的最大区别，其实是由两者之外的东西决定的：橡皮。橡皮能够修正铅笔字，钢笔的错误只能靠自己否定。但谁愿意面对涂涂改改的墨滴呢，显得失误比比皆是？如果钢笔写得不对，有人宁愿坚持，或者换张崭新的纸重新开始，也不改动错误的结果。换言之，橡皮的存在，使铅笔比钢笔更具自省精神。

我收集橡皮。小学生的习惯。除了印有铅字的结实好用的绘图橡皮，我喜欢各种各样的香橡皮。红的，绿的，黄的，果冻一样鲜艳。用鼻子嗅，那种小傻瓜一样不懂掩饰的甜。诱人味道使我忍不住咬下一点橡皮尖儿。我的成长理想：做一个玲珑而甜美的橡皮姑娘。橡皮本身从来不制造任何错误，它只清除污迹，时时准备开始它那带有宗教倾向的、修女式的擦拭。这与我对自己的隐秘期待互为呼应。当他人犯错，我将抱以宽慰：原谅，庇护，并试图弥补失误，哪怕在他人的错上磨损自己橡皮的一生。橡皮走过的路，一片泥泞。建设清洁无误的世界，需要橡皮必然的牺牲。

我习惯使用的HB铅笔顶端，常嵌一块寒酸的橡皮头，被有勒痕和孔洞的薄铁皮箍紧。又硬又小，是自行车内胎般的

建设清洁无误的世界

肉红色，残缺的橡皮头儿落有齿痕——我吐掉橡皮碎渣儿，涩涩的。它能使铅笔犯下的错误不落痕迹。位于顶端，等同铅笔的大脑位置……那紧涩的、小得可怜的、用于涂改笔误的橡皮头，便是个人的自我省察，带着它的有限和苦味。

红蓝铅笔在铅笔中最特殊。普通铅笔的一端被紧箍圈里的橡皮管住，而红蓝铅笔，是不带橡皮擦的。甚至比钢笔更不由分说，它具有评断和宣判的味道，老师和法官无不操纵着一支高高在上的红蓝铅笔。红蓝铅笔无须配备自身的橡皮，来自阶层、职位、年龄甚至性别的权力力量，足够让它在未成年的HB铅笔写下的答案上任意褒贬和修改。HB铅笔不能修正被红蓝铅笔写下的部分，即使那是个错误——红蓝铅笔打上的叉子，都拥有格外的正义。这是权力的秩序，不容撼动。

1983年5月，晚餐的鱼

一条新鲜的死鱼，很大，鱼眼的巩膜上还泛着虹彩。鳞片就像镍币一样，闪着硬质的光。鱼像吝啬鬼一样至死看守着它紧贴全身的财宝，我感觉到了彭叔叔刮削鱼鳞时的吃力。湿黑的鱼皮上黏液滑手，有时候，鱼活了似的，从他的虎口下往前一挣。

“晚上咱们吃鱼。”彭叔叔边收拾死鱼边说。他说“咱们”，语气直接，没有商量，于是省略但也确定了他的晚餐邀请。

问题是，我中午已经吃过鱼了，星期天的伙食比平日丰富。妈妈炖了黄花鱼。妈妈打开锅盖添加作料，我往里看：酱棕色的汤汁尚未淋透剖挖出来的米黄色鱼子。黄花鱼的眼珠硬白，嘴角下倾，口腔里布满锯刺的牙——它们在汤汁煮沸的气泡里，浮沉一张张太有悲剧感的脸。其中一条鱼头被铲断了，从身体分离，单独的脸……气泡从它上昂的嘴里吐出来，仿佛进行最后的陈述。过了一会儿，鱼头被越鼓越大的汤泡推到锅沿侧面，它的头一歪，渐渐沉没。

沙沙沙。彭叔叔继续刮鱼鳞。我的同桌曾下决心把一枚五分硬币磨平，每个课间十分钟，他在水泥地上坚持不懈地努力。噪声持续，如同铝勺刮着饭盒的声音，让我难以忍受。我躲得远远的，直到同桌把他的成果，那片变薄的金属得意地捏在指头间。水池边堆着掏出的鱼内脏和散落的鳞。鳞片呈现磨薄的硬币损伤后的光滑。那种被贬抑的价值。一旦有了联想，刮鱼鳞的声音也刺耳起来。沙沙沙，让我发麻，好像自己也变成了躺在砧板上的鱼，被什么利器打磨。

彭叔叔的手长得有造型，特别匹配他的容貌。这双手擅长把握利器，无论是刮胡刀还是去除鱼鳞的剪子，还有，那支能够签署判决书的象征权力的笔。彭叔叔也是一个出色的园丁，他栽种植物，从花蕾到籽实。所以他有一双恩威并施的手。

鱼的鳞，它的皮，它贴身护卫的铠甲，被他的手脱下来。案板上，鱼裸现晶莹的肉体。我饶有兴趣地观察彭叔叔准备晚餐，准备接近黑暗时才能享用的美味。他不知道我中午吃过鱼了，所以在这顿晚饭开始之前，我的嘴里已经弥散着事先的腥气。

1983年5月，桌子

晚饭摆在八仙桌上。桌子的四条边线分别可以坐进两个人，但在我的视线里，只有一个。小桉，她的妈妈，小桉的哥哥。而我和她好看的爸爸位于同一条边线。并且，彭叔叔没有给我安排凳子。我坐在他腿上。

作为形影不离的朋友，我和小桉从未有过任何冲突，她的想法就是我的想法，我的想法就是她的想法，我们好像共同使用一个大脑。现在，我感到她作为女儿由妒意上升的敌意。小桉摔打筷子，不耐烦地，抱怨米饭里的沙子。她不再成为唯一得宠的女儿。我格外安静，不多话，动作里加了几分小心，却并未减少内心的得意。

秘密的争夺和分享。我们向同一个男人邀宠，方式不同而已。小桉是田径式的，激烈，强调动作幅度，带有肢体竞争的积极感和侵犯性。我是象棋式的，不动声色，却在开辟局势更为复杂的战场——因为除了策划自己，还要因对手的布局而变化，调整人物之间的关系，部署我的埋伏。看起来漫不经心，我似乎从未上场，但这种由脑力进行的体育格外消耗能量。我隐隐得知自己是获胜者。我的信心，来自小桉的沮丧，以及背后那张看不见的脸。

频繁的脑力活动，以及暗自较劲的坐姿，消磨着我……没人知道我有多难受。我并没有真的像在众人面前表现得那样轻松自如地坐着，而是类似骑马蹲裆式：后脚跟用力，两腿对称打开，以这个令肌肉酸痛的艰难姿势，努力减少他腿上的负担。试图使体重显得更为轻盈，对得起彭叔叔曾经的赞美，我幻想自己悬浮而不是坐落。

僵硬的骑跨，坚持起来需要体能和毅力。过一会儿就疲惫不堪，不得不有所调节。只要在彭叔叔的腿上稍事休息，我马上就恢复暗中的自我折磨，我不想让他觉察变化。不知道这是敏感还是隐约中的错觉：当我力图分解自己的体重，彭叔叔的腿也在轻微抬升。我甚至察觉了他不动声色中提起的足弓。我的身体和他的身体之间，始终保持着秘密衔接。越感到自己腿部内侧的夹角，我就越感到他配合中的靠拢。有生以来第一次，我学习掌握男女的肉体之间微妙的心照不宣的进退关系。

突然，我的脊骨里涌起一阵上升的液压。瞬间的失重般的眩晕，我缺氧，两颊泛起潮红。我不自觉地向桌边倾靠。彭叔叔本来左手端碗，右手拿筷子，现在他把碗放下，手臂绕过我的腰，果断地向后紧了一紧。他从后面搂住，我当然看不见他的五官和表情，但我低头看到了彭叔叔的手臂。

对我来说它是如此陌生。暴筋的手臂，让我想起收税的人。

奇怪的是，整个晚饭过程中，我几乎意识不到他的妻子。那个沉默寡言的阿姨，就像一张没有添加定影液的照片，她逐渐溶解，直至消隐得没有踪迹。对比我的豆蔻年华，她显得如此庸碌与衰老。即使曾经貌美如花，岁月也会让她沦落为失宠的王后。没有资格成为我的敌人，所以，她不会吸引我。一个不值一提的配角。

我的焦点在彭叔叔、小桉和自己之间周旋。盘子里剩下几茎菜梗；各自的碗边增加了许多根齿梳般的鱼骨；一个小圆球滚落到桌面，那是煮熟的鱼硬白的眼珠。我不仅想靠意志力带走体重，我还希望自己吃相优雅。我恨我的咀嚼，食物下降到喉咙发出的动静。我闭紧嘴巴，小幅度错动牙齿。像小桉那样孩子气地鼓动腮帮是可耻的。或者，我刻意以带有仪式感的失真的进食方式，暗示给彭叔叔：我不是一个孩子，至少不是他的孩子。

他的儿子，额头布满青春期分泌过盛的痘疱，在他提前结束晚饭的时候才被我注意。他匆促放下碗筷，嘴里含混地说了一句："我出去一趟。"然后他走到屋角，打开大衣柜取外衣。打开柜门的时候，镶嵌上面的镜子划过一道短暂的光亮，晃动之后，镜子停下来。镜子停下来，为了映照留在桌边的四个人。一个男人和他的妻女，以及，角色可疑的我。

身体重心有时仅仅是谨慎地触及他——我力图显得轻盈地向上努力，可能包含着对生殖器的本能捍卫，也可以解释为对纯洁的象征性维护。但镜子袭来真相，什么也不能抵抗我巨大的羞耻心，以及，从那一刻开始，对身体突然涌起巨大的不洁感和仇恨。

镜子映照出我们在扮演什么。众目睽睽之下，这里，有一个化装成父亲的男人和一个化装成孩子的女人。

我熟悉那面镜子。镜面上有些散布的斑点：那是小桉的习惯，对着镜子刷牙，牙膏沫子溅落得哪儿都是。我知道镜子的右下角有个装饰图案：叠合的双菱形。我知道镜子下面的底层抽屉掉了一个铜箍，另外一只是后配上去的，有明显的色差。我知道，自己的身材如何被镜子初次映照。那一次，只有我们两个人。彭叔叔的手搭在我肩上，把我轻轻推送到镜子面前。他的声音低得像耳语："你看看你的身材，有多漂亮。"他的手臂在我背后延伸，如同根茎推送着顶端的一朵花，如同朵瓣打开内部的红，我突然昙花般绽放。深蓝色的纯棉运动服，紧紧贴合着发育中的少女身体，我修长而挺拔，如同漂亮有型的铅笔，即将展开崭新的书写。彭叔叔脸上荡漾陌生的笑意——唯有镜子，能让人目睹藏在自己背后的脸。

晚餐过程中，我不知道彭叔叔如何维护他的坦然。当他收税人一样暴筋的手臂收拢，我在潮热中位移，从他的膝盖向后滑动。像一朵花被挑起在顶端……某种秘密的茎在背后支撑，我的体表才能泛起这种非法的玫瑰红。

一切，都在桌子的掩盖之下。桌子比床堂皇正义，也更隐蔽。被剥皮剔骨的鱼，在晚餐的桌子上，缓慢挥发来自肉体的顽强的腥气。

生硬地嫁接在彭叔叔腿上，我就像一枝已然病变的枝杈——镜中景象不断复现，我无法继续自己的轻盈表演和在小桉那里赢得的胜利感。稍一走神，一根鱼刺卡进我的喉咙，尖利无比。我咬了一口馒头使劲咽下去，不行，它还在，只不过稍微调整了倾斜的角度。我小心控制唾液下咽，以降低疼痛的程度。

“我吃饱了。”我想站起来。但彭叔叔的臂环加重了压力。他说：“不行，再吃点，你正在长身体呢。”递过一口掰开的馒头，他的手靠近的，是我的嘴唇。不需要暗示，彭叔叔的动作再自然不过：他要喂我。我面临选择。吃下这口馒头，鱼刺有可能被清除，也可能让嗓子里麻烦更大。我顺从了。咬住馒头，我的舌尖碰触到他微咸的手指。

下咽的时候，锐痛几乎使我溢出眼泪。忍不住咳起来，进餐过程中被我蓄意消灭的噪声以那么大的分贝扩张出去。我丢脸地喷出食物碎末，喷出他喂给我的东西。

彭叔叔把我领到厨房，让我张开嘴，查找卡在喉咙里的刺。口腔里弥漫着一丝淡淡的血味，我仰起头，对着他的脸，尽量张大嘴……打开自己，让他仔细察看我猩红的体内。他的手指，伸进来。

1991年8月，诊室

病毒性流感的第五天。我继续发烧，头晕，嗓子还肿痛。男友上午陪我去医院。体温计，验血的化验单，X光片拍照室。在医院的各个楼层辗转，我虚弱地靠着他的肩膀。在此之前，我和他的关系一直处于幼稚又造作的抒情阶段：除了几次有限而潦草的亲吻，我们缺少肉体的实质性接触，相互之间只是连续地写情书……我们结巴着示爱，字里行间充满“啊啊啊”的语句感叹。

“啊啊啊”。窥镜伸进来，观察发炎的喉咙。隔着压舌板，味蕾还是感到了窥镜杆上特有的金属甜。在医生面前，病人总是严肃地、正义地、郑重地，一再向他出示红肿变形甚至在充血的器官。我们容许窥查，容许他以某物部分深入身体的内部。

……

光线穿过窗户照进来，我醒了。小心翼翼地，光着脚下了床，病愈之后的新早晨，我感受来自身体的转折和变化。享用过我初夜的男友还在满足和疲惫中熟睡。

它伸进她暗红的洞口：接触，抵达，然后开始快速地摩擦，直到它的前端，涌起汹涌的白沫。弥漫着一丝熟悉的腥气，尽量张开嘴，观察，我对着镜子一看，果然，又出血了。作为一名牙周炎患者，我发现自己的口腔能一次次扮演处女。

镜子里突然出现了另外的脸。他脸上荡漾陌生的笑意，不知什么时候，男友站在身后，我被吓了一跳。

事隔多年，如鲠在喉。

1983年6月，公共澡堂

水流冲刷，能否真正洗净污浊？我用力搓，直至皮肤红痛，从自己细瘦的胳膊和腿，清晰可辨的肋骨，到肋骨上轮廓开始圆润起来的乳房。指端或毛巾下，仿佛橡皮搓起一片泥泞。我嫌自己脏。据说少女时光是一生中最灿烂的时期，而我的开放过于短暂……隐藏在昙花无名的黑暗里，折叠于镜子背后。更衣室里，因为寒冷，毛孔起了一层鸡皮疙瘩；澡堂里腾升的蒸汽，又使皮肤上微红、汗湿和肿胀——种种生理的本能反应都令我反感。正如我不喜欢自己此时的纤瘦，同样也不喜欢未来的丰腴。我不能辨别，固执的否定和歧视是否与一次偶然的镜中映象有关。但的确是个开始，这种对身体的道德性厌憎，将贯彻多年，越过我漫长的成长和回忆。

水雾氤氲，到处是裸露的女体——如同海底鱼群因其密集导致的视觉眩晕。我不看她们，也不看自己，把温度调得很高，我闭起眼睛，灼烫的水流击打着面颊和肢体。我是一条被剥去鳞片的裸鱼，被汤汁浸透，散发将熟的微腥中的香气……贪婪的眼睛和胃在等我。

每个人离开之前都会在澡堂大厅完成最后一项程序——镜前整理。我梳着还在滴水的头发，落地镜反射着收票的窄窗，反射着从中探出的看门师傅痴肥的脸。

我们管他叫大肚伯。他的腰围超过身高，肚子圆硕，腿上胯下脂肪松垮，红烧肉般的脸常年泛着兴奋的血色。所以他还有个私下流传的绰号——“滚刀肉”。他老婆户口在乡下，偶尔来探望他时我见过。排骨瘦，喜欢穿黑条绒的衣服，烟瘾比男人还凶，所以身上的味道很重，声音也沙哑。她少见的热肠，只要她来，总把澡堂打扫得镜明几净，问候所有来往的顾客。但我无法解释自己作为知情者对她产生的优越感与同情心。

公共澡堂只在星期六和星期天对外开放，全院人纷至沓来。我每每不是去得最早就是最晚，尽量减少赤裸时与人群相遇。大肚伯很快就熟悉了我的规律。趁着无人，他几次贴近，攥住我的手腕，响在耳畔的话语却异常温柔：“星期二下午你自己来，我专门给你开门，让你一个人洗澡，好吗？”曾懵懂地把这理解为格外的偏袒，如今我确认“好意”里埋伏的危险与侵犯。

2003年10月，操场

没想到，隔了20年之后重逢。

黄昏我到工体大队的操场散步，围绕绛红色塑胶跑道。天边滚起乌云，仿佛激动得生病的肺叶。一只晚蝉声嘶力竭地鸣叫，用不了多少时日，那对通透的小翅膀将冻成薄冰。蝉鸣中，树叶纷纷落下，以它们告别中的浅金色。跑道是环形的——如同小时候做过的数学应用题，移动速度不一致的两个物体，无论相向、相背还是追逐，必然相遇于环形的某点。他走在跑道里侧，我走在外侧……我们正面遭逢。

步态从容，体形依旧修拔。令人惊讶的是，彭叔叔把他的美貌维护到了老年，似乎这种漂亮可以使他享有部分犯罪的特权。我甚至相信，是一种难以言说又可以容忍的微量的邪恶，怂恿并长久捍卫着他的美貌。

承认他还是颇具魅力的男人，但我不再被诱引，毫无情绪波动。从那次搬家转学，到这个不期而遇的黄昏，20年间没有见过，除了数月前我意外耳闻有关他的消息。让我略为担心的，倒是旧日朋友小桉，她是否了解父亲的事并由此带来伤害。隔着20年，隔着几十米的距离，我一眼就认出了……他离我越来越近。秋日黄昏，瞬间安静下来，一切背景都在向后推移，让我联想起他种植的昙花——是的，暮色硕大的花瓣全部向后翻卷，只为烘托他走来的身影。

为什么我们默契地都没有开口？是因为紧紧跟随着他的那两个人吗？是因为对往事的追悔？因为遗忘？因为变迁？还是因为今天的羞耻？那一瞬，我忽然有种错觉，仿佛置身影院，从侧暗的光里看到熟人——可我不能在黑暗与安静中走过去召唤，因为那会碰触他人的腿，或是成为干扰电影播映的讨厌的弦外之音，引起不必要惊扰，使双方都成为尴尬的中心。所以我把他当作陌生人，选择沉默，并试图把注意力重新转移到应有的中心。我看天边，想着今晚会不会星宿满天……像会飞的种粒，它们从同一株蒲公英的球冠上被吹散。

几步之遥。余光一瞥，他其实还是老了，经不起特写镜头。

没有不发酵的记忆。被埋藏的秘密，不是发芽，就是腐烂——腐烂中也会散发招摇或隐约的气息。那是一桩相隔数年的旧案。宣判的结果不令当事人满意，也许是怨气累积，也许是受挫的心迟迟得不到平复，也许是情感的后来变故……这位女当事人，突然把法官推上了名誉的危崖。她告他当年的强奸。

对于强奸，女方提不出充分的确认证据，男方也提不出充分的辩护证据，尤其在隔了如此可疑的发案时间之后。在一桩查无实据的案件里，奇怪的是，男方没有选择职业训练轻易得出的利弊判断，没有采取全面否定的对策，他承认两人之间的恩怨，但他坚持：是通奸，并非强奸。

这使一切变得更为界限模糊。外人无从得知，那次性爱，究竟是男方利用职务之便的暴力侵占，还是女方假使情色进行的性贿赂，或者仅仅是肉欲驱动下的器官摩擦。甚至不排除诉讼是爱情挣扎到最后鱼死网破的尾声。种种说法不一。有人认为，法官在欢爱享乐之后没有完成对女方的判决许诺；有人说，法官宁可被女方公开私情，也决不做法律原则上的妥协；也有人说，法官是个不合时宜的执迷者，只不过所爱非人，在乏味婚姻之外，这段爱情曾经是他生命唯一的光照，所以他宁可牺牲所有，也不允许女方否定当初你情我愿的相悦。那么，他到底是个意志薄弱的男人，还是不容屈服的法官；她到底是个无理取闹的泼妇，还是力争权益的受害者？

他被要求交代实情，暂时关押起来，待审状态并非入狱前的严格，大约还是倾向于处理成作风问题。他有散步的自由时间，只不过，每次外出，都有两个人随时跟从。

整个晚餐，长达一小时，我或轻或重地坐倚他的腿。彭叔叔是我成长之中第一个与之行为如此亲密的异性。或者说，是他，真正告诉我“身体”的存在。他曾经那样英俊，为我查找鱼刺时，我仰头近距离地看到挺直的鼻梁。他嘴唇上的竖纹，似乎是在问候我早熟的身体。他的手装作不经意地放下，指骨滑擦到我的胸部。彭叔叔面貌上显示的年龄令我如此迷惑：介于父辈和兄长之间，既诱惑又易于让人听从。对他怀有朦胧的迷恋与期待，我知道，只要他召唤，只要他的手臂再次揽紧，我就没有任何抵抗能力。我会继续孩子的习惯，完全听命地进入由成人控制和主宰的世界……哪怕是在一条歧路上；哪怕内心慌张，一颗糖也能轻易将我安慰。

但不知什么原因，那次晚餐之后，他改变了，我能体会到那种蓄意制造的间距。他突然萌生的分寸感，使我对自己抱有猜测并鄙视。我猜我误会了彭叔叔，我猜我天性邪恶，并且这种邪恶在孩子样貌的保护里不被追责，我猜是情欲的力量使我过早具有成熟女性的身高。我猜我可耻的向往被彭叔叔识破。我后来猜到，对自己身体不理智的反感和刻毒，或许与此有关。搬家之前的几个月，我有数次机会和彭叔叔单独碰面，但他像入鞘的刀刃，收敛蓄势待发的光与杀伤力，只留给我印象中的花纹。

2003年11月，骗子游戏

前往县城的中巴车，在坑坑洼洼的路面颠簸前行。车厢里拥塞，体味混浊。这样的行程让旅客们昏昏沉沉。这时，一个穿皮夹克的人拿出两支铅笔，设下谋划好的赌局。

一支HB铅笔，一支红蓝铅笔。把一根一厘米宽、二十厘米长的纸条对折一下并捏住，形成一个纸圈。纸圈在两支铅笔之间交替地套来套去，借以迷惑，最后清清楚楚地将纸圈慢慢地套住HB铅笔。他接着把纸圈之后两根分开的条带，一同缠绕在两支铅笔上。两支铅笔被紧紧绑束在一起。只在边缘露出两根条带的纸头。表演者问好奇的乘客："现在要考验一下你们的注意力和记忆力了，纸圈是套住哪支铅笔的？"看不出破绽的观众自然回答是套在HB铅笔上。

腾空的破旧座椅上，压着几张皱巴巴的钞票。面对即将到手的赌资，我看到骗子露出阴谋得逞的幸福微笑。因为当他再把两根纸条同时拉展，不可思议，那个纸圈套住的，竟是红蓝铅笔。

从一个骗子游戏中，我看到自己被隐喻的命运。在我和彭叔叔之间，看似的缠绕不清并未真正发生——他们完整地分开彼此，没有更深的相互损害。那根HB铅笔，从纸条预设的圈套中，从暴筋手臂箍紧的环绕中……魔法般逃离。

那是镜子里的白雪公主时代——14岁的嘴唇从未被亲吻，体形瘦瘦的，尚未发育完毕。我写下铅笔字，笔画细，却清晰。书写起来心情放松，因为铅笔另一端，橡皮象征着自我管束和修正的力量。

红蓝铅笔不配备橡皮。原本被橡皮管住的一头，变成了笔芯的双向延伸，变成了多头占有。红色和蓝色比例不一，蓝的少，红的多。通常蓝色总是被相对闲置，莫如说，对一支红蓝铅笔而言，蓝色显示书写的装饰性需要，而它的存在核心，其实是与印泥乃至血一致的权力的红色。往往缺乏自觉省察与内在约束，权力就是绝对的王。老师否定孩子的考卷红；法庭震慑犯人的徽章红；甚至，男性炫耀欲望的器官红。

每个婴孩都牢牢依靠母亲的乳房，如同橡皮，抓起来柔软又柔韧。当我在镜前茫然凝视自己铅笔一样挺拔平滑的青春期身体，有人比我更明了即将到来的变化：少女的乳房酝酿着昙花般的秘密盛开。多年以后真正成人，我才认识到，其实只有男人的性器，同时结合了铅笔形状与橡皮质地——很多时候，它决定了历史的书写，尤其是个人历史的书写。

红蓝铅笔所写下的，一定出现在普通铅笔之上，但即使是权力的独裁力量也不能彻底覆盖HB铅笔细弱的印记。笔芯有种内在的硬朗，HB铅笔即使被摔得断裂，卷笔刀转一转，你会发现剩下的笔芯并未改变原有的硬度。而高高在上的红蓝铅笔，在更为粗壮的木头壳包装里面，权力的整条笔芯都是阳痿般软的。

岁月会延长。秩序会颠倒。重逢时，我的彭叔叔老了。他的沉默里，有什么东西被剥夺之后的虚弱。

2005年2月，芭蕾小人

整理旧物，找到一个玩具箱。掉了漆皮的铁盒，霉掉的毛绒熊，红红蓝蓝的积木。都是童年珍宝，可我早就想不起它们的存在。最令我惊讶的是一个八音盒：寸把高的芭蕾小人站在镜面上，会随着音乐缓慢旋转。拆开内部，使音乐盒发声的琴板有些生锈，不能被齿轮上凸起的颗粒流畅弹拨。

如此精巧而奢侈的礼物是谁送给我的？我忘记了那个恩人，也忘记了芭蕾小人曾经带给我的狂喜。往事有时会变得没有重量，不过偶尔荡漾一下回忆。

作为抛弃已久的旧宠，我发现这个芭蕾小人体形纤瘦，和风靡今天世界的芭比娃娃异曲同工。芭比娃娃其实是女性进入成人社会的预演模式，学习装扮、交际乃至男伴相随的欲望。芭比娃娃铅笔般瘦得比例失调的体形，难以计数的衣装饰物，豪华的生活方式无不令今天的少女们向往。她们很早就明白，容貌尤其是流畅的身体曲线，可能创造的极致享乐。那么，芭比娃娃的成长，还有没有芭蕾小人那样内心被偷偷锈蚀的危险？

我相信，看澡堂的大肚伯绝不仅只对我一人提出过独自洗浴的邀请。他的窥视也绝不仅只满足于停留在收票窗口之后。我不知道，有没有像我、像小桉这样的少女，曾无知地听从。他仅仅放了一点水就要占到便宜。但我知道，少女时期一次短暂的受挫经验，可以导致一生对性的态度发生突然的偏移。带着她那终生难与父兄和爱侣分享的黑暗，独自沉浮。即使成年以后的肉体能带来显在的欢愉，她难以解释偶尔会瞬间涌起的排斥、不洁感和仇恨……一切，被鱼刺卡住喉咙，不能言说。

谁也不能保障自己的一生精准无误。彭叔叔对我的本能欲望为什么戛然而止？他最过分的举止，不过是用手比拟了他的情欲。是教养，还是对危险的估算，使他放弃唾手可得的猎物？无论怎样，我感谢那最后的自制，我愿意把它理解为彭叔叔的美德。虽然直到今天，我依然不明白究竟是他的美色还是美德，最后成为我原谅的理由。

钟形罩下，精致的芭蕾小人在真空般的舞台上，孤单地，旋转。她超过90度地抬升着瘦削纤长的左腿——裙子下，她的皮肤呈现出一种忧伤的琥珀色。身体的全部重心落在锥立的脚尖上，透过乌蒙蒙的玻璃，我可以看清她受难的足腕。正因琴板不断受阻，使八音盒歌唱。之外的世界落满尘屑——被封存在寂静之中，她茫然无知地起舞。命运最终没有打开那层薄薄的保护着她的钟形罩。

圣诞节的零点

白的雪，红色的靴帽，黄皮肤的孩子在歌唱。结满金光灿灿的人工果实，圣诞树带来普遍的欢乐——MERRY CHRISTMAS，让我们赞美异族的神。

小学三年级的时候，我们班有个同学的父母是驻外武官。他不仅享受充分自由，拥有造型奇巧的糖果和文具，更以知晓遥远国度的事情而被我们艳羡。这个志得意满的小男孩热衷在课间举办智力测验或知识竞猜，以使优越感日日彰显。我清楚记得这道问题：“圣诞节是哪天？”全班几十个孩子，没有一个知道——学习委员哗啦哗啦地晃着铅笔盒，假装熟谙于心不屑回答。

二十年过后，甚至幼儿园的孩子都懂得利用商场促销的机会向父母要求一个圣诞礼物。平安夜，人们表现出意外的消费热情，餐馆、酒吧、舞厅到处晃动着在字母关怀下长大的新新人类。

餐馆、酒吧、舞厅

到处晃动着

在字母关怀下长大的新新人类

圣诞贺卡在邮政系统与网络世界里飞来飞去，传递给熟悉或陌生的手：你好呀你好，我爱呀我爱，快乐呀快乐。正如混沌学的描述，一只蝴蝶在北京上空扇动翅膀，将掀起下个月纽约的一场风暴；生活于公元一世纪的巴勒斯坦境内的拿撒勒人耶稣，让我们聆听到他两千年以前敲响的钟声。

仰起头，就看到童年蔚为惊叹的北展剧场的顶棚，我曾经多么迷惑于它庄严、华丽的装饰美学：中间巨大的罗马钟盘般的灯饰，散发出的柔和光晕将我笼罩，我错觉自己仿若置身黄昏的教堂——尤其今天这个日子，圣诞节。多少只手在悠扬的管风琴中集体翻开《圣经》，幽暗的烛火旁又有多少双孤苦的眼睛——隔山隔海，幸福与悲苦的人们向同一个神祷告。

这种幻境似的想象很容易打破，当我平视前方。光怪陆离的舞台灯闪烁，鼓点有力地敲击着，我知道，零点乐队的演唱会就要开始了。

我从感情上排斥重金属风格，情绪上夸张到变形的宣泄并不合乎我的口味。喜欢和内心有关的音乐，特别是带有神秘感的。

若干年前的一次停电，我抱着用电池支撑的录音机整夜不停地听ENIGMA。来自布加勒斯特孤傲的音乐家Michael Cretu

幸福与悲苦的人们

向同一个神祷告

令我震颤。磁带每转几圈，机器就像旧伤复发似的发出咝咝噪声。再也没有经历过那样一个夜晚，我是春天和音乐的俘虏，面颊湿润，不知道自己的泪水是因为被伤害还是被安慰。耗尽能量的几节电池零散地掉在地上，月色中反着光，像被黑暗一一拭亮的子弹。此后的几个月，这盘磁带几乎占尽我所有的独处时间。对ENIGMA过分迷恋，我常常担心带子上的氧化铁粉会过早脱落，带走那些旷野上的声音。

除了ENIGMA等少数几个乐队或歌手，我很难长时间热爱谁的音乐。尤其是中国当今歌坛，它的主要组成部分与艺术无关。你一说话就付钱的地方是电话亭，他一开口就收钱的地方是演唱会——两者都以掐秒的方式。下潜到他们歌声的最深处，不会超过喉咙。相比之下，零点乐队的表现说得过去，我倾心于他们早年歌曲里的力量以及力量中的柔情。听听零点乐队的歌儿，可以破除保守的前辈们对摇滚的不良偏见。蕴藏在独特的动人旋律里，你还可以从他们的歌词中听到很多道德的劝诱。

想起摇滚乐最初到达中国大地的年代，我一位年长的朋友对这种另类的声音极度反感，他表态说："这简直是魔鬼发出的声音。"

魔鬼始终是世界上最可怕的角色。他在窗外恐吓胆小的孩子，引诱纯洁的新娘，把寒光闪闪的刀递到谋杀犯的手中。他是噩梦的供货商，邪念的哺育人，恶劣品德的爱好者和推广家。他把渴饮的嘴唇贴近鲜血，把指甲弯曲的手伸向跳动的年轻心脏。我们猜不出魔鬼隐身的地点，也看不穿他装扮后的面貌——他可能放弃他的怪兽坐骑、古怪的饮食，放弃丑陋的犄角和灰暗的皮肤，唯一保留下魔鬼身材，然后以旷世美女的绝色向我们微笑。

看看魔鬼教会了我们什么：卑鄙、野蛮、贪婪、淫荡、冷漠、忌妒、悭吝、自私……再看看他为世间准备的礼物：疾病、贫穷、战争、饥饿、灾祸、偷窃、凶杀、谎言……所有不端都与魔鬼有或多或少的纠葛，是他，让我们原本如婴儿一般无辜无瑕的身体上隐现污点。我们把自己不想也不敢负责任的缺憾和错误通通推卸给魔鬼，他欠着所有人的债。

我想不明白万能的上帝为什么不消灭魔鬼而放任他出入我们的生活。是上帝不够爱我们，还是他觉得魔鬼没有足够坏，坏到他可以使用杀戮这本来隶属魔鬼的手段——抑或，他与魔鬼之间进行过某种秘密的交易，使上帝不得不暗徇私情？

摇滚乐的出现和牛仔裤、比基尼一样，代表一种反叛。融合了“节奏与布鲁斯”“乡村与西部”这两种当初都不在流行乐主流之内的曲风，摇滚乐受到青少年听众的欢迎。1955年，

B. 哈利的一曲《围着钟摇吧》被着重描绘成人与青少年代沟的电影《一堆混乱的黑板》收录，从此，摇滚乐就成为年青一代与上辈人隔阂的象征。孩子很快会长大，人们也不会对一件事物保持永久的震惊，摇滚乐花费了不算太长的时间取得流行乐的重要位置。1999年格莱美颁奖典礼上，珍妮佛·洛佩兹一袭“门户洞开挑战重力”的绿色礼服，其大胆暴露突破了常规。回想比基尼当初的冲击力，以及今天它作为最基本的泳装样式被普遍接纳，我们察觉不出其中的叛逆成分何时消失得这么干净。当一个原本尖锐的处于边缘的物质被包围，直至成为拥护的中心，它必然失去用以对抗的锐角。

文艺台一遍遍应广大听众要求播放着零点乐队的《别误会》《爱太难》《爱不爱我》……他们摇滚得多么温顺，多么抒情，多么被我们认同。

那么，谁还依然代表谁站在生活前线进行着尖锐的反抗，或者谁还在貌似的服从中暗藏埋伏？

不知是否存在一本与《圣经》对立的《魔鬼之书》在世间秘密流传，对上帝的做派进行嘲弄和诋毁？不驯服的魔鬼负隅顽抗，从来不曾在上帝的感召下放下武器——黑暗的大地上，他飘扬的斗篷像一面战旗。

一个基督徒在野外遇到了饥饿的狮子，他慌忙跪下祈祷：“上帝，求你救救我吧！”他发现狮子也跪下来，和他一起赞美上帝：“啊，上帝，感谢你的拯救，及时为我送来食物！”那么这究竟是谁的上帝，谁的魔鬼？什么样的牺牲作为必须，什么样的残酷又可以被宽恕？

落魄诗人乐于提及他的贵族血统来弥补现在所不具备的荣誉，而魔鬼肆意妄为令我们遗忘他的出身，这似乎也是魔鬼自己刻意要回避掉的——他的故乡在天堂。这个堕落的天使，不禁让人对天堂的纯洁性产生怀疑。作为一个异端分子，魔鬼失去荣誉享有自由——难道天堂是个礼法森严的社会，比邪恶更严重的罪名是忤逆才造成对魔鬼的声讨？

魔鬼曾狂妄地企图篡夺上帝之位。胜者为王，败者为寇，也许魔鬼只是上帝个人的对手，而今却被指认为全民的公敌——上帝是很会发动群众运动的领导。

我希望零点不是那种靠一首歌脱颖而出、此后全仰仗它的利息过活的乐队。我看见某歌星每每出现总是卖力气地试图唤起听众对他成名曲的记忆，并在周围善良的掌声中获取安抚，就觉得没有比此种捍卫更让我觉得他成名的偶然和不应该的了，零点的专辑阵容比较整齐，有一些值得听取的歌曲，体现他们的创造激情。如果说弱点，一些歌词不如旋律具有冲击力，雷同的表达需要克服。我听到的一直是零点自创的歌曲，但这个演唱会上，他们翻唱了一支别人的老歌：《野百合也有春天》。事实上这个圣诞的夜晚给我最大触动的正是这首歌，因为它与我的成长密切相连。

十年前，还在读书，与我们同龄的山东大学广播员特别偏爱两首歌，一首是邓妙华的《心灵之约》，另一首就是罗大佑的这首《野百合也有春天》。贯穿整个大学时代，从中午懒散的打开水的路上，到黄昏空旷的晚自习学生尚未到来的教室，有人在头顶永不放弃地歌唱："我爱你、想你、恋你、念你，深情永不变，难道你不曾回头想想昨日的誓言？就算你留恋开放在水中娇艳的水仙，别忘了寂寞山谷里角落野百合也有春天……"宿舍楼下，学生恋人们紧紧相拥，好像他们随时要离别；操场后深夜的树丛里，初犯者呼吸不畅地偷偷伸出探索的手。爱情正在彼此的消耗和磨损中顽强生长，就像魔碗里溢到碗口的粮食，从来不因咀嚼而减少。校园里的孩子，样子就像一群笼子里忙忙碌碌的小动物——书本真理常常并不能对生活提供切实的帮助，影响甚至是负面的，谁能保障他们在丛林中的未来？

而我敏感的孤独的危险的最后的青春，也伴随着罗大佑歌声里的沧桑，一天一天，被消灭。我很快凋谢，野百合的春天业已远离。

教堂的哥特式尖顶映在湛蓝的天里，就像古朴的避雷针，风雨中，它象征安全。三两只失去归航能力的鸽子停歇在回廊里，嘀嘀咕咕，转动亮晶晶的眼睛。茂盛生长的春藤覆盖墙面，昆虫沿着叶背复杂的脉络行进——那布置在阴影中的小巧的绿色迷宫，设计有意义不同的出口，从碎钻似的阳光，到壁虎蓄势待发的舌头。山东大学的新校和老校之间矗立着这所古老的洪楼教堂，我看见心事重重的自己停留在门口，为那些高大的岩柱所吸引。它们高大得令人敬畏，很容易联想起上帝至高无上的权柄。

隔着饰花的铁栅栏我张望那些前去礼拜的人们。钟声敲响，我愿自己也能和那些虔敬的圣徒一起释去苦痛。上帝的宽恕使人重获新生，但我对忏悔的态度比较游移。牧师说：你赞美上帝，那么上帝就赞美你，并且赐福予你——如果罪行只要让上帝明了就等于减轻等级，那么上帝主要关心你是否绝对信赖他，罪行相比之下倒无足轻重；这样看来，上帝像名犯有包庇罪的执法者，他收受感情的贿赂。看过一部欧洲电影，故事描述一个神父如何在犯罪和忏悔的不断交替中度过终生——这里存在某种微妙的转换关系。忏悔具有释放功能，意味着准备为罪行付出语言而不是行动上的代价；某些坏人经过忏悔甚至重获作恶的力量，因为他对往昔已完成总结性的交代。

我应该把已经不忠的自己交给上帝管理吗，上帝会对落入法网的我不经审判地进行惩罚吗——藏着自己秘密的哀愁和罪感若无其事走过教堂，心里依然渴望神的护佑。

若干年后，我站在梵蒂冈圣彼得大教堂光滑明亮的斑岩上，凝望出自大雕刻家贝尔尼尼之手的著名祭坛。祭坛上方的彩绘玻璃上，天使伴随下的一只和平鸽正穿越金色云雾向我们飞翔——阳光映衬，这幕景象呈现出极强的真实感。但在迷惑的同时，我清楚意识到自己从未放弃自学生时代开始的宗教怀疑。

博尔赫斯在《关于犹大的三种说法》里，讲述一个名为吕内贝格的异教神学家，如何“在似乎已经透彻的圣子的概念里增添了有关邪恶和不幸的复杂性”。

吕内贝格替犹大辩护说：“圣子成为肉身之后，便从无处不在到了有形的空间，从永恒到了历史，从无限幸福到了生老病死苦；为了同这样的牺牲相匹配，一个代表全体人类的人必须做出应有的牺牲。所有的门徒中间唯独以色加略人犹大觉察到了秘密的神性和耶稣的意图。既然圣子可以屈尊成为凡人；圣子的门徒犹大当然也可以降格成为告密者。在永不熄灭的地狱之火里委屈一下。下级是上级的镜子；人间的形象和天上的形象对应；皮肤上的斑点是终古常新的星座图像；犹大以某种方式反映了耶稣。”

“禁欲主义者为了把更大的荣耀归于上帝，贬低甚至折磨自己的肉体：犹大则贬低甚至折磨自己的精神，”这个遭受谴责的神学家继续宣称，“犹大自找地狱，因为上帝幸福已使他满足。他认为幸福是神的属性，人们不该篡夺。”

以前的中国观众以不动声色著称，他们或许认为引而不发的含蓄态度才是富有涵养和见识的表现——于是，我很小就学会了在落幕时，以稀疏而轻缓的掌声来传达对节目的满意。后来，这么多年来欧美乐队的现场演出录像教育了我们，一些最早来到中国的外国歌手也毫不隐讳谈到对观众情绪的失望，自以为是的端庄竟被视作麻木——不仅没有艺术家期待的热情，我们甚至没有达到礼貌的底线。善于学习的新一代很快纠正旧习，制造出与国际接轨的现场氛围，鲜花、尖叫、泪水、站立以及正在酝酿中的晕倒……越大胆、越新锐的表露，才越能成为值得仿效的榜样。

摇滚乐最具现场煽动力。“孤独的灵魂找不到依靠，受伤的身体忍受着煎熬，寂寞在胸中压抑得太久，燃烧吧，心中的火……”当零点乐队唱到这首《无依无靠》，坐在前面的一个少女突然站在椅子上随着鼓点摆动她金红的头发。这是冬天，我看到她穿着白色吊带装裸露出来的优美的脊背。保安从远处伸出一根指责的沉默手指，示意她马上坐下。这提醒我，现场的激情始终在某种监控之下。很快又有逾规者付出代价。后排一对率先点燃打火机的情侣被保安从旁门带走，几乎是被押解着离开音乐许诺给他们的短暂的放纵。而陶醉着的观众无人注意到，刚才同悲同喜的同路人已被迫撤离集体的怀抱，就像歌词中说的，他们将“无依无靠”。事实上，在整个演唱会中，表情冷漠的清醒的工作人员都一遍遍在过道中间往返巡视，以预防可能燃亮的打火机。

为了安全起见，必须对孩子严加管教。

上帝好像管束我们的教师，他引领我们学习知识，掌握智慧，但也不许我们做小动作，不许窃窃私语，我们要按照标准答案填写人生的作业和各种考卷，力争向满分靠拢——但上帝总有教授不完的新知识，层出不穷的刁钻问题，长期得不到鼓励的我们几乎气馁；魔鬼有时就像教室外向你招手的玩伴，他按扁在窗外的鼻子当然不若上帝的形象正面，却更调皮有趣，更有亲和力。他蓄意耽误着孩子的学业，却并未受到孩子真正的责怪，除非是向上帝老师交检查的时候。

父母给予我们吃穿，我们还是会与之争吵，不满于他们的态度和教育方式，觉得他们给得还不够。家长会后面对两张阴沉的脸，我曾希望自己是个被领养的孩子，失踪多年的亲生父母某天再现，把我彻底带离现在这个家——这样的设想让我对父母暗生报复似的快意。难道我们背弃上帝出于同样忘恩负义的理由？

上帝作为完美主义者，我们实在难讨他的欢心。婴儿的身上印有胎记，圣徒的心里也难免闪现欲念。基督教义说，人生而有罪。恶是我们天生的遗传，啊，该拿我们可恨的天性怎么办？王小波屡被删除的碍眼诗句把我们一语揭露："走在寂静里，走在天上，而阴茎倒挂下来。"如果说我们是神的孩子，在上帝眼里，我们是最差的、最坏的起码是需要改良的孩子；而在魔鬼眼里，我们过于纯洁，过于幼稚，成了清白无辜的好孩子——是不是对荣誉的期许使我们转身投靠魔鬼？

信徒们诅咒接近魔鬼的人，但接近魔鬼的人无惧，他们阐述了自己的独到见解，并对前者予以嘲讽：你们祈祷上帝，愿他老人家赐予好运和安宁，难道不是为了不劳而获？为什么人们不希望魔鬼到来，归因于魔鬼经常带来鞭子和噩梦，带来无端的处罚，所以人们宁可在黑暗中孤身一人——所以，正是魔鬼以实际行动教育你要独立自主，奋发图强；而上帝口头上也这么说。

我想人类之所以受到诱惑，至少说明魔鬼的身上有魅力，手里有实惠。

从置地广场出来，准备去香港著名的酒吧兰桂坊坐坐。我发现街上异常热闹，警察奔忙着维持秩序，前进的拥挤人流中夹杂着许多怪异的面具和衣装，才想起这是1999年10月31号，明天就到了万圣节。

万圣节是传统的宗教节日，为纪念一切有名和无名的圣徒。中世纪，人们穿上动物造型的服饰，戴上可怕的面具，燃放篝火以祛除鬼怪。后来，移居美国的人，特别是爱尔兰人引进这些非宗教习俗，使其在19世纪后期风行起来。如今万圣节前夜变得比万圣节本身更著名，它已成为纵情纵性的一场狂欢。孩子叫嚷着“TRICK—OR—TREAT”(要恶作剧还是给予款待)敲门索要糖果，如果要求得不到满足，淘气的男孩子会干些打碎玻璃之类的坏事。

我跟随着走在游行队伍中，周围远远近近传来口哨、欢笑和叫喊，一位可能来自西班牙的金发女郎大声唱起一首谁都听不懂的歌儿，走着走着，险些被及地长裙绊倒，她戛然而止的歌声后紧跟着放声大笑，旁边的男伴抱住她热切地亲吻起来。后面的人轻拍我肩膀，一回头，恐怖的血淋淋的魔鬼面庞已凑到眼前，吓得我魂飞魄散。两侧的酒吧点着南瓜灯，刚刚让服务员画好酷妆的一群少年横冲直撞地拥出来，他们的脸上闪射着金属的光彩。

走过两条街道，几个学生在路面派发着什么，我也得到一份。走到光亮处，才发现外包装的画面性感刺激：一对充满欲望的裸体男女即将碰触到对方的身体，旁边印着醒目的宣传词："性完可再性，胜在套一套。"原来这是一个关怀与预防艾滋病协会在举办发送避孕套的活动。显然，热心公益的组织有所提醒和担忧。这种担忧是有数据依据的。调查显示，节日是人们做爱的高峰期，少男少女的初夜也往往发生在此时——灿烂的焰火照耀下，是黑暗房间里喘息中的狂欢肉体。

有些正统教徒对万圣节前夜持否定态度，他们说，它形同魔鬼的庆典。人们几乎混淆鬼怪节与万圣节，把它们当作同一个概念。为什么鬼怪节盗用万圣节的名声，亵渎万圣节的尊严，却受到普遍的原谅和欢迎？也许原因在于魔鬼从不对我们进行约束。德国古代迷信以为十字路口为鬼怪聚会之地——十字路口，这个地点具有象征性，意味着选择、未知和充分的自由度。我们难以忍受一世的苦痛修炼以换取过世后的完美，魔鬼给的是现世现时的快乐，他为堕落提供条件和信心鼓励。诸如男女私情，魔鬼操纵着许多令我们欢乐得颤抖的私鄙甚而带点肮脏的被上帝所放弃的欲望。

《粉墨人生》中京剧旦角的高亢调门一直穿插其间，与主唱周晓欧略略沙哑的声线相互映衬，有种别样效果，这也表现出零点乐队在取材和态度上的宽容。我想起一位乐评人的说法，零点的魅力在于它融合了刚毅与温柔、摇滚与流行、传统与时尚等对立的元素，使音乐能量达到更大的释放。可能这也是我接受零点乐队的一个原因。同一事物身上集中的矛盾力量以及由此生发的迥异理解常让我既迷惑又迷恋。

乐观主义者说杯子里有半杯水，因而喜悦并满足；悲观主义者说杯子的一半是空着，因而伤感或绝望——但是，最重要的也是最有意思的部分在于，让人产生乐观主义或悲观主义情绪的其实是同一样东西。

有人不忍看到笼中小动物的痛苦挣扎，便花钱买它放生。然而他的善良成为悲剧的起源——受到启发的鸟贩子认识到新的发财门路，除了贩卖观赏鸟给闲情逸致者之外，他们还专门捕捉原本忽略的麻雀，专门供给怀有爱心的人放生之用。销售渠道的畅通，使更多原本自由的小动物受人类的爱心所累而落入陷阱。此种放生是善是恶？

幼年的我曾因无知而闯祸。我知道，风可以熄灭火种：爸爸点完烟轻轻一吹，火柴灭了；老师给我们讲故事说，森林里刮来的风吹灭公主手里的蜡烛。我用火柴点燃落叶堆中的一片，当柔软的火苗开始缓慢地舔食叶齿，我凑上去鼓起腮帮想把火吹灭。谁知，火焰瞬间膨胀起来，迅速蔓延，不一会儿就覆盖了整堆落叶。风到底是火的敌人还是帮凶？我望着巨大的火堆，以及随灼热气浪上升的余烬散发出的通透光亮，瞠目结舌。

为了得到浮士德的灵魂，摩菲斯特不惜跟随浮士德漫长的一生，成为他有求必应的仆从——魔鬼赋予灵魂最昂贵的价值，从没有谁这样尊重过人类的灵魂，包括人类自己。浮士德最后终于说出了“你真美啊，请停一停”——魔鬼赢了，他遵守契约，为此付出苦心孤诣的努力。不守信的恰恰是上帝，他派天使窃取了浮士德的灵魂，以貌似正义然而并不确凿的理由。摩菲斯特发出了哀鸣：“而今叫我去向何人诉苦抱怨？谁帮我夺回得来不易的权益？”我们从不计较，只要那出自上帝的手笔；我们从来苛刻，只要是魔鬼的失误。

上帝和魔鬼之间可能存在某种血亲联系吗？也许他们是一对兄弟，不知领土能否顺利落入长子之手也许是争端的起因。如果没有魔鬼的威胁，我们怎会如此需要上帝？从这个角度看，魔鬼已经成了上帝潜在的支持者——他简直成了上帝的托儿！某种令人起疑的共谋关系，让我们萌生恐惧。

在《圣经·旧约》最古老的几个版本中，雅卫（耶和华）是宇宙之王，善与恶的支持者。但从公元前6世纪开始，撒旦——在希伯来文中的意思是“对抗者”——与上帝的形象一分为二，成为万恶之源。这是一个可怕的联想，上帝为自己设计了巧妙的分身术，为不受称赞的部分安排了一个替身；在不方便的时候，他让这个魔鬼替身上场，以确保自身的名誉安全。魔鬼是只替罪羊——这甚至在绘画上已经留下线索，山羊常常是魔鬼的出场形象。上帝和魔鬼难道不会是同一个人的两个名字吗？

翻开《圣经》，许多熟悉的故事如果隐去上帝伟大的名字，把注意力集中到情节本身，你会发现令人震动的内容。伊甸园的和美其实是上帝愚民政策的成功运行，他为了阻止人类和自己一样聪明，对亚当说食善恶果必死——我们认识到，上帝擅长欺骗。人类探究真理的勇气被指认为偷窃，受到来自上帝的惩处——只有愚鲁不智才能为他老人家接纳。正是上帝对礼物的挑剔和不公，致使该隐因妒杀死自己的兄弟，制造了人类历史上第一桩凶杀案。为了证明自己的绝对权威，上帝拿他忠诚的仆人约伯打赌，听任撒旦对约伯百般折磨，让约伯失去财产，从头到脚长满毒疮，饱尝苦痛……在心计和手段上，上帝和魔鬼有时看起来如此相似，他们到底有什么绝对的界限？

在零点乐队的演唱会开场之前，我想起一件要办的事，怕忘了，就拿出记事本写上几笔。我旁边的一个少女惊讶地问我："你要采访吗？那就采访我吧。"我向她笑笑，她真年轻。我在她这个年纪过分羞涩，常常怯场，见到话筒就像见到一颗即将引爆的手榴弹。这个热情洋溢的女孩经常在零点乐队歌曲之间的演唱间歇里呼喊键盘手朝乐蒙的名字。我难以判断朝乐蒙是不是她的朋友，据说狂热的追星族会把偶像当作情人来呼唤，并让虚幻激情占据生活的实际位置。

唱到《燃烧》一曲时，女孩站起来，大声鼓动观众集体站起来以渲染气氛，可能由于她昂扬的嗓音听起来太过夸张，没有什么人响应她的号召。她只好寂寞地坐下，好像受了什么委屈。她向我抱怨："这帮人怎么这么没劲？！"

直到零点乐队的经典曲目《爱不爱我》的前奏响起，全场才爆发出空前的团结。千百万人异口同声地询问："你到底爱不爱我？爱不爱我？”倒听出一种有若革命激情的群体天真。我想起孟京辉导演的《一个无政府主义者的意外死亡》，那里有一段动人的歌词：“在大地的黑暗深处，我是人民，无数的人民，我的声音有纯洁的力量。”

演唱会结束。回家路过的酒吧无一例外，门口闪耀的霓虹拼出MERRY CHRISTMAS，啊，本世纪最后一个圣诞节就要结束了。不远处竖立着倒计时钟，上面红色的数字无声地跳动，揭示出时光残酷的流逝。倒计时，就像一个倒步行走的人，总给我某种不安的预感。当我们强调这是“本世纪最后一个”的时候，除了商业化的销售或拍卖之外，我们到底想强调什么，唤醒什么？珍惜，还是恐惧？一颗流星从天边划过，我只注意它短暂的弧线，忘了许愿——正如一个世纪即将结束，我们来不及成长。

在这个夜晚，发生了一些我们见怪不怪的事情。菲律宾警察扮成圣诞老人的模样执勤，他们的任务不是派送礼物，而是一部分人随时准备好手铐和子弹。一架从尼泊尔起飞的班机遭到劫持，已有人质遭到枪杀；由于找不到接应的地点，这架飞机在空中盘旋着，劫机犯乌黑的枪口对准下一双惊恐的眼睛。一种名为圣诞幽灵的电脑病毒将在今晚登场，衣袍的阴影将瞬间穿越网上的千山万水，它不动声色，按动孤独者的门铃。

我在挂历上打了一个钩，这个圣诞节还有几分钟就过去了。习俗里可能包含着寓言，圣诞老人习惯把礼物放在袜子里——被践踏的地方，正是神放置恩宠之处，但愿我们相信这是神的激励，而不是戏弄。我不知自己是否忘恩的人，也许神不是没有赐予礼物，可惜，我的良心像一只漏底的袜子。这是神的节日所以神奇，此后是隶属凡人的平庸时光。挂历画面是几个天使，和善地微笑着。我私下里觉得天使天真得有点儿笨，保姆般红扑扑的脸，腮帮子鼓得跟吹气玩具似的；印象里魔鬼要狡黠一些，鲁迅先生在《中国小说史略》里说三国“状诸葛之多智而近妖”——往往夸人品德，说心好得像天使；夸人才能，说聪明得像妖精。赵汀阳先生认为：“真正的哲学一点都不像上帝，却有一点像魔鬼——上帝什么都不值得一想，魔鬼才需要动脑筋。”还看到过诗人兼评论家陈超的话：“我们知道，天使是美的，撒旦是丑的。但我们也知道，天使永远只能是个孩子，长不大；撒旦却能经历地狱之苦，是位成熟的英雄。”不知道越来越多为魔鬼的辩护词到底是因为我们的清醒还是我们的堕落。

圣诞节的零点，我熄灭台灯，眼前是一片熟悉的黑暗。

绯闻对于生活的建设

我向往与异性建立至清无鱼的友谊，在讲求实效的今天，或许它几近童话关系，纯净得失真。但根据我的偏见，这是暖人的唯一能够长久存活并且不造成丝毫损耗的美好感情。性别溶解在大背景下，而非跃然纸上；彼此的好感维持在祝福里，又不激发占有欲。对“爱慕”绕路而行，虽然无缘看到险境中的奇景，但也就此避免了，那些望梅止渴的焦灼，叶公好龙的狼狈，困兽犹斗的惨痛，曲终人散的哀伤。谁不愿行走江湖了无挂碍？一贯中性作风的我，最近得知，自己意外当选了一桩小小绯闻的女主角。

人们关怀单身汉和禁欲主义者，异性活跃的姿影或可让他们枯木逢春，只有此种情境，绯闻飞红的脸色增添节日到来的喜庆。除此之外，习语中的绯闻，因为大多与不妥当的感情相关而被当事者避之不及。绯闻是私人事件呈现在公共场所，总归不得体，就像无论怎样精美的睡衣都不应穿到餐厅里。

传言是种繁殖率惊人的动物，随时产下青出于蓝的后代；绯闻搭建一座宏伟的海市蜃楼，几乎不需要什么材料的准备。常常，绯闻凿凿，当事者还不明就里。担名一桩假绯闻特别不值，由于双方认为交往中无甚秘密含量，根本就不会采取什么保护措施，活动缺乏隐蔽性，看起来比真的还像真的。尽管男女一起，能做的事不仅只房事一项，可道理说来明白，一到应用领域，群众还是习惯先到床边转一转。

坦率地说，当你不幸受困绯闻，斩草除根的解决手段几乎为零。观众和听众都“宁信其有，不信其无”的情况下，澄清事实的努力成了越抹越黑。即使是那些与事实有着巨大出入的绯闻，你也百口莫辩……辩驳随即介入绯闻的扩大化过程，强化绯闻的延续性。因为大家心里早有了标准答案，所以他们只接受一种态度：那就是承认，除此的任何说辞和举动都被视作掩饰。假设受到蓄意的恶毒的绯闻中伤，情况就更糟，有点儿像当街挨了泼妇的耳光，无论扭作一团最终制伏了她，抑或唾面自干冷笑着离去，你都摆脱不了难堪。

语言能够成为改变现实的力量，从绯闻的功绩上可见一斑。传播着的绯闻会扭转一桩情谊原本的演进方向，甚至导致突然的终结。绯闻很少味精香油地增味添色，一般像粗大盐粒，让当事者体会到不能承受的咸涩。掩起锅盖也不是办法，别人会从溢出的香味里做出自以为是的准确判断，炖鸡烧鱼，他们不用尝，鼻子嗅一嗅，就了然于心。他们忽略了，牛羊之间，味道具有相似性很容易被指鹿为马。可怜的绯闻主人公，你们就在火上慢慢地被煎煮着吧。

绯闻以不断的乘法来传播，当事者虽然占据源头，但对运算出来的庞大乘积贡献甚微。如果一种感情关系最初被误解了，那它只能越来越被误解下去，当事者喊破了嗓子，音量也无法覆盖那么辽阔的幅员，抵达那么遥远的行程。历史上著名的昭雪事件是关于窦娥的，连天下最有权势的老天爷都肯出面替她说话，六月天里生生下了鹅毛大雪——那又怎么样？泣血喊冤的窦娥还不是身首异处，死得难看！

谁都得从生活的大碗里讨口饭吃，绯闻如同米里挑得不干净的沙子，会硌了你的牙，扫了你的兴，妨碍你的食欲，难道，你就因此绝食？嗡嗡嗡，耳畔绯闻围绕，缺乏经验的当事者不会认为那是花边新闻上的小蜜蜂，而将之视为逐腥而来的苍蝇。他们或进行内幕揭穿后的掩饰，或仓皇择路地逃亡，或感到五内俱焚的委屈，或横眉冷对地愤怒……其实，何种作为都不若冷静态度更能提供帮助。

掩起锅盖也不是办法，
别人会从溢出的香味里做出
自以为是的准确判断

不会认为那是花边新闻上的小蜜蜂，

而将之视为逐腥而来的苍蝇

不要急于追究谁在蜚短流长，先省察自身。如果同志们说得对，只能证明群众雪亮的眼睛明察秋毫，他们且热心，想对你的生活参与部分意见，对别人的关怀你有什么抱怨的？如果同志们说得不对，差之毫厘，失之千里，那是他们的观察力和判断力都出现失误，逐一校正，不仅耗工耗时，而且收效甚微，你的懒惰加上不够雄辩的口才，使你不能独立为事由正名，对自己的无能你又能抱怨谁呢？你的个人事件其实只与极少数人相关：亲人和敌人，对亲人或许有解释的必要，对敌人或许有防范的必要，其余人等，大可忽略不计。其实，令你畏之虎狼的绯闻至多只是别人饭后齿缝间的肉屑，谁拿它当大菜；除了当事者自己，谁还有胃口把它再吃一遍？

如果没有混成阮玲玉那样的腕儿，被绯闻打倒的形象因其造型太过夸张对你就不适用。困惑、恼怒和恐惧，我们能否改良面对绯闻时这些惯常反应？既然粪便都能成为农作物的营养，我们为何不能因势利导，将绯闻变废为宝？前几年，一个成功策划的绯闻案例迅速打造出一位媒体宠儿，贼喊捉贼的王美人果真吸引了众人视线，从寂寂无名一跃而成一线名模，然后她像电视上不可思议的洗衣粉广告说的那样，把渍迹洗得及时又彻底，岁月不留痕。榜样事迹难以效仿，好在某些因素可资借鉴，起码说明，绯闻并非绝对陷阱，运用得当，就可以抓住它在危险中提供的机会，享受偷税式的额外利润。下面，让我们尝试着揣测一下绯闻的建设作用和积极意义。

假设你一直芳心暗许又无勇表白，绯闻借众人之口向对方提出方向明确的建议，你可以据对方的情绪反应来调节策略，进退自如，不会在冒险表白中伤及自尊。假设你们之间泾渭分明，也不用反应过激，以便为自己保留亲密的可能性。大凡被传有绯闻的，不管有无男女之实，至少过从甚密，不要一听别人说自己已经开了花，就气得把手里的种子煮熟了证明给大家看。谁知道绯闻传播者是不是春天的预言家？况且，恼羞成怒另有贻害，你又辩解又抗议的，与对方扯上瓜葛如蒙奇耻大辱，这不是看不起人吗？为了尊重对方，你可以流露一副卑怯之中受宠若惊的表情：凭我，怎么、怎么能高攀上你？那不是大蒜想跟水仙同居，蝙蝠想和燕子结婚吗？此般，虽然对方的声名受到绯闻所累，可虚荣心得到弥补，原来平庸的交情可能因此提升为不凡，在患难中缔结盟约，建立起风雨同舟、颠扑不破的牢固关系。

如果绯闻属实，公开化反而帮助剧中人克服惴惴不安的心理负担，从此随心所欲，风行水上，而且，把绯闻作为检验感情真伪的试金石也未尝不可；如果它是一则假消息，姑妄听之，好像看到别人彩排自己的追悼会，只要你活得好好的，体会的就绝非悲怆而是滑稽，你比别人更能心领神会人间的诸种荒谬——并且，如果它是假消息，还可起到转移注意力的作用，声东击西地掩护一些内心真正的秘密。持续受困在一个绯闻中你不必喟叹逃匿无门，至少，这个长期有效的绯闻阻碍着下一个绯闻的到来，从而整体降低绯闻的发生频率，使人生相对稳定。持续受困一个绯闻，相当于雨天躲在一把破伞里，尽管你在这种保护里难免沮丧。

更乐观的看法是绯闻可以从侧面说明我们的魅力，巩固我们的自信。别人传递着关于你的绯闻，无非是承认你还有激情或堕落的能量——年轻之所以被视为危险，年迈之所以被忽视，皆以此种能量为出发点和判断值。一个好玩儿的段子说，某老汉被控强奸，他承认了，随后老汉又否认了那名妇女原告的说法，别人问他为何出尔反尔，老汉腼腆地说："上次，我以为，她夸我呢。"同性对你抱有妒意、异性对你心怀企图——我一向将之视为年轻和成功的标志。有人贞洁归因于一辈子没有受到诱惑，有人单纯归因于缺乏对计谋的构想才华，有作恶的条件和能力但你自觉放弃它们从善如流，善是选择的结果而非被迫的听从，此时的善才成为真正的善。同理，一个人没有绯闻之扰也许是清修自持的结果，也许是味道寡淡的缘故，莫衷一是。僧人受到尊重，太监遭到耻笑，一个出于愿望，一个受制于能力，两者的禁欲天差地别。所以，假设你热衷为自己塑造一幅节妇或圣徒的肖像，我建议你在丛生的绯闻中守身如玉，比较荒山野岭里的顾影自怜，显然更具说服力。

绯闻中的受害者容易因为无辜而多有怨怼，觉得生活的部分宁静毁损于某些没有口德的家伙。但是，这些受害者果真清白无染？包括我自己在内，难道不是对别人的私生活抱有浓厚的超过必要限度的了解兴趣？青春痘长在别人脸上不会给我们带来烦恼，但都别幸灾乐祸得太早，既然我们对彼此的绯闻都抱有秘而不宣的好奇，谁也免不了，要经历一场恼人的青春期。

多事之秋，禁果丰收，有人说它甜美多汁，有人说它味道苦涩，还有人警告剧毒。都没说谎，因为每个人的味蕾和消化系统不一，吸收率和抗药性有别，当然也与禁果的食用量密切相关。绯闻的制造和传播者可能是从我们残留唇边的果肉推定偷享过程，可能见我们身在果园却心如止水错猜必已尝鲜在先，即使我们对绯闻避讳不谈也会被认作最初的中毒症状。那么清者自清，浊者自浊，清浊不分的时候我们就在浑水里取乐。绯闻是个艳色，用得险是险点，如果不露怯的话，倒可以给灰暗乏味的日子提提神。佛家讲求“云在青天水在瓶”，重要的是逍遥、从容与清醒。愚汉和智者区别在此。猪八戒吃人参果，咽都咽下去了，却说不出个所以然；有人一次也没经历过，却搞成了行家里手——不信，你就听听哲学家谈论死亡。

黑夜书

月亮

a　为了与秘密相称，世界保持了它的黑暗。夜晚之所以迷惑我，因为，它有一枚黄金的核。如同，埋在深黑李子内部的坚硬部分，并非为品尝准备，是为繁衍，无数个可能。

当它高悬，垂挂辽阔无匹的锦缎……波特莱尔在《恶之花》里这样描写月亮："它是那么温柔地紧抱着你，以致你永远有了哭泣的欲望。"

那么奇异。它是明媚的，却又微凉。它柔软，有时又如镰刀锋利，收割万物头顶的光线。它像蓬松的枕头，召唤睡眠，却又让人辗转在它的宽谅与安慰里。

遥远之外绽放的昙花，凋谢之前，月亮寂寞的香气沁透我们的梦境。

b　我始终信任黑暗甚于光明，在我看来，白昼闪电般短促，在它背后，才是人们赖以生存的真实背景。我听到自己，作为一只夜晚苏醒的昆虫，摩擦发亮的翅膀——这就是我的歌唱。而我的声带沉默，仅用于祈祷……祈祷是对神说话，不必被别人聆听。慢慢地，月亮铜镜里，映出半张阴郁的脸。

夜晚抹杀事物的界限，月亮却为它们保留混沌的轮廓。屋檐上的茅草闪耀幽寂之光，清冷，又有童话之美，像穷孩子的美梦。那种水印一样虚玄的光亮，也照进高处的鸟巢，低处的乡村小路……一只黑黝黝的小甲虫横穿路面，光亮落在鞘翅上，它将度不过，最后的秋天。

c　我曾穿越黑夜丛林，白天的枯枝败叶被锡箔包裹，仿佛灰姑娘被魔杖点化。地上的雪，空气中的月光……过于唯美，就显得失真。雪像凉下来的月色，而月光，有若一场温暖而浩大的雪。雪、月光和夜晚，都包含了一种相似的宽容力量。天高地广，它们覆盖，它们容纳。肮脏、残损、阴谋，所有的斑点不存痕迹。这样的时刻，世间显现出孩子般对万事万物毫无区别的信任，即使，这种信任可能带来危险。

风吹着，吹着月亮上金色的浮粉，雪粒也从树梢上抖落，我渐渐听不见脚下的声音，觉得自己是在月光雪中漂移。

这个月夜注定吞没我。几乎没有任何疼痛，我坠入一个被猎人遗忘的陷阱。陷阱的用途常常如此，捕获野兽，远远少于捕获美的门徒。不知为什么，我非常平静，甚至不忙于营救自己。我仰头，凝望月亮。

照耀万物，那盏古老的马灯，在弥漫寒气的凌晨，终于燃尽它的火苗。

d 尽管，当它上升，就有魔怪开始庆祝黑暗的邪恶势力；尽管我们持有宗教怀疑，尤其当仔细观察，月亮表面暗黄而布有坑斑，这个用于占卜的水晶球……难道，神就是从中断言我们的命运？但是，月亮突如其来的消失的确让人惊恐。

那是暴力，它吞噬她丰腴、金黄的肉体。偏远之地，人们依旧迷信天狗吞月的神话。当月食发生，古老的大地上，响彻铜锣密集的敲打声。人们被黑暗埋葬，拯救月亮，就是拯救他们自己。月亮终于劫后余生，被魔鬼的嘴吐出来，继续濡染万物。

其实，每个月亮的停驻都是短暂的。夜晚仿若一枚巨大的黑茧，月亮是尚在沉睡中的蛹……黎明将赋予它飞走的彩翼。

e 童年经常停电，这成为孩子随时降临的节日。我推开作业，雀跃着远离边寻找蜡烛边唠叨抱怨的家长，跑到院子里。

全世界黑下了，才知道月亮多明朗。沉稳的光芒，几乎可以感到母亲般微凉的手指抚在额头。我心里，有什么悄悄荡漾。是月光，是那黑暗中传播的媒粉，让我秘密盛开。有时候，星星撒开蛛网，月亮仿佛半片蝴蝶的翅膀，被钉在上面……我猜暗处有个孩子和我一样忧伤。

我开始养成夜间散步的习惯，如果不是停电，灯泡憋了也成为我的外出理由。摇晃取下的灯泡，断掉的钨丝在里面嗞嗞作响……逃跑的蚂蚁才有那么轻那么轻的脚。我情不自禁地浮现笑容，会有更持恒的光源将我指引。

白杨在阳光里投下整齐的影子，那条林荫路，有若一组黑白交替的琴键；明亮的与阴暗的会在夜晚融合在一起，看不出分别，就好像有谁用力扣下了琴盖——只有那时，你才能听见更高处的和弦，听见来自月亮的天籁。

f　我专心地盯着那张油润的嘴蠕动——刚才完全埋进猪蹄里，现在连它周围稀稀落落的短小胡髭上，都蹭着油星。皮肉和筋络被撕扯、分割、嚼碎，我听到，它正悦耳地撞击他的牙，他的舌头帮助着吮净上面最后一滴残汁。“啪嗒”，它掉进装骨渣的盘子里。

我如获至宝，把它从盘子里捡出来，还微热，挂着几丝纤维和肉筋。拿出兜里其他三枚，一比较，大小相近。喜形于色，我如愿以偿，终于凑齐了整副猪拐。我先用水反复冲洗它；然后，我用我的牙用力刨掉附在上面的残余肉屑；然后，我把它放到蚂蚁洞边让更小的齿替代我劳动；然后，我用砂纸精心地打磨……现在，这个猪拐摸起来光滑如玉，完全不像出自尸骨。在它的拱背和凹槽，我分别涂上红的、紫的药水，好像为受裸露的骨头施加安慰。当我们把猪拐从包围它的血肉中剥取出来，它就成为玩具。杀戮和吞噬真让人享受啊，甚至孩子也从中得到快慰的礼物。

接下来的几天里，我走到哪里都带着这副拐，手时常伸进口袋，摸索它们侧面硬硬的耳形轮廓。我不断推迟回家吃晚饭的时间，手掌被水泥路面和小沙粒磨得通红，耍拐技艺提高得很快。天色渐暗，伴随清脆的弹跳节奏，乒乓球雪白的光点一上一下……四只散布的拐，已辨不出正反面。

一天我正准备回家，单跃突然挡在面前。单跃看起来不大合群，其实是院里的孩子都不爱和他玩。他瘦得难看，嗓音扁尖，尤其那种眼光，隐含让人不舒服的内容。他平时腻腻歪歪的，病秧子似的，却愿意缠着和女生一起玩儿。我们从不隐讳对他的嫌弃，看到他从哪个角落里拧出身子，就异口同声，夸张地叹气。抵制单跃，几乎成为孩子们的集体习惯。为了避开他，我们跳皮筋都选个背静地儿。他逐渐形单影只。我们玩砍包的时候曾经从高处泼下半盆水，虽然没有抓到袭击者，但那是单跃住的单元，我们断定是他躲在楼道里报复。我们更讨厌他了。

单跃提出要和我耍拐，这当然招致拒绝。“我正要回家呢，你找别人吧。”我冷淡地说。他突然举止怪异地把我的乒乓球夺过去，咬在嘴里，然后一言不发地伸出手。他的掌心，摊开四只羊拐：崭新，小巧，别致。“是我表妹的，”单跃说，“如果你赢了，我就和你换。”我动心了，羊拐的大小更适合我们发育尚未完全的手。我皱着眉，让单跃用衣襟擦净乒乓球上被他的唾液浸得湿漉漉的尘灰，开始了游戏。

天黑了。我的注意力完全被四只羊拐吸引，无视其他。星星稀疏，仿佛微弱的火把维持着光亮。浊重的夜色中，被我们的手翻来覆去的四只拐，竟然清晰无比。星星或许就是小神散开的拐具，在他急促的翻动中，一闪，又一闪。

单跃比我想象的技术高超。经过艰苦鏖战，我才获胜。我得意地抬头看他，长时间低头和紧张，使我一阵眼花。单跃模糊了，我隐约看到一团雾影。几秒钟之后，我看到，对面显现一张苍白而狭长的羊脸，有着食草动物特有的忧怨、警觉和敌意。

我长大以后还是热衷去动物园，经过观察，我发现所有的食肉动物眼神都格外懒散，看起来根本不把什么放在心上。有一次，我和雪豹隔着铁网对视，在它表盘一样精密的瞳孔，弦已彻底松掉，我看着，看着……在漆黑的遗忘中，记忆浮升：我想起月亮下，那张羊脸，镀满幽微难测的银光。

鬼

a　作为生命里的秘密伙伴，鬼信守契约，从不在别人面前显现它的五官。它像个谎言那样跟着我……无声无息，那只光着的长脚。我溜进中午空荡荡的音乐教室，打开钢琴，弹出一个完整的音阶，离得远远的黑键也响了，我觉察，琴凳上还有其他人的体重。入睡之前，我看到它飘浮着，脸上长满半透明的疱疹。黑夜到来的时候，鬼的头颅和肢体是分开活动的，到我这儿来的只有脸。有时候，它和家人一起来。鬼脸不像气球那样体积饱满，它们扁扁的，可以隔着很近的距离交错而过。它们不说话，天花板下就那么飘过来，飘过去，盯着我看。我被凶险的保姆们看管着长大。

人们说，被鬼照看的孩子黑眼圈明显。那是被它们易于脱色的嘴吻过的痕迹。

b　鬼跟着我，它经常偷东西。硬币明明攥在手心，过了一会儿，它莫名其妙地消失。鬼还偷偷尝过我的糖。有一段时间我总是丢梳子，尤其木质细齿梳，午睡时我紧握着新梳子，以防不测。梳子用细长的齐齐整整的牙齿咬了我，醒了以后我看到掌心的一排噬痕。但是，梳子不见了。梳齿变成蜈蚣腿，跑了。我相信其实是被鬼偷走的。鬼有一头纠结的毛发，也许更让梳子快活。

有时候我会翻到鬼偷走又丢弃的东西：一块磨秃的橡皮，或几根新削尖的铅笔——鬼才能把铅芯削得那么那么尖又不断掉。经过总结，我发现，钢笔如果被鬼用过有个共同的特点：频繁漏水，笔囊呕吐出的大滴秽物把我的作业弄得一片狼藉。一般说来，我会找个借口把漏水的钢笔扔掉，心怀某种不为人知的侥幸。我怕有一天，鬼出于对旧物的眷恋，把爪子搭上我的手腕。

我坚持写日记，那是我独自的地下宝藏，但我怕鬼的贼心。由于受到《渔夫和魔鬼》的童话影响，我猜测许多鬼住在瓶子里，被所罗门或各种各样称谓的王囚禁着——那些王为什么不杀了它们，反而让鬼渐生积怨来报复我们？为什么采用那么不安全的包装，瓶子是多么容易被摔碎啊，密封的瓶口又是多么容易调动好奇心啊！鬼藏在瓶子里，我就见过一个。有一天我给钢笔灌水，墨水瓶子里有一张枣核形状的小脸：下颌和额头分别被一种外力向后面扳去。那是我自己缩压变形后的脸，活脱一副鬼相。

跟踪我多年，我后来不怕了，认了这个鬼亲戚。有时候，你可以对鬼友好一点。当它的脸凑近，你就唱歌吧，必须克服紧张造成的颤音，那就像铝勺刮饭盆一样让鬼过激反应——唱得轻柔一点，模仿母亲催眠，鬼蜷起身子甚至就睡在你脚底下。寒冬之夜，被子和鬼的体温暖热了我的脚，我也要睡着了。但是记住，一定要比鬼先醒，不然，就有噩梦了。

c　很少有人宣称见到天使，但人们经常遇鬼，鬼比仙对人间生活更感兴趣，或许鬼的隐形功夫欠佳，或许它们敢作敢当，才不怕频频现身。

我们为什么那么怕鬼？想象中，它们面孔狰狞，目的邪恶，与死神相交莫逆。即使鬼态度平和地到来，也令人战栗。它们住在黑暗里，无迹可循，在愿意的时候破壁而出。我们在明处，鬼在暗处，所以容易理解为敌我关系。

d　他们总是把大鬼弄得比其他的牌更脏一些，为了做出记号。眼尖的人能从对方抓牌的瞬间认出那种旧，猜到正面的大鬼……他有与众不同的彩色图案。小鬼却能混在其他牌里不露痕迹。小鬼需要大鬼的死，那样他就可以晋升为王。当大小鬼都握在同一个人手里，小鬼通常充当替大鬼去死的人，这样更隐蔽起他的叛臣身份。

我奇怪，扑克里的大鬼和小鬼为什么通常都是小丑造型：宽腿裤，辣椒鞋，顶着挂了绒球的尖帽。小丑存在为了娱乐他人，完全不像统治世界的样子。但，他们就是拥有绝对权力，世界就是那只充气的皮球，被他们踩踏着向前滚动。

第一次见到麦当劳叔叔的时候，他那么面熟，好像我认识了好久。他是唯一的，敢于暴露在光天化日之下。他就是我的鬼。我长大了，他并没有老去，反而精力旺盛，每天事先在售卖店前的长椅上坐好，等待另一端要与他亲近的小孩子。这让我又有点儿陌生，他不像童年和我一起坐在琴凳时那么腼腆了。他已经不满足于做扑克里的王……我们将在他花样翻新的娱乐节目中，遵从他的安排。

角落

a　以身体的任何一部分劳动、谋生或创造似乎都值得赞美：绣工的手，哲学家的头脑，运动员健力的四肢……除了，那个秘密花园。必须给身体划分禁区，哪怕是微小的局部。这个部分，只受个人意愿支配，他人不能擅自闯入——禁区，意味着尊严。

……香烟和香水的气息，她娓娓道来："我可以和任何男人做爱，但不许他们吻我。"嘴唇就是她的禁区和尊严。

鲜艳诱人的嘴唇，拒绝亲吻，它说："先生，请您付钱。"——只有通过付费的手段，才能让男人们对她产生一丝珍惜。

b　亨利·勒内·莱诺芒德说过"像漂亮有毒的小昆虫一样的妓女"，传达出她们的魅惑。尽管妓女和奴隶一样，显现出被人折算为商品的可悲境地，但许多时候，这种残酷被我们的好奇心和欲望覆盖。

电影大师费里尼代表我们承认："尽管妓女是地狱的动物，却也因此拥有宛如来自非人类世界的力量和魅力。"

越邪恶，我们越快乐。一些女性在私生活领域扮成妓女，她们知道，这是调动丈夫情欲的奏效办法。

c　1995年，我们在广州采访。当地派出所当夜正好收容了一批流浪儿。他们属于同一个团伙，每天在车站附近的垃圾场翻拣，把值钱的东西上交给自己同乡的头儿——这是一个年轻的管理者，"垃圾王"不满18岁。

这些垃圾童身上有恶劣的体味和被证实的病菌。即使见记者之前，孩子们被安排去集体洗澡，还是能发现他们劈裂的指甲，手背上斑驳的皮肤病。一个妇幼保护单位的领导前来关怀，我注意到，她格外小心地象征性地捏了一下孩子的指尖。

我后来见到“垃圾王”的情妇。记者已经在意识里为她先期定罪，所以他们的问题具有显而易见的诱导性。她听出了弦外之音，出乎意外地，她态度强烈地否认自己和“垃圾王”对孩子们的剥削，她说自己过得也苦。后来证实，她每天的伙食主要是酱油加猪油拌进米饭。她还出卖过自己，给过往旅客。

她太矮了。没有戴胸罩使她的身体缺少一种这个年纪应有的挺拔。乳房松懈，摊散在不黄不白的汗衫里。这年，她16岁，用垃圾换取她的垃圾生活。

里尔克在《杜伊诺哀歌》里面的沉痛之声再次回响：“你们这些似乎要迷失和沉沦的女孩——在城市最肮脏的街道上，在那里化脓……”

d　“以通奸和卖淫为补充的一夫一妻制是与文明时代适应的。”这是恩格斯说的。

路过发廊，我看到乡下妹妹的手指下，涌起汹涌夸张的泡沫——泡沫的掩护下，她秘密加进小动作。她正处于实习阶段。

e　古代的威尼斯，许多年轻修女的生活不仅仅是精神沉思。

无论是教会还是世俗观念，都要求把婚姻作为性成熟女性唯一的归宿。然而，有的上层社会的父母，仍无力支付高昂的妆奁费用。为了维护家庭的尊严，或减少被男人伤害的危险，一些上层社会的女孩子们经常被送入修道院——多么体面，多少高尚，进修道院是十分理想的制度安排。但这些流入修道院的上层阶级的年轻女人，渐渐改变了这一制度的本意。路基罗描述一些修道院的存在状况是“介于中世纪鼎盛时期的宫廷爱情和古代世界的殿堂妓女之间的一种交叉影响的延续”。

几乎所有宗教都或多或少包含着禁欲要求，但是在上帝的眼皮底下，他的孩子们建立起性的伊甸园。

f　我在巴黎时住在GARE DE L’EST附近的鲜花旅馆，比邻红灯区。游览一天散步回来，夜色已深，街道上流莺出没。我的男性同伴本来暗怀观望乐趣，但是路过一看，特别辛酸，她们中许多，实在太老了。他没有发现妓女所需要的风情，倒是感到了那种不堪。

楼廊的阴影里，男人用打火机照阴影中的女人。低调的光亮，脂粉的遮盖，依然没能起到帮助，她们可真老。斜倚门廊的肩膀上松弛的吊带，桃红内衣上的蕾丝花边，微寒中的网孔长袜……常年兜售自己的女人向嫖客努力地笑。这是巴黎，她的身体也欢迎参观游览，留下口碑和门票。

一个老年妓女的期待和一个幼童过早开始的体力劳动一样让人难受，侵害了我们的平静和幸福。这里没有时常使用在巴黎身上的“香艳”，只有凄凉。我的同伴说：“她们使嫖妓变成了一种赈灾行为。”

广场拉客的妓女，神殿的光芒是否拒绝将她们照耀？她们的肉体因为过多被分享而遭到贬低。此时，多多的诗更像安慰还是嘲讽：“睡去，睡去并且梦着，梦到她们的子宫是一座明天的教堂。”

是的，她们不能。不像教堂里面的耶稣，人人分享的肉体却享有更高的荣誉。

小仙

a　我体验到的癫狂并非发生于现实。我到过的最美的地方是在梦里，走着一条彩色玻璃路；当我仰望星空，黑丝绒缀上造型不一、手艺精湛的黄金凤凰；水神无风微漾的衣袍，他垂下珊瑚做成的睫毛。我也去过最脏的地方：粪尿横流，血和秽物漫过脚面。我飞过，一生不能的动作在梦里轻松完成，我知道身体在风中的轻盈、鸟的高度、神的视角。我在梦中体会过最销魂的性爱：那沉默不语的陌生王子，上升到极致的情欲快感。最恐惧的事情也在梦里经历：鬼脸，逃亡中不容喘息就迫近的刀刃，老虎吞咽着自己被咬烂的残余肉体……

b　梦游，是谁在支配我们的方向？它把梦落实为行动。

世间只有两样东西能把我们的肉体变轻：太阳下的影子和夜里的梦。突破肉体的规定性和限制，梦引领我们无往不至，它祛除灵魂以外一切杂质的重量……变轻，变轻，谁把我们变得神秘又神圣？走出现实迷宫，梦乡才是随心所欲的桃花源。

一个富于魔幻色彩的梦……我梦见，我是一个最小的仙。

c　从一节火车中开始。到处晃动着穿军服的身影，整个车厢都是国民党军官和他们的家属。我是一个国民党连长的老婆。突然，人群骚动，纷纷向车门口拥去——原来，他们得到消息，火车即将进入共产党的伏击包围圈。我逆着人流向自己的座位走，想拿上落在那里的行李。这个过程特别漫长，人流散尽，我还在走……这时，一颗来自背后的子弹击中了我。我后来不言自明地得知，这颗枪杀的子弹，出于丈夫的阴谋。

奇怪的是死了，我也知道自己死了，某种与人间的情感关系斩断，可我并未停止行走，似乎，还有什么诱导着。我的行李在一座摩天大楼的顶部堆积，多得根本拿不动，我只好简单选择了几件，但它们马上在随后的走动中丢失。我没按照预定在一个应该的地点听清站名下车，开始不知所终地游荡。

很多天过去，短若瞬息。我跟随买卖古董的人南来北往。有天路过一个空旷的广场，中间有个卖竹竿的小贩。和我在一起的，是一个平素为我敬仰的收藏家，他拿起一根小贩的竹竿，青绿的，却并不光润，竹面像草叶那样密集地渗出露水。收藏家俯近我的耳朵低语："竹竿上面因为刻满细腻无比的花纹才会不平滑，用特殊显微镜，你才能发现花纹多么美妙绝伦。这是宫廷御用的蚊帐竿，可惜卖货人不清楚它的价值。"我凝视着，饱含水汽的雕花映现在瞳孔里。有些事物的非凡在于能够隐蔽于平庸之间。在那一刻，我突然明白，自己为什么死而能返，明白了自己的真实身份：一个最小的仙。

白天我是凡人之妻，只有夜间别人入睡的时候，我的魂魄会前往一个神秘地点。类似车间女工，坐在生产人类的流水线上，我负责为他们设计并安装匹配的指甲。我的夜间身份甚至不被白天的自己所知晓。

竹竿上的花纹继续在瞳孔里放大。那一刻，我意识到自己遗留人间的使命——我来检查指甲是否尺寸合适、运用方便，作为返回天堂的质量验收。我开始意识到自己是个小仙，回忆起一生中的夜晚我是如何梦游一般偷偷离开一个睡梦中的男人，偷情般，来到秘而不宣的地址，安静地开始工作。我的丈夫总是能从我的指尖闻到陌生人的气味，这使他暗起杀机。

这时，一头牛挣脱松了的绳套逃跑了，正好经过我身旁。我预知它的未来，所以搂住它的脖颈，低声说："下个星期才杀你呢，你现在跑了，他们有足够的时间把你抓回来，套上更紧的绳索。如果你相信我，就回去，让他们以为绳索足够牢靠。然后你在下星期三的前夜离开，因为，第二天才是真正的杀戮时刻。去吧，他们的刀追不上你的命。"牛听懂了我的话，跑回拴它的木桩，将脖颈伸回绳套之中。

我做了一件小仙能力所及的小事：拯救屠刀下的一条命。我像那头牛，感到颈间有一条粗糙的绳索，感觉到绳索上那种浸透露水的凉……苏醒前的最后一秒钟，这个梦留给我遗产。我感到满足，我认清，眼睛可能失明，骨节可能患上风湿，而指甲，成为人体各项中最少带来麻烦和隐患的部件。

随后我真的醒了，一片漆黑，我看不见自己的指甲，它们像被剥光了。

随后我真的醒了，一片漆黑……

渗透

咖啡

写作常导致不良职业习惯。熬夜，失眠，不停抽烟。为诗百篇而斗酒。要求环境，怨怒于家人的走动声。苛求整洁，写错字就得换张纸。担心没有素材，不放过一场婚外恋，对他人隐私也怀有浓厚的挖掘乐趣。警犬般嗅到血腥就兴奋。的确，作家比别的职业更需要接触邪恶。

我过于需要安全感，毫无冒险精神，对可能损及健康或名誉的东西警惕有加。不沾烟酒，缺乏跋山涉水的勇气和体力，对性的态度不够从容。心理准备上就不是作家坯子，我为此自卑。艺术革命。更多是由那些骨子里反叛的人带来，而我现在这种道德囚犯的形象远非年少理想。但孙悟空的金箍越来越紧，我自己是摘不下来了。

如果可以，我情愿牺牲绅士式的道德完美，以换取作品危险的杀伤力：自由，挑衅，迷狂，乃至暴力。如何安全又体面调动激情，诱引一种可贵的、但在日常生活被隐匿起来的不安分？我的办法接近药物疗法：喝咖啡。

充足日照，火山土壤，全球主要的咖啡产地都集中在南北回归线之间……咖啡是有着热带性格的饮料，它把情绪推向极端。通过肠胃的吸收。咖啡因迅速渗透到血液当中，抵达全身每个细胞。一小时以后，体内的咖啡因达到峰值，抑制导致人体困乏的腺苷，让人变得分外清醒。

“爱迪生说天才是99%的汗水加上1%的灵感。但这句话现在看来，似乎很有问题。在当代社会，大脑比身体更为重要。为了有一个清醒的大脑，人类已经离不开咖啡因。20世纪最伟大的数学家保罗·埃尔德什有句名言：数学家就是把咖啡变成数学公式的机器。他每天工作19个小时，需要喝无数杯咖啡才不至于在工作的时候数错小数点。”王吉吉在《咖啡因：创造现代文明》中这样写道并且指出，“现代社会里，人类不仅仅依靠内在建立我们的情感和认知，有时候还依靠来源于外界的化学添加物，这使我们保持清醒、集中注意力。从这个意义上说，现代人具有了某种合成性格”。

液面轻漾，我嗅到咖啡独特的苦香，其中微妙混合着坚果和焦糖的气息。研磨成黑色粉末的豆子，可以像火药一样引燃我，让我热爱亲吻和跳舞，让我和文字一起旋转。科学研究证明，咖啡比红酒更能刺激女人的情欲……我的写作常是在它的伴随下抵达高潮。完成一篇令自己满意的作品，我有纵欲过后幸福的疲惫和虚脱感。久而久之，我养成咖啡倚赖，尝试摆脱的时候才能试出它的控制力量。养虎遗患，每个不喝咖啡的日子我都有点昏昏欲睡，神情木然。

本尼特·魏因伯格和邦尼·比勒合著的《咖啡因的世界》一书中指出，没有任何毒品像咖啡因一样被人们如此坦然地接受。是啊，仅仅由于咖啡因离开人体的速度较快，才没有造成显见的损害——几个小时，残渣尽除，我们仿若没有被咖啡征服过，纯洁得像不染烟酒的未成年女生。去而能返，似乎就不受到道德和法律的过分指责，因为这表明，我们对自己的身体和意志依然具有主控权。诸如毒品，诸如地狱，都是只有入口没有出口。

咖啡成瘾，我承认自己以最安全的方法服毒。黑色的液面下降，边阅读边喝咖啡，我享用里面微量的毒。读的是一本推理小说……主人公取出他暗藏已久的毒药。毒杀，使谋害在一种相对优雅的渗透形式中进行，看起来有若游戏，减少施用者的心理纠葛，克服犯罪感的负荷。刀斧下的伤口既血腥污秽，又易于引起凶手的疼痛记忆；而中毒者没有夸张的肢体破损，剧烈的折磨发生于不可视的肉体内部，极少有人曾有中毒经验，因此情感上设身处地的牵连被删剪了。况且，下毒是一种偷袭，借助的是机会而不是体力，身体纤薄的少女和儿童都可以胜任，所以，常为复仇的弱力者采纳。对敌人用毒，往往出于仇恨或利益纷争，但是，何故使然，我们明知其中含毒却自觉自愿地让咖啡流进自己的血液？

许多人都暗怀了一点毒害自己的倾向，在从事创造的队伍里更为明显。灵感，与其说是神的赋予，不如说是人的偷窃更贴切。一些从事艺术创造者本能地认为，必须抵押什么，才能博回更多。我的画家朋友只接受最名贵的化妆品，严格地定期美容，她从不用吸管喝饮料，因为担心增加嘴唇及周边的皱纹——这么爱惜自己皮肤的人作画时拼命抽烟，我不认为其间有什么不可理解的矛盾——必要的牺牲。至于狄金森更是极端的例子，为了保护自己诗歌上的才华，她牺牲声誉、爱情及诸多让身体欢乐的世俗享受。“让纸页吸收我的痛就好，”她在日记中写道，“我好像听到细微的警告，说爱情与智慧不能长存。”写作和爱情，那蕴含在折磨里的快感，难道不都是一种咖啡因？

黑咖啡点滴渗透，身心被某种吉凶未卜的力量改造。

墨水

笔画又细又黑，我沿着它们走——写作，黑墨水铺下一条钢丝绳的道路，行走或落下都危险。我的所有，建立在一支钢笔的分泌物上……纸薄的命运。

不知道为什么，我没像其他人那样得到享乐——对创造最大的奖赏，我很早就丧失了，以至我不确信它是否曾经存在。总是把写作视为艰苦的、折磨的、让人精神紧张的、带有某种摧毁倾向的劳动，我写了十年以上，始终没有克服微弱的抗拒。该把自己的不适应理解为对写作的敬畏吗？孕妇呕吐、厌食，以任何个人来承担诞生这么伟大的事，都具有相当难度。写作也是。

上小学时我发现，谎言能找到体面的呈现方式，那就是写作。作为一个孤僻的孩子，我爱上了阅读和写作，这种热爱将加深我与集体的隔膜。我在书里认识足够的亲人和仇敌，而且，沉默是他们共同的美德。

右手的拇指、食指和中指之间，各有一个握笔茧：坚硬、老化、凸起，不像孩子的手——伴随写作的是每分钟的磨蚀——我在童年已接受协议，接受提前到来的苍老。墨水常从笔囊里漏出来，指头上墨迹斑斑，我一声不吭地冲洗。墨水不是水。水清洁我，墨滴更愿意弄脏我的生活……黑的，它有毒药的神秘感。

章鱼自己酿造墨汁。预先铺好逃脱的路，它把这条路收拢到自己的身体内部。一个孩子的初习几近于此，日记秘不示人，我有我的暗号。未来迷宫重重，我困惑多于憧憬，准备开掘一条朝向内心的暗道。有时候，觉得自己就是一条章鱼，夸张的狂乱姿态下，是易于变色的胆怯，带着一腔很快会被稀释的墨汁——我逃生的法宝，在大海的无边深处游荡。如是酿造自己，数年之后，外貌上都呈现端倪……镜中我是一个脸色阴暗的少女，给观察者和他人以轻微的反感。

折叠的目的是让纸成为其他，而远离纸的本质。一张纸被折叠。纸船，船篷里放上几只蚂蚁兵、一粒绿豆，我们的手搅动涟漪送它远行。纸玫瑰，茎是铁丝做的，支撑着皱巴巴的花儿。我们叠好多的纸衣服纸裤子，比谁的尺寸叠得袖珍，小得我们的手都捏不住——多小的孩子才能穿下它们，或者我们在为母腹里即将流产的弟弟妹妹送行？“东南西北”的游戏，方形纸折成对称的四个部分，左右手的拇指和食指套进纸筒，可以任意开合，纸页内部写着各种职业：警察、司机、医生、强盗、小偷……然后你选择，比如“北六”，一番开合，最后定格的是你的未来……选择不多，所以刚才的杀人犯成了慈善家，屠夫成了护士……势不两立的现在兄弟情深。

只有经过与墨水的结合，一张纸才变得不同凡响。阅读上面的字迹，纸张必须被展开，它从而摆脱遭受折叠的命运……墨水暗藏着血液与力量，给了纸张不再缩小的面积和尊严。通知、论文、诗歌、报告、情书、讣告、表扬稿、绝交信、合同、状纸、匿名信、备忘录、纸，面目全非……你会爱上哪张脸？

写作是我咬合生活的方式，看到那些字，就看到自己露在外面的尖齿和牙菌斑。我甚至不能为写作找寻到一种高尚的目的。仅仅是习惯，仅仅是生理与心理交混的需要。我的写作与执着无关，就像甘愿为爱人做任何事，都与奉献无关。有人时刻享用写作带来的利息，有人一生找不到辉煌的终点……没有出路，终日陷身于必死迷宫。随着年老，有多少幸运儿会像叶芝形容的“现在我们可以枯萎而进入真理”，大多数时候，文字像蚂蟥，吸干我们的血。我看到墨水里时时刻刻的黑暗。

对于写作者来说，用墨水书写只是初步，做到优秀，关键是看你在墨水里配比了多少成分的血。

写作工具经过几代转换。祖先曾在石头、竹简和龟背上凿刻——伟大的耐心。用过鹅毛笔，蘸一点墨水，我试着用蹩脚的连体签名。在我看来，这种中世纪的书写工具看似体现优雅美感，其实正是不幸的象征。鹅毛笔之所以脱节于轻盈而盛大的飞，因为羽轴的一端浸墨……那与魔鬼酷似的肤色，那追逐中频繁溅落的脚上泥浆。

现在，除了日记本上有些藏头遮尾的寥寥钢笔记录，我已经很少“写”什么——计算机帮我克服了丑陋字体带来的自卑。稿子整洁、舒朗，创作过程中的破坏和翻修无着痕迹，写得多么像一气呵成。电脑写作的优势在于，虽然动用了更多的手指，但它们干干净净，不会再被染污。倘若修改和剪贴的时候选中段落，你会发现文章中突然出现面积不一的黑底……你碰翻了机器内部隐藏的墨水瓶。夜晚就是墨水瓶从天上倾倒，将书写者深深浸泡——他使自己成为一个被弄脏的偏旁。

粪便

一个幼儿园老师被判了刑，以渎职罪入狱。在此之前，她数年连任模范工作者，以温柔和耐心，受到孩子与家长的普遍欢迎。当她带领孩子们春游，不知道灾难和花蕾一起酝酿。那个孩子失足掉下了粪池，她没有及时跟进地跳下去。屎尿的深度远远低于成人的身高，她致命的洁癖，导致孩子最终溺死粪池。报道事件的记者愤而陈词：把孩子托付给这样毫无责任心的老师谈何安全，认为她的以往褒奖来得可疑。我的猜测倒是偏于未必公正的同情，假若面对的是河水、火焰乃至歹徒手里的刀子，她未必犹豫；但是粪便肮脏，阻碍她行动，她不能想象进入粪坑以捞取孩子性命和自己的荣誉。

纵观人类的文明进程，“卫生”始终是其中一个重要而不彰显的概念。清洁成为判断个人或社会的等级考量标准，直接，富有说服力，尽管这种判断可能失于表层。调查表明，现代人比前辈更勤于洗浴更衣，越来越倾向于排除体味，生理产生的臊臭岂止是不能忍受，简直不能提及。然而，连今天的文明之都巴黎，在18世纪都曾是个臭气熏天的地方，人们不仅积月不洗一次澡，而且在城内道路上到处排便，从窗户往外任意倾倒屎尿。

再说得极端一点，人的进化方向，就是否决尾巴的存在，就是否决粪便的努力。粪便衔接在我们末端，代替看不见的尾巴，强烈而粗鄙地证明了人类的动物属性。动物大多对自己的排泄物听之任之，鱼在浑水里欢快畅游，一呼一吸，细线般的屎段伴随着进出；即使人类的近亲猩猩，也不挑剔，酣睡于沾有粪便的窝里。而排泄始终是让人难以启齿，男性还可以把撒尿与性能力、性行为做些类比和暗喻，而拉屎，简直找不到一个体面的心理借口。装修别致、设计体贴的厕所受到欢迎，对建筑和风格的关切，分解了我们的羞耻和不安。如果不能去除排泄本身的尴尬，至少也为这个过程粉饰一点美感吧。坐在冰冷洁白的马桶上，仿佛坐在一朵盛大而坚硬的百合花上，向它的根输送不可示人的营养。人们使用静音马桶冲水，打开抽风机去味儿，如同猫仔细掩埋屎堆——据说猫是比狗更有自尊心的动物，恐怕如厕方式是个重要的论据。

我们如何才能甩掉粪便对于视觉和道德的干扰呢？捷克作家赫拉巴尔在《过于喧嚣的孤独》中回忆了美丽而不幸的姑娘曼倩卡。作为少女和舞会皇后的曼倩卡，即将听到少年对她的炽烈表白，但是她的尊严遭到了无情摧毁，周围人厌恶地避开她，因为她上厕所时，无意间让粪水浸泡了头发的缎带，并且随着舞裙转动而泼溅……为了彻底躲开这种羞耻，曼倩卡全家搬离。沉浸在内疚中的少年，长大后为了有所弥补，他终于找到曼倩卡。挥霍财产，带她去富豪阶层出入的滑雪场。曼倩卡还是那么俏丽、性感，被人渴望，多少人为她燃烧情欲和妒意。但是她重新堕入耻辱，观望台上的男男女女在嘲笑，曼倩卡不知道刚才的粗心让自己再也不能扮演天使——她的滑雪板上带着她的大便。

小时候读到科技前景上的介绍，说科学家意欲发明一种药粒，吃了以后几天不饿。这种发明令人期待，除了省简原则之外，它的好处里隐蔽了另外的含义：精简你的粪便排量。我觉得后者的魅力更大，不如此，不足以对抗食欲诱惑。口腹之欲，天地人心。说到底，粪便其实是欲望的产物，是欲望最后的萃取物。刘春的文字震撼了我的神经，这段《公厕里的死婴》，为读者提供了粪便与欲望交混的象征一幕：

“我对于厕所始终怀有莫大的兴趣，从某种角度来讲，厕所比卧室更具意义。卧室不过是个造梦的场所，厕所可以把现实筛选、过滤，然后发酵一些你意想不到的新东西，最终成为肥料。

“农村的厕所其实就是公用的化粪池，人粪、猪牛的粪便都混在一块儿，这么多粪便集中在一块儿，不结块，反而显得挺稀的，这归功于蛆虫。粪便经过发酵、稀释浇到菜园子里，即使不怎么长了的菜株也是晃着脑袋蹿一蹿。沼气发出致命的气味，只有最强壮的苍蝇才可以待得住，它们图的是随时享受‘美味’。踏木板彻底朽掉了，黑漆漆的，如炭烤。野地里的茅房偶尔会有死婴浸泡在屎中，他们无分男女，五官精细，体积小得出奇，比妈妈从城里给我买的第一只布娃娃还要小，骨骼如一副粗筷子，脸上和四肢挂着挣扎过的痕迹。我低头看他们，感到童年的无力和头晕。有一只死婴都瘦成了皮包骨，可是它依然保留着人的样貌。”

“他们的腹中被装上一个发臭的小小的工厂。”米兰·昆德拉曾经在《生命中不能承受之轻》里发问：“上帝也拉屎吗？”捷克作家对这种形而下的问题特别感兴趣，大约是对长年畸形的形而上教育的一种反讽。昆德拉不仅认为“粪便是比罪恶更尖锐的一个神学问题”，他更指出，“就其根本而言，媚俗是对粪便的绝对否定”。

我看到一部日本黄片，内容是给一个妓女注入泻药，让她蹲在两个凳子间排出粪便，然后给粪堆一个特写。剧中人连续追问：“这回，你羞耻了吧？”我看片子不仅恶心，更是一部心态阴险的暴力片。强迫着一些人凝视甚至赞美他们的粪便，迫使他们放弃羞耻心，算是对媚俗者的教育——我看这也是极尽的暴力。尽管某些时候，这种暴力可能出自革命的正义目的和一元论的速成效率哲学。最极端的例子是帕索里尼导演的《萨罗，或索多玛120天》，即使看碟之前，我已经有了对这部被喻为“电影史上最肮脏的电影”的心理准备，但它还是超出我的承受能力。生理上的强烈排斥感在那幕上升到峰值：法西斯狂徒收集所有人的大便，晚宴集体食粪。

作为一个顽固的唯美主义者，也许我习惯对题材取舍后抒情，但朋友的一段文字描述深存记忆。那是冬天的晋北平原，清晨，寒气从地表、从你的身体内部上升，冷风用粗劣的刀法在早行人的脸上刻画。野狗小跑，饥饿使它的眼神像狼，突然它远远地停住，警觉地注视着几个小小人影——如果饥饿的力量足够，他们小得可以成为食物。人类是动物世界里最高尚的，孩子是人类世界中最宝贵的，现在几个穿着旧鞋、拖着后帮的孩子，在旷野上，沿途跟从。牛羊消失在远方，他们追逐着畜生们不久前热烘烘现在已经冻得硬邦邦的粪便，如获至宝。大地枯朽，沉浸在对粪便的喜悦发现中的孩子，看起来，像是和那些秋末的庄稼、果实一起，被大风吹着，被另外的力量驱逐。那些珍贵的粪便，除了用来养活贫瘠的庄稼地，还能让他们从围拢而坐的粪火里，找寻到温暖和光亮。粪便，和庄稼一样，象征至深的慰藉。

火药

挂历上，春节被染成发炎般的红色。热烈，激越，爆竹制造的效果类似枪战。火药和糖果一样，都是喜悦中的必备部分。除夕夜，鞭炮震耳欲聋，第二天早晨，人们会发现欢乐的遗迹——雪地洁白，撒满红色的纸屑。

五六十年代出生的男性大多迷恋过火药。一黄二硝三木炭，最熟悉的应用化学公式，能在沉闷生活中制造喧响。他们打破电线杆顶端乳白的瓷瓶，掏出里面的硫黄。木炭封进布包，碾碎了。他们不怕蛆蝇和臊臭，因为公共厕所的板壁上有一层厚厚的小便沉积物，宝贵的“硝”取材于此。把纸捻埋入自制火药，等着听，爆炸。

那时人手一把火药枪，其实填充物并不是真正的火药。指甲秃了，边碴不齐，还有两个深深的裂口，浸着脏红色的血。桌子上摊开许多空盒，孩子用指甲一一剥除火柴绿色的磷头。药量足够，他的火药枪才能威力惊人。对一个孩子来说，自制一把火药枪是相当艰巨的工程，因为工具简陋。半截窄窄的钢锯条，一端裹着胶布，不仅要一副铅笔划好轮廓的木头，还有金属枪管——找不到铜管的孩子，会用旧了的自来水管代替。手里磨出茧泡，锯着锯着，锯条断了，锯齿磨平了，越锯越短的钝锯使过程漫长、趋于折磨。锯好的管子一端用锤子锤弯、堵死，但是中间要留一根导火的钢丝。挤瘪的牙膏皮，拆下的蓄电池网片，都能用来制作铅弹。剪碎的牙膏皮架在火上烤，油漆的臭气越来越浓……把勺子里烧红的溶液慢慢倾倒，倒进铁皮罐头盒，溶液从罐头盒底部扎好的钉孔里漏出，再漏到铺了沙层的盒子里，形成一个个亮晶晶的铅豆子。用细钢筋把枪管罩的火药捣实，再装上铅弹，一个孩子对世界陡增杀伤力。他的书包里塞着死鸟和它们掉下来的毛。为了节省子弹，他站在几米外，瞄准书籍上的作者名字，扣动扳机……然后他从封底倒数地翻起，寻找那个打穿了无数个字的铅弹……用途的不同，改写着一本书的阅读秩序。子弹停在一本书结束之前，上演主人公或者故事提前的死。有时男孩们对着电线杆练习射击，“啪啪啪”，轮流的子弹几乎打断木头。为什么一本质地柔软、可供翻折的书会比结实高大的木头更能承受毁灭？

暴力倾向体现在孩子身上，易于被游戏的表象所遮挡——他是否意识到，手中真正掌握火药，能对他人乃至历史的命运，带来怎样的巨响？

火药是中国古代文明的傲世之宝。炼丹家为求永生之术，尝试各种匪夷所思的配方，却意外发明了火药。当火药运用于战争，祈生之愿变成了催死之咒。火药结束了冷兵器时代，不必面对血刃，一个人战死疆场，突然放大的瞳孔最后不再映射敌手的面孔——他死得连悲剧中一点点可怜的抒情色彩都没有。除体力和勇气之外，火药使战争需要科技所代表的心智。

第二次世界大战期间被关押的犹太妇女全是短发，头发被剪下用以制作炸药。战争，战争，几个人的胜利和无数人的死。战争是个盛殓死亡的专用口袋，变黑的尸体像火花，它们燃烧，映照指挥官勋章上的光环。什么样的正义经过火药的翻译依然无毁它的正义？

火药是一个蕴动于静的名词，让人想到“石破天惊”之类的成语。浓缩的词，像金属里密度最大的“锇”。所谓爆炸，是光、热和声响在瞬间集中释放。由是反观历史，看到无数浪漫的革命主义者向往喜剧，最终却酿造难以收场的悲剧后果……光明、温暖、自由的口号都是无限美好的内容，但它们被压缩在极小的单位时间里，突然就转换成了暴力。有怎样置身险境的审慎，才能保障一条由火药开辟和解决的道路？

当蒙古人西征时，火药制作技术首先被阿拉伯人获得，硝石被称为“中国雪”，用火药推动的弩箭也被称作“中国箭”。奥斯曼土耳其用火炮摧毁了拜占庭帝国的城墙，也摧毁了对欧洲人来说是阻挡亚洲强大攻势的屏障。用于节庆的火药，被赋予迥异的军事意义。杀人的粉末，我们的祖先用来烟火盛宴，也算是一种奢侈的天真吧。鲁迅在《电的利弊》里有段著名言论：“外国用火药制造子弹御敌，中国却用它做爆竹敬神；外国用罗盘针航海，中国却用它看风水；外国用鸦片医病，中国却拿来当饭吃。同是一种东西，而中外用法之不同有如此，盖不但电气而已。”

在今天，中国人依然主要在火药的唯美意义上使用着火药。2003年，我在河北参观了一个烟花制造厂——说是“厂”，其实就是村支书的私人作坊。支书的家里挤簇着许多个小孩，这里不是孤儿院，也不是支书招待的小客人，他们是最经济耐用的劳动力。因为小孩子手脚灵巧，又不抽烟，给鞭炮上捻再合适不过。这样的机会来之不易，即使手工熟练，也会转眼丢了这份工作。我在村口看到一个嘴唇外翻、面目全非的女孩，她就是被辞退的。去年的一个意外，鞭炮仓库爆炸了。轰轰烈烈的声响和火光，还有灿烂烟花，仿佛盛大的节日来临，包装盒上“吉祥欢乐”的字迹如同被煅烧的昂贵金箔……大火中，这个又瘦又黑的小女孩，像一根短小捻线，几乎被随后的烈焰吞没。劫后余生，但她不配再做女工，因为增生的疤痕把她短秃的手指紧紧焊成一团。谁会为她设想未来？她连青春的燃烧成本都不够了。看那焰火……她赴约而来的天使们死在路上。

鹦鹉的心脏

1

我弟弟从小喜欢博物馆，并非天生渴望知识，是因为迷恋兵器。那里幽寂，利于衬托匕首的花纹，以及扳机优雅的弧度。他会反常地安静下来，长时间把脸和手掌贴扁在玻璃上凝视……杀人道具的魔力，牢牢吸附了他。像所有成长中的男孩一样，包括金钱和性爱的人生诸种欲望还未露出行迹，武力先于其他显现诱惑——这种智慧几乎出自本能：有力地掌握后者，其他就唾手可得。

2

弟弟收集图片，对枪支制式和轰炸机型号了如指掌。我的乐趣略有不同。我喜欢听评书连播，单田芳和刘兰芳讲的，《水浒传》《三国演义》《岳飞传》《七侠五义》……除了快意恩仇的解决方式和闲云野鹤的生活态度深得我心，我逐渐发现自己关心那些壮士和游侠拿的什么兵器。青龙偃月刀，流星锤，丈八蛇矛，听名字就满怀豪情万丈。借助它们，英雄疆场驰骋，杀人如麻。英雄有两种，一种阻挠别人的死，一种造就别人的死——他的死为什么重如泰山，因为一个人的砝码等于无数人体重之和。成为英雄，死亡的配合当然必要，对于后一种英雄来说，格外必要的是暴力准备。

3

词典上强调的是暴力的“强制性”。抛开褒贬判断，我以为，暴力意味着对过程的急骤压缩，对结果的突然改写。它是上帝的铁拳，祈祷和哀告不能抵抗。暴力是对平和的破坏。但从这个角度，什么不是暴力？情爱是暴力，疼痛是暴力，死也是。芥川龙之介在《侏儒的话》里讲道：“人生总是复杂的，把复杂的人生用简单的方法处理，除了暴力之外不可能有别的。”处理得这么不耐烦，算得上勇敢吧？

宽泛而言，我们始终存活于暴力肆意的环境中。从母亲流血的伤口走出来，这个世界首先为我们准备的，是陌生人手中的剪刀；最后的一件礼物，是炉中烈焰。再幸福的人，也必走过如此暴力的一生。人生不过暴力场，区别仅在于你是施加暴力的还是承受暴力的，是被打得皮开肉绽，还是内伤深重。强悍者用暴力炫耀优势，弱势者回避暴力以寻求安全……暴力有若钱币流通四海，总被需要和使用，总被折换成其他的什么，虽然它脏。

那种不由分说的力量，随时可能伤害我们的肉体，震荡我们的灵魂。生活不全是古典、和谐、对称和完整，那么多的丑陋、肮脏，那么多的危机和仇恨，那么多的冲突将我们撕扯、分割、粉碎。

正因为没经过历练，我丧失了或者从未培养出勇气。我很怕暴力，有过神经质的阶段，听到什么耸人听闻、令人齿寒的刑事案件，就隐隐担心自己是下一个受害者。久而久之，我身上产生一种令人厌恶却挥之不去的卑怯味儿。我发现，当我畏缩，无须激发自己的潜在暴力，仅仅是运用暴力的设想就让我比怯懦的刚才强有力得多。上帝谨慎地为好人使用暴力预留两条途径：一是自卫，一是惩恶。我猜自己求援暴力，如同野外丛林迷路的人需要一把利斧，它比什么都救命。

每个人或多或少残留着暴力倾向，大约必须借助它们，我们才能平息下来。我建议为身体里的毒素保留一些秘密出口。邪念并非一概引发邪行，有时对瓦解邪行倒也不无帮助，想象中的犯罪快感分解了积蓄中的能量，相当于得到意淫式的释放。软弱的人畏惧暴力，何谈使用，因为他们不具备暴力所

每个人或多或少残留着暴力倾向，

大约必须借助它们，我们才能平息下来

需要的速度、能量和担当气魄；但特别软弱的人反而是爱暴力的，他们自虐——自虐就是施加于自身的暴力嗜好。尤其要警惕弱者的暴力爱好，像小心孩子手里的刀，伤人伤己，并且，他们不想负责任。

4

人性底处，总有暴戾，假设没有那些比食肉动物更多的冷漠和残忍保障着，人类无以坐上王位。

必须打出一记耳光，对说喜欢你的人——在我保守的少女时代，这种意识根深蒂固。我不知道这种变态教育来自哪里，个人直觉，部队子女的特色，早熟女孩的指点，还是电影里的表演？我还发展地认为，打出耳光的用力程度和自己的纯洁程度存在隐约的正比关系。对付那个来犯者，我将毫不犹豫，结结实实地动用武力。

我很晚才受到注意。第一个给我写情书的邻居男孩，信写得很厚，在一个停电之夜托我弟弟转给我。大院里早谣言四起，说他要追我，我对此避之不及，所以一看到前几行："你大概想不到我会给你写信吧……"脑子里一片昏暗。弟弟好奇，也想凑过来了解一二。手里那叠信纸简直像罪证，来不及多想，我慌张地把它们凑到蜡烛上点燃……好像烧了它们，一切都没有发生，我还停在安全的纯真里。我不会想到这种自我保护对那个男孩来说也是暴力。

那封信过后，我如愿以偿地被“纯真”保护着，直到青春期的尾声，我才遇到更直白示好的男孩。不幸，他是附近有名的小流氓。当他说出那个“爱”字，我几乎是迫不及待地出手。坚硬的指骨击打在少年柔软的面颊上。他热泪盈眶，像小说中男主人公一样深情地凝望我。我们都心照不宣，好像他的泪水与耳光造成的肉体疼痛无关。这个虚拟的美感瞬间被他后来蜿蜒流下的鼻血破坏了。我是下了死力气的，所以他的鼻血流了很久。但，我为这个蠢蠢欲动的耳光也等了很久。打出这记耳光，我就完成了自己的成人礼——这是一个暴力形式的再见动作，我向我的纯真告别。

5

对女性而言，被强奸是普遍的恐惧事件。我曾听到一位北大学者讲过的真事：一个被强奸的女孩没有得到任何同情，人们轻蔑她，中伤她，因为作为武术冠军的她但凡有所反抗，歹徒岂止不能近身，挂彩后必被擒拿，但她竟然服从，不得不让人怀疑，她愿意。真相是：在巨大无比的惊恐里，这个女孩完完全全忘记了自己的技能。

我向我的纯真告别

我偏见地认为，女性对“强奸”这个词的概念恐惧超过行为。我认识一个另类女性，居住的小区里抓出一个藏匿的强奸犯，她和她的朋友们无不谈虎变色。说到底，我们那么怕与陌生人发生性关系吗？平时标榜的前卫里不也包括了这种行为？

强奸，这个词要像重音前置的英语单词一样，可怕的不是“奸”，而是“强”。这个“强”，指的就是暴力。如果把“强奸”这个词换成“强暴”，带给女性的恐惧是同样的，或者说尤甚。“奸”在其中起到的作用较小，不是决定因素。

暴力不在场的情况下，暴力概念已先行抵达，点滴渗透，并将我们深深伤害。

我看到一个以肮脏美学为标榜的网站里这样宣言：“生活就像一场强奸，你既然无法反抗那就去享受吧。”说这话的，大概是男性。

6

只有鉴赏力贫弱的小女生，才会在伪造的“艺术春天”里陶醉：处处鲜花，天天阳光，王子不需要上厕所，刀子只用来切水果。成熟的标志在于承认阴影，更成熟的标志在于承担暴力。

两个名字中偏巧都带有“玫瑰”的短篇小说特别受到中国作家青睐，并为他们的创作带来重要影响：一是博尔赫斯的

《玫瑰街角的汉子》，另一个是福克纳的《纪念艾米莉的一朵玫瑰》。两篇小说同样藏着杀人的谜底。当美与罪结合，与激烈的罪诸如暴力结合，那才好看呢。暴力、性、死亡，美与它们相遇，会产生惊人又迷人的化学反应。

才能中等的写作者处理暴力情节，读者能提前感觉到作家为此产生的心理变化，或强调，或炫耀，或紧张——这种紧张有时是以故作镇定的样子来掩饰的。有点儿像业余的音乐爱好者，即将面对危险的高音，从前几个音的换气上就能听出明显的准备。杰出的小说家，面对残酷内容，有一种与其说是无畏，不如说是无动于衷的态度。真正的职业选手，必须具备专业精神。说来说去，什么是专业精神？不过杀人不眨眼。

这个世界有寒意凛人的美，有邪恶的哲学，有魔鬼的歌喉，有像猫一样把爪子藏在肉垫里的拥抱，有突然亮出的牙齿和刀刃的反光，不知何时，要你生死领略。茨维塔耶娃在自传里的一句话：“……把我们一直领到善与恶的神秘之处，领到善与恶不可分割地紧密结合在一起的深不可测之处。这里孕育着新的生活。”

7

对于羊来说，狼象征暴力。倘若去除这个暴力，羊就享有终极的幸福吗？持续繁衍致使食物匮乏，病弱的羊也可存活并享有交配机会，使羊的整体健康水平下降，最后导致种群夭亡。无序的状况下，善的无限繁殖将酝酿灾难。从中可以发现，暴力不完全且不永久是作为打破秩序的因素存在着，隐蔽地，它建立秩序。为了种族的兴盛，羊群中必须有所牺牲——尽管拣选是上帝的职责，但通常由魔鬼来执行。

为抑制暴力，就必须建立更强大的镇压机构，从效果的横断面来看，起到的恰恰是巩固与加强秩序的作用。一个漫长平稳的社会就是一个即将失衡的社会，因为它让富于活力的人厌弃。

即便如此，依然不能成为我们允诺甚至歌咏暴力的理由，就像一个争执中突然动刀的人恰巧杀死了一个恶徒，也不能将他的杀戮行为视作壮举来赞美一样。用暴力解决问题常常速效，如毒品止痛，可怕的正是对于它的依赖持续。

8

爸爸是军人，妈妈做医生，这是两种有意思的职业——作为国家机器，军人是最正义的暴力；从人道主义角度，医生是最值得赞颂的暴力。父母的职业使我从象征意义上成为暴力的产物。没有直面过拳头或刀锋，我至今从未与真正的暴力正面相逢，但我深信，有什么潜伏在日常生活背后。尽管，有时候，它们看起来与暴力无关。

我在部队大院长大，每天都被起床号叫醒。战士晨练，我熟悉解放胶鞋的起落声，以及左右看齐时他们刻意的身体抖动。战士奔跑、翻滚、负重、投掷手榴弹，为假想中的战争时刻准备。趁他们休息，我们曾爬上坦克的履带，把杀气腾腾的庞然大物当玩具。男孩们更勇猛，围绕着煤堆冲锋，在煤球的枪林弹雨里穿梭。受伤也是游戏的一个重要组成部分。

恶作剧的男孩们把弹弓对准我的鹦鹉。艳黄的鹦鹉，夕阳映照下有时闪耀着失真的金色。瞳孔里的射线使它的眼睛看起来像个微型钟表。鹦鹉无休止地梳理羽毛，这样频繁，仿佛即将出席典礼。它不允许任何人碰触它的羽毛，当我试图靠近，它的爪子警惕地在横杆上移动。这只鹦鹉似乎生来就是为了捍卫仪表，做出准备，任何时候死，它都遗容良好。

现在鹦鹉终于如愿以偿地死了，谁都可以把它的翅膀像手风琴似的拉动。我挖一个埋它的坑。铲子突然掘起一条鲜红的蠕虫，还有半截紫肥的蚯蚓，铲断的半截扭动着，环节上的土粒全掉下来。我恶心得大叫。我不能让鹦鹉睡在丑陋的它们旁边。

翻滚着尘土的阳光，透过仓库天窗，照在堆积的稻草人身上。它们陈旧，很久没有被人挪动，有的已经松散了。它们有若老去的人，靠在一起，已被揽进死神的肘臂，散发衰败中的体味。仓库内部空旷又安静，像一只子夜时分的胃，适合回忆它们被剥夺的丰收。稻草人让我信赖，能给小鹦鹉最后的温情，我选中了一个托付者。

两天以后，喊杀一片。我惊讶地看见，战士们恢复了很久没有进行的刺刀练习。他们握牢枪托，一下一下，用力把刺刀捅进稻草人深处。我分不清楚，但我知道，其中某个稻草人，有颗与众不同的心脏。它被轮流的刀子戳烂了。

黑帮

1

读初中的时候，是我最多见识过自制凶器的阶段。“文化大革命”传承给部队子女浓厚的遗风，他们招摇过市，寻衅滋事，上学去书包里也不忘塞进板砖。鲁莽狂躁的少年，可以数日耐心地磨制一把管叉。亲手打造凶器，他们沉浸其中，获得享乐，寒光日益在手掌里闪烁。不锈钢管被切割并磨砺出锐利的斜面，无须太大的推动，就可以顺利进入对手的大腿，直抵他血流奔涌的动脉。

他们乐于成为黑帮枭雄，远胜于“三好”少年。他们甚至蔑视后者来增加投靠前者的决心。他们把邻街的纺织女工堵到巷口，用手势做出下流动作。单独面对这个美人，每个少年都可能口吃、脸红，流露窘迫，但现在，团结使他们肆无忌惮。

他们酝酿的潜在暴力吓得她花容失色，暴力是唯一的力量，使他们能够参与到改变世界之中。如果没有那种邪恶，成熟女性所象征的成人世界几乎将他们完全忽略。是的，那个世界拒绝他们的进入和建设，除非，他们通过一条黑暗的密道。

要经过坚持不懈的努力，才能赢得心爱之物——这是教育的通用公式。但暴力是捷径，尤其集体的暴力，效用加倍。少年时期的经历影响人的一生，他们之中，有人后来误入歧途——因为过早接触到给予暴力的奖励。当一个孩子拥有铁拳和刀刃，世界立即会为他让出一把座椅……排队等这个位置，不知要漫长的多久，失败者就是这样被终生罚站。

2

那时候看西德尼·谢尔顿小说的，比今天读斯蒂芬·金的人还多。根据《天使的愤怒》改编的电视剧，我看了数遍。那个即将进入白宫的议员，他的体貌有点儿像后来的克林顿。对比他，我当然更喜欢那个黑手党党魁迈克尔，他有深渊一样的动人美目。还有NO. 1的黑帮电影《教父》，科波拉开创黑帮电影的黄金时代，那张著名海报给人打击式的印象：马龙·白兰度抱着皮毛松散的狸猫，眼神莫测，你说不出那是疲倦、忧伤还是冷漠——我后来读到博尔赫斯的描述立即联想到他，“……岁月给他添了那种上了年纪的恶棍和逍遥法外的罪犯所特有的气派”。

谁天生乐于被捆绑，像个好奴隶，谁不是在道德的鞭痕下才屈从它所指示的道路？人性的本能，而不是习惯推脱的动物本能，使我们向往着破坏规则。懦弱如我，也体验过那样的反叛时期，讨厌标准，讨厌比标准还画蛇添足的礼仪，讨厌褒义词身上的香水味，讨厌，连健康都是乏味的。

3

个人的力量是薄弱的。邪念的小分子如果不经汇聚，容易破灭气泡。作为良民的我，现在用修剪过指甲的手握手，用刷过牙的嘴一再微笑。我被成功教育，当邪念涌动，我的行动不再贯彻愿望——我想撕咬对手，却一再向他问好。经过文明的过滤，我溪水般清澈……那些滤去的残渣积攒在心里。

我们和他们区别开来。我们这一套对他们不管用。他们的行动直接效力于目的，拔枪的动作才会那样连贯，毫不犹豫。撕开道德和法律底线，他们卸除背负，豹子般迅捷凶猛——前方，要有活物献祭。他们的利益建立在侵犯上。

我们要事先摘除挂满全身的道德小零件，才能摸到子弹，重重障碍使我们迟缓、笨拙，所以，对攻的结果往往是我们充当牺牲品，他们胜者为王。

我恨且畏惧。我和他们如此不同，以至，不相信那就是我的曾经叛逆发育得过分茁壮乃至变形的样子。

4

黑社会的定义里，至少包含着双重含义：代表正义的一方对其性质的否定和隐藏其中对规模的承认。

黑社会对国家体制不屑，对分配和秩序不服从，对于合法与非法之间建立起来的那道似乎不言自明的界限和铁律，他们怀疑。他们拒绝承认审判机构的唯一性。与流氓团伙不同，虽然两者都依靠自身的邪恶，但黑社会的壮大还需要管理智慧。发展起来的黑帮往往伴随着政治野心或者说权力向往，内部有着独特的游戏规则以及社会角色的细分。暴力打破秩序，但黑帮为暴力系统划分秩序：暴力是缺乏控制的体现，黑社会重新使暴力在控制、组织和操纵下，更有效地威胁法制尊严。

黑社会有着严格的等级制度、管理模式和区域划分，它有统治自己的教父。黑社会是与法制社会的对抗，但让人警觉的是，这种对抗不是通过对法制社会的全面弃绝来实现的，恰恰，这种对抗建立在对法制社会的仿制上。

5

也许这个线头是用于引爆的。这个线索是否同样适用于我们发现信仰中的盲目乐观?

人类非常容易设想地狱：酷刑和不尽的恐惧折磨，对天堂的设想却总是理屈词穷。也许因为我们在人间没有见识过近似的幸福，也许因为升天的人乐不思蜀，他们自私，为了保持天堂舒适的稀有人口。他们根本不回来通报情况，让我们即将失去耐心的时候重怀坚持下去的勇气。是啊，圣徒不如下地狱的恶棍有人情味儿，后者倒是经常乘着噩梦的往返班车回来看看，有若度假。

黑社会的存在令我有了另外的不轨猜测，谁敢肯定，地狱对天堂的对抗不是建立在对天堂的模仿上?苦行的圣徒，至死不渝，对神的终极秘密守口如瓶。

6

仿制是黑帮建构的核心。结构上仿制政府，伦理上仿制血亲。歃血为盟，拜把结义，黑帮和江湖相似，内部缔结兄弟般的荫护关系。教父也如父母管教孩子一样恩威并施。这是一种感情管理手段，血缘激发，远比教规生动，又易于增添成员的自愿成分。

不仅止黑帮虚拟并利用血缘关系，诸如宗教，诸如政治崇拜，都需要一种伦常或天理的支持。诸如“我们在天上的父”的关系。如此要求尽忠尽孝，如此宣判忤逆，听起来就有了更充分的理由。

黑帮以暴力打天下，组织内部同样频繁运用暴力。黑帮老大经常遭受暗算，死于下属的概率和死于对手的同样多。明争暗斗，为的是权力的重新分配。芥川龙之介还说过：“说到底，权力就是获得专利权的暴力。”你想为暴力寻找血亲吗？暴力与权力相交甚深，顺着脉络找下去，有时会寻到令人惊讶的血缘，小偷拉兹有个律师父亲。

后窗

没有人能够抵抗来自背后的袭击。你不知道什么在靠近，带来突然的改变。

世界可以从一个窗口涌现。所罗门王囚禁的魔鬼不断膨胀他的体积，我相信在此之前，他能缩身进入一只瓶子千年，如同我不怀疑神的一滴泪里，能盛尽天下悲苦。小时候好奇，我忍不住回头，观察那个小而神秘的洞穴。黑暗里的金黄瞳孔——作为一名电影观众，你必须习惯它在后方凝视。

放映机转动，转动。金属热而微腥的气息……胶片上的速跑小人，跨过重重栅栏，每秒穿越24格。小窗里射出一道光线，我转头，光在行进过程中变得浩大汹涌，里面滚动着烟尘——这束光最后落在屏幕上，形成女主角额头上井盖大小的一块“耀斑”。

梦境和电影，给出某种与现实对抗的解释——两者之间还有区别。梦境脆弱，承受不了微乎其微的打扰；而电影能够重复放映，弥补我们先天不足的记忆，它比生活本身更经得起考验。河流一再从源头出发。一头豹子，以完全精确的步伐和速度，再次扑杀它的猎物。放映一百遍，旗帜表面涟漪一样变幻莫测的摆动，精准无误地重现。

老演员看到银幕上的自己保持着儿童的样貌。电影，可以把过去时态，持续保持为正在进行时……神秘拨转的指针。我喜欢电影的倒叙手段，它是一种复活的力量。蝴蝶可以重温蛹的不幸，采摘的果实再次衔接在枝头，亡灵返回教堂，敲响令人迷惑的钟。

电影中一人分饰两角的处理，特别迷惑我。比如一对孪生姐妹的故事。起初我并不知道当善良的妹妹对姐姐说话时，其实她真挚眼神的对面是虚无，她看不见剪辑后才呈现的阴险姐姐，或者，她尚未发现另外一个自己。一个人为什么会在“对折”之后心肠变得迥异，像童话中，凶险的王后站在魔镜前，看到的却是白雪公主。

电影的魔法，翻开字幕……

我还记得自己遇到的第一次求婚。C用指头捏着战利品，要送给我。蚂蚱挣扎着蹬踏……它中毒般，慢慢吐出嘴角的绿汁。我不喜欢这个礼物。蚂蚱坚硬的头部像是火车头，尤其两个探照灯似的眼睛——像那种短短的火车，连同它硬节的身体、灰绿的漆色。我讨厌它的门齿，腿侧的细刺。C随手一扔，蚂蚱的体侧升起两团雾，飞走了。我继续用狗尾草编兔子，长耳朵、短身子，毛茸茸的绿兔子挂在那么细的草秆上，像扦子上的烤肉。C在旁边说了一句话，我没听清楚。他的声音很低，低过告密者的耳语。我抬头看他。停了一下，他重复了他的话："你嫁给我吧。"

C的皮肤上有一种油，是包住熟食的草黄纸渐渐洇出的那种油脂。这种油脂不应出现在一个孩子脸上，不知道是不是早熟，使C提前领略了青春期的光彩。当他说出，我心跳平缓。C是我日日相见的同桌，而我的爱情一定要伴随好奇心的。我没有立即否决他的提议，出于另外的考虑。

我势利地心算自己的婚嫁。C要求一件20年以后才能兑现的事，它会被太多变数修改。但现在答应他，我马上就能享用好处。C家住四层，正对广场，坐在他家的后窗边，直接可以看到周末放映的露天电影，不受蚊子、寒冷与挡在前面的人影干扰。如同剧场里的包厢。

狗尾草的茎很细，又柔软，易于弯成指环，戴进无名指。

这枚草戒指的绿色，很像蚂蚱吐出的口水。我八岁，身中电影的毒，黑暗中跳舞的光线足以让我出卖未来。从C这里学习的爱情连同背叛，都是假的，不过电影中的剧情而已。似是而非的小新郎在笑，露出四环素牙。

坦克，飞机，雄赳赳前进着的军队，钢盔下看不清的眼睛，高筒靴上皮革的光亮……那么沉的暴力附着在一面幔布上，这不是奇迹吗？五天以后，我坐在C家里，肘部支在窗台上，看一部战争片。硕大的光柱之下，观众相互挨近的脑袋，仿佛屋顶乌蒙蒙的瓦片。

那些演员。多么勇敢，不介意他们的毛孔千百倍地放大。棍子样粗的睫毛，坑穴一样深的鼻孔……被描述得似乎可怕的场景，影片中却自然而美好。镜头只呈现女演员两片鲜艳欲滴的嘴唇，她甚至更加诱惑，不会令人产生血盆大口的吞噬感。这是因为，一切都被均匀地放大，维护了物与物之间的均衡。一滴泪水，冲垮了小人国的稻壳舞台——小人国和大人国，因其人物与道具之间在比例上的巨大反差，才让我们震动。电影中的世界，似曾相识，又带有美妙的陌生感。

电影呈现给我视觉的极限——不可预料的幻境和天籁，还有最具暴力色彩的场面和灾难，我也是从电影中领略的。即使和千百名观众一起承受恐惧，我也不能减弱心理压力。而那些电影英雄不断历险，刚从巨蟒或杀人狂魔旁边逃生，下一个镜头，他们已经在篝火边炊饮、热吻或熟睡——即便危险再次蹑足靠近。现实生活中的惊惧，只需一次，我就会被终生恐吓，反刍在伤害里。电影让我有幸和英雄一起，参孙般复苏力量和勇气。

作为一个巨大的胃，电影完成两个小时之内的消化。主人公注定在两个小时以内悲欢生死，春天注定在两个小时之内落尽繁花。漫长爱情不需要相应的折磨和考验，120分钟，他们在短暂里囊括了永远。宫殿变成7200秒以后的废墟。有时候几部电影都是同一演员出任主角，那么你可以看到其中的魔法与摧残，时间的腐蚀剂如何作用。等不及逝如闪电的光阴，电影让你注视着一个人瞬间老去，他的酒糟鼻、或泡或陷的眼，他绝望之后的宁静。两个小时的消化。我感觉自己正通过黑暗，通过微热而蠕动的肠道……两个小时以后，我将作为废物，被排泄到电影以外的世界。

尽管看碟更便捷，自由选择的余地大，可我比较排斥，因为它破坏了电影的仪式感。我喜欢银幕无数倍于自己，让我保持在艺术面前应有的低矮。费里尼曾指出，电视进入家中使传播失却了它的“宗教性”，而仪式“只有在剧院或电影院中才可能发生。换句话说，‘集合地点’变成了一间教堂”。

已经有很多年了，每周四，只要我在北京，一定会去中国电影资料馆。一个上瘾的人。一个被电影绑架而向梦想提出勒索的人。我感到持续作用在自己身上的咒符。资料馆的座椅落差比较大，我习惯坐在后排——向上看，顶棚虚玄的光晕，向下看有若身置危崖。我熟悉这里的工作人员，门外的票贩子。偶尔一个叫李顺民的孤寡老人会从几十里地以外赶来，他75岁，左眼盲，每月领取国家的最低保障，残疾人证使他坐公交车不用花钱，但他的收入不足以维护他对电影的热情，所以李顺民在门口等待好心人给他一张免费的富余票……他因此遭到票贩子的厌恶和驱遣。电影资料馆里来的多是常客，在这儿，观众有可能成为熟人。我知道那个学者必然坐在中间隔道靠右的位置，知道那个年轻编导每次等的女士都不同，知道倒数第二排的一对夫妻热衷窃窃私语。别的影院，那些在开演前的光亮里短暂停留过的脸，将被黑暗和遗忘吞没；而此处，黑暗里似乎有秘而不宣的亲人。

资料馆还有一个好处，放的都是原声片，打字幕，虽然少女时期迷恋过童自荣、刘广宁、邱岳峰的配音，但今天我不能容忍异域的脸说本土的话。我宁愿看字幕，无论法文还是土耳其语。追随字幕会有难度，但穿越两个语言世界，我感觉自己像一个正在被翻译的词，或者正在演变的月桂树根上一个略带困惑的仙女。

陌生人集聚，做同一件事，而这件“做”的事，是以“不做”为表现形式的。他们朝向统一，专心致志。聚众很少不导致盲从或暴力，而电影观众，在黑暗里追随光的降临，安静的脸被镀亮。

我的朋友无法容忍电影院的气息。漆黑一团，众人交换从肺里呼出的空气——做爱是两个人交换体液，他说电影院里有一种集体交媾的气息。他说得对，思想碰撞，情感交欢，所谓激情，是对规则和卫生的破坏。

有一次他陪我看电影，坐在我右侧。前方观众背影起伏，我能感觉他有热度的身体。想起他对影院的敌意，他的存在对我构成某种压迫。我们的呼吸几乎按照同样节奏进行——呼出的气息在眼前升腾，像瓶口释放了所罗门囚禁的不羁魔鬼。这使我对电影的注意力不断分解。我控制着姿态，背部稍稍前倾，两臂叠加在腿上。他在余光里虚掉了。在电影忽强忽弱的光线里，我有一张心不在焉的脸。那是一部西班牙影片，《热舞探戈》——他们的探戈跳得多么好：蜷曲、弹动有韵律的腿，甩动头颅，小腿绕过去，摩擦对方小腿后面的肌肤……他们配合非凡，带有兴奋感，像一对当众交尾的昆虫。

朋友大概像戒掉公共澡堂一样戒掉了电影院，我则巩固了独自观影的习惯。大约2001年的一个中午，我在影院看《押解的故事》，真正有了一次独自观影的经验。整场电影，唯有我一个观众。前后左右，空荡荡的。环境非常怪异，幽暗中少了那些背影的烘托，我感到了些许的心慌和不适。此前我以为自己一直向往这种孤独。

当忌妒的继母追问："谁是世界上最美的女人？"镜子里呈现的是白雪公主，而非观镜者本人。当一面镜子映现出的是另外的现实，包含着判断与选择，不再简单地进行反射，那么它就脱离了普通的镜子，而成为魔镜。电影对现实做出的映现，使之成为魔法之镜。我希望它离生活更近，还是更远？我愿意它因忠诚而普通，还是因说谎而非凡？

童年我曾经被推到一位著名影星身边。我的高度大约到她胸部，仰起脸，她和银幕上一样光彩照人，有种难以比喻的美。头发是波浪形的，她穿一件乔其纱衬衫，领子的样式新颖别致。但我紧张，似乎因某种东西的亵渎而产生隐隐不安。这时候，我闻到了香气，来自她的身体，更令我恍惚。与电影上的她最大的不同，在于这股香气——她，竟然散发出肉体的气息。我不知道来自化妆用品还是体香，但同样令我厌恶。电影里有形体、声音甚至有近似的体积，唯独，没有味道。没有什么比这更能证明，她与现实的勾结。在此之前，我倾向于把电影当作与现实完全分离的东西，或者，把它当作对庸碌生活的解救。

即将放映，光线熄灭，释放一团黑雾……这是乌贼的诡计，作为梦想的电影开始逃亡，现实生活的贪婪大嘴紧随其后。在观众头顶，在放映机与银幕之间，绷直一道道彩色光束，当它们被拨动，我不再使用中学作文的烂俗修辞说梦想的琴弦，但它们从来都是。

囚禁在黑暗里，一个斑斓无比的世界在前面的窗口展开——这就是电影。因为被阻挡在这个世界之外无法纵身进入，对于囚犯来说，它包含着比它本身更多的美好。

但电影是否也降低了我对生活的好奇？电影里我看过太多的名胜美景，看过太多阴谋机巧，仿佛经过预演，以至面对真实场景倒以为平淡。我应该乐观地把这种情绪理解为从容吗，还是说艺术的虚拟效果让我变得挑剔？被间接之物诱引和带离，电影让我预习生活，或者说使我的生活从第一发生的位置后撤……每个电影迷是不是都存在这样的危险，使自己的生活成为被翻译过的生活。

使自己的生活

成为被翻译过的生活

我梦到自己和一群游客来到德国的中国城。他们拿着小型摄像机，欣喜不已。面前是百余个巨大的格子，檀香木色，并饰有复杂的雕花工艺。每间格子里，都有唐装女子在表演管弦丝竹。她们背后衬着景泰蓝屏风，像孔雀打开的尾羽，华美、工丽，美到超过肉眼观察能力的细节。我梦到身着丝绸旗袍的女子，鱼贯而过。迷人的团扇，撩人的腰肢。这是专门为旅游团准备的节目。

我梦到自己离开团队，独自等候一个名角演唱。据说这个名角极少出场。出场也是率性而为，没有预告，可遇不可求。刚才还华艳的环境转眼变了乡村，土路尽头是一个简陋的港湾，游客们陆续登船。晚霞辽阔的红，烘托着汗渍般泛黄的旧帆，他们离去。

我梦到温度的降低，天要黑了，光线明显不够。没有人打灯光，我不知是否还有一场缥缈无期的演出。“你怎么还没走呢？”一个老者问，他有六十多岁的样子，看起来像个农户，但我直觉他就是那个让我执着等待的角儿。他没给我任何承诺就推门进入一个院落——听说，他的化装秘不外传，谢绝旁观。

我梦见许多京剧脸谱在眼前晃动。背后的面孔不能被分辨，我不知道那些浓墨重彩的脸之中，有没有我期待的那个人。我梦见脸上一阵痒，抬手触摸，指头上蹭下一层厚重的油彩。

罗兰·巴特谈道："在电影里，不论有关平面的修辞学怎样，能指自身从本质上讲总是平滑的；这是一种不间断的画面连续动作；胶片——名称起得好，它就是一张无开裂的皮……"

而我们的露天电影时代，断片经常发生。对儿童来说，几乎是恐怖的经历。胶片烧着，女主角完美的五官突然浸到滚油里，边缘焦煳，中间鼓起可怕的大泡——魔鬼降临，它火焰般的皮肤上，两只骷髅的眼睛深陷，张开无牙的嘴……转眼之间，它的脸又翻卷着消失。那个阶段，我的噩梦仿佛全部是在重现一场放映事故，那些鬼脸，与烧灼的胶片一模一样。

15岁的一个夜晚，我被开水烫伤。从昏厥中醒来，我感到强烈的灼痛，把手放到脸上摸一下……我惊恐地发现一片很大面积的皮肤，贴在自己的指端。瞬间蔓延的疼痛，让我觉得被火包围。幸福生活的胶片，从一个特定镜头那里被烧毁。

当放映中出现断片现象，处理方法是把胶片的药膜面刮掉，露出片基，刮出毛茬以后，用特制胶水黏合。很多年我试图忘记那场青春期的灾难，我拼命刮擦记忆，重新衔接我的过

女主角完美的五官……

去。我不喜欢照镜子，这样就不被提示，仿佛自己并未被毁容，保持着“无开裂的状态”。如同必须刮出片基与毛茬一样，为了维护所谓的完整，你必须遭受磨蚀，直至暴露疼痛的深层。

偶尔我会想起，做过的那个梦，梦里的中国城和脸上蹭下的油彩——就像回忆别人导演的短片。电影能够制造和我们的生活不对称的华丽与奇迹；而生活与电影重合的，总是那些低微、沉痛、不被缅怀的部分。

我不由自主地伸出两手的拇指和食指，一个手背向内，一个手心向内，对成一个取景框。我轻微错动四根手指的位置，造成宽银幕的比例。

谁的告别，拉下丝绒帷幕？准的道具箱打开，收拾浮华而廉价的珠翠？谁的妆容，被泪水和寂静冲洗？谁的身体，从台词中蝉蜕？谁的咒语，被另一个人当作摇篮曲催眠？谁的你，在承担孤儿一样的命运？在观众散场的洪流中，谁又允许谁，带上古怪的动物，躲进挪亚方舟？把摄影机当作上帝的左眼，看一看这个需要意义才能支撑的世界。

电影开始了，两个小时。拧紧体内的弦，钟一样开始走动，感到自己在旋转中轻微晕眩。许诺自己，这是天堂。

邮差

漂流瓶

1

一层红点疙瘩，奇痒，我忍不住抓了几下，马上泛起大片大片的疱疹。当地人告诉我，这是中了水母毒，不用管它，过几天会自行消退。我难以忍受持续的痒，抹了一层醋酸铝软膏。收效甚微，肿起的水疱遍布周身，我变得面目全非。

那天到达时，已经晚上八点多了。吃晚饭，涛声入耳。走上餐厅二楼的平台，我看不见近在咫尺的大海，倒是星空格外明朗，如同一条点缀着金鳞的黑巨鱼……它那样的大，以至让人感觉不出它的游动。

第二天早晨，我发现这片潜水区域游客稀少，沙滩上走动的行人数得清个数。我脱了鞋，沙质挺细的，混合着碎小而闪光的石英颗粒。向远方望，海水碧蓝，像神抱在怀里一只冰凉的瓮。经不住吸引，同伴还没来，我独自踩着落潮后浮出水而的礁岩深入，然后起跳。没有获得预期中的享受，皮肤上针刺般锐痛。急忙向回游。你可以从礁石上跳下来，爬回去却很困难，这延长了上岸的时间。我为自己的莽撞付出了代价。除非穿上全套潜水衣，否则无法避开水母的攻击。

水母密生，它们个头不大、伞体透明，充盈，像废弃的避孕套让我恶心。这种没有大脑、心脏和骨骼的动物，将毒刺细胞隐藏在触手里——优雅的接触带来的不仅是蜇痛，有的甚至导致死亡。据说科学家发现了一种永生水母，当幼体长成，可以通过交配的方式重组细胞，使自己回归幼体。人类尚未掌握水母战胜死亡的秘诀……这个值得以毒捍卫的秘诀。

2

同伴迟到是因为去看溺水者。死者三十出头，尸体被冲回岸上，被海水浸泡的时间不算长，肢体肿胀有限，体表泛出冷青色。出于奇怪的癖好，大海打扮了这个死人，他的脖子纠缠着一绺海藻。父母恸哭之余，对儿子身亡说法不一。父亲说儿子粗心，拾蛤蜊忽略了涨潮；母亲则诅咒儿子的前妻，此处是两人蜜月旅行之地，儿子心灰意冷，非要故地重游，一时糊涂竟去赴死……这是一个浪漫主义者的真实死因吗？怀旧者以为能找回埋在海底的金子，无视浪尖刀子一样闪烁寒光。

无论我的疱疹，还是年轻人的死，都不能说明什么——大海依然慷慨，相对被掠走的财富，它只进行了象征性报复。多数时候它是把海鸟、船和游泳者托举到水面的力量。圣经里许诺给人类：“天上飞的，地上跑的，水里游的，都可以成为你们的食粮。”海神生育神奇的粮食——在被吃掉之前。它们经历种子一样的发育和膨胀；毫无疑问，贝螺是世界上最具美貌的食物。

精湛的纹饰和几何学……你会迷醉于自己的观察。装饰得多么奢华。小时候我以为千万只海螺里，必有一只秘密勾勒着藏宝图，沿着上面曲折的海岸线、礁岩和岛屿的暗示，会找到尾巴湿蓝的美人鱼。她吸盘一样的身体，为我指引天堂。

高温煮烫，色泽和釉质不像生前那么动人，或许它们借此清除或者修改了图案，缄守秘密。沸水蒸腾，它们啪啪啪地打开外壳，纷纷献出嫩润的肉体。贻贝、海螺和牡蛎，它们只长着内脏，不需要面孔……就像传说中的神，我们没见过与之思想相匹配的脸。多年来，我的食谱结构单调，只吃蔬菜和水产品。虾蟹、鱼和各种贝类，是唯一可以接受的肉食，我不食用家禽、家畜，何况野味。换言之，我只吃没有声带的动物。沉默，天然的沉默。沉默是神的共性，我怀疑上帝没有声带……那不是残疾而是完美，像手自愿放弃第六根手指。沉默至死，以保障不向人间泄露天堂——耶稣是不是因为开口而获罪、受难？

我们习惯以仰望的方式寻找天堂，却无法想象流云如何承载诸神的体重。是不是方向错了？或许海才是真正的寓所——不是风，而是海水浮力，使绘画中的神明衣带飘动。海底斑斓，夺目得超过想象，生物的色彩和条斑无比绚丽，并且通体幽光。

在海胆腹面的咀嚼器上发现古代油灯图案不足为奇——人们依据自己狭隘的知识，把它称为“亚里士多德的提灯”。住在螺与贝的壳里，我知道，唯有神，能设计那样精湛完美的建筑。以螺轴为中心，它们为自己修筑旋梯，以便回到孤独的高处。它们酝酿珍珠，酝酿来自内部的信仰。它们别致，美学感染力有时来源于形态的规则性，有时，因为令人迷惑的图纹、棘和唇嵴。

我拨开那层薄薄的琥珀色口盖，把一只牙签刺入它们煮熟的心，挑出湿漉漉的尸体……螺一般比贝类硬一些，韧一些——法螺可以做成号角，这使它们死后接近有声带的动物。

味美多汁，是我最爱。海螺的软体部分原本晶莹，死亡使之隐隐透出鹅卵石质的灰绿色。我吸吮、咀嚼，舌头和牙齿都在欢歌，我消化着神的肉体，和它们的精神最后分泌出的残汁。我还发现神也有肮脏的部分，衔接在尾部，它的杂质、它没来得及排泄完毕的恐惧，全部积聚于此。把秽物从肉体上剥离，堆在碟子里，这是神的精神垃圾——我知道如何食用神才能去伪存真。神的肉体是高蛋白，最富营养，它如此适合人类的发育和渴望中的肠胃，不会催产脂肪。那么多的神，以死喂养我，我把它们一一搬出螺旋状的奢华寝宫。分享圣餐的时刻，上帝让我们把咬进嘴里的圣饼当作他的血肉……神需要殉难才能成就自己吧？诸神的肉体和思想必须被及时消化，有限吸收。大快朵颐，我从镜面上看到饕餮的自己：餐桌上堆叠众多的贝壳和空螺，我的眼睛潮润，头发乱蓬蓬的。我喜欢自己的美杜莎造型。邪恶的，嗜血的，被欲望折磨的——她真无耻，竟敢因此而美艳。

3

食用是多大程度的罪恶呢？如果愿意，我能否把整个大海都当作一尊巨鼎，煮着水怪的肉和粗糙的纤维——微咸，锅边咕嘟着汤沫？如果把双脚浸入，阳光加热的海水，是不是就在煮着我？地狱的一大特色，就是烈火沸汤，如果不能克服恐惧，不妨先在人间彩排。

搬开死者的海滩，四野空旷。潮水抹平了凹陷下去的尸印。因为每个人都会死，所以我们祝愿死亡不过是永生的必经阶段——灵魂膨胀了，此生的肉体就盛纳不下，像外壳不会随之发育的螃蟹，脱壳后吃掉旧甲。四野空旷，风吹过来，世界不过一个用日月图钉固定的帐篷……流浪生涯过后，我们将享有死者不被打扰的神圣睡眠。溺亡者带来的惊慌，如同一片落叶带给大地的压力。昨天停放尸体的地方，孩子已经兴建连绵的沙上城堡了。神和人的死，谁比谁更轻，更低，更安静？

喝干最后一滴酒，我的同伴把写好的纸条放进啤酒瓶，用塞子堵死瓶口。长颈的啤酒瓶，深绿色，回收利用时瓶子内胆没刷干净，留下很多不规则的浅斑，但酒瓶外表摸起来宝螺那么光滑；瓶底玻璃厚些，环绕着一圈平行而细短的凸线，手感也像宝螺壳口两端对称的缺刻。同伴的这封短信写给此岸彼岸的陌生人，却只有一个地址：虚无。除了纸条，她还放进两枚芋螺。瓶中信如果被侥幸且及时地接受，收信人额外享有放生的喜悦；否则，她无人阅读的字迹就增加了无辜的殉葬者。她弓下腰，平伸两手，浪涌过来，第三次的时候带走了她的漂流瓶。玻璃瓶随着退潮远航。

作为一种缓慢而古老的邮递方式，漂流瓶的神话和浪漫主义色彩持续被文学或电影所巩固。对比现代信息沟通的便宜，它倒显出隔世的魅力。发信人是孤独的，收信者是陌生的……漂流瓶的用途不在于证明大海的低效邮政，其实，它蕴含神迹。海面比道路颠簸，我想象某人从漂流瓶中目睹的奇迹：他可能不认识上面的天书字体；可能不明白两只芋螺的体积何以穿越狭窄的口颈，进入瓶子宽阔的腹部，并且在玻璃棺木里依然维持着致人丧命的毒液；他可能不知道，当初写下模糊地址的、无望等待着他的，已成多年前的亡灵……漂流瓶使对话速度放至最缓，使绝对的倾听成为可能。听说住在最寒冷的北极，风雪中的人们谁也无法听到对方说话，话一说出就被冻住了，他们就把彼此冻成雪块的声音带回家去，升起炉火，慢慢地烤化。这种方式避免了争吵。缓慢赋予了倾听的耐心，冰雪里的声音。慢慢说吧，不期待回音，像你正说给上帝听一样。

漂流瓶，漂流瓶。我们总把大海当作体格庞大的邮递员，终年身穿深绿的制服。孩子也可以邮寄一封瓶中信，从太平洋到大西洋——大海是个神，仅仅因为慷慨和宽厚使他低微，如同圣徒因为爱而降为牺牲品。我一直不理解，为什么英文中的“God”反过来变成了“Dog”，是博爱吗？是平等吗？上帝和法律面前，一视同仁吗——上帝可以被理解为最高的执法者。

神是唯一的既陌生同时又熟悉的人……他像盲人手指下的脸，可以被我触摸，却不能被看见。我要制作一个漂流瓶，让邮递员猜不到收信人就是他自己；我要写几个字，塞进玻璃瓶冰冷的腹部。在海鲜大餐和酒后的微醺里打嗝，我想象自己给海神的信里只有一句话："我吃了你的孩子。"我想象一个普通人劫获这封瓶中信，他脸上的错愕和惊恐。

离开这片岛屿，我遭到的报应已不止水母制造的疱疹。嗓子剧痛，喉咙里像搁了把袖珍的折剪，吞咽唾液也困难。我简直怀疑自己把一只血蛤连壳吃掉了，现在它正卡在嗓子眼，对称地，张开坚硬、破败的外壳，把红肿充血的悬雍垂，认作失去的肉体。我开始发烧，阵阵出冷汗。我感到了渎神的不安。

对我而言，海到底是否一座液体的天堂？尽管大浪涌动，仿佛教堂不断加盖着威严的屋顶。

一封信

1

脸盆里泡着花花绿绿的纸片，糨糊被稀释，邮票和信封分离了，我把它们一一贴在玻璃上。安徽民居。唯有牡丹真国色。鲜艳的京剧脸谱。飞跃在平衡木上的运动员燕子似的轻巧。贴在最上角的邮票来自异国他乡，热带鸟类张开彩扇般的翅膀，邮戳是海浪形的。我不能缩身为袖珍，所以邮票的微观世界具有某种天堂性质：诱惑我，而不能收纳我。

集邮，使我关心每封来信，甚至别人的信，如果上面的邮票品相出众，我难免觊觎之心。我等待家人回来，向他们索要。剪刀已经准备好了。邮册摊开新的一页。镊子有两条笔直修长的芭蕾腿。

这封信，封皮非常薄，抖动时纸张脆响，右下角一个花仙子样貌的卡通女孩，超短裙，长靴子，眼睛大得惊人，瞳仁里反射月牙形的光。对着强烈的阳光照，蓝色钢笔字密密地重叠在一起，我能辨出其中极少几个字，比如结尾处的再见。剩下的字纠结在一起，猜不出。深蓝色的内容，靠近暗处。过分频繁的来信能不让人注意吗？是情书吧？弟弟怎么还不到家？再次观察，邮票细齿正把爱情紧紧咬合，剩下的，它不开口。

每天来来往往运送书信的人，保持缄默。邮差是一个天生需要克服人性的职业，必须消灭自己的好奇心，对封存的秘密不做打探。这项工作无须猜测，只要执行。最好，他们没有腰部以上的部分，只是两条动力不竭的腿，不停飞跑。邮差不知道所传递的东西是否改写一个人的未来乃至国家命运，不知道能对倒塌的友谊提供力挽狂澜的支撑，不知道一封看起来普通的信会是绝笔。对爱恨生死保持不介入的态度，他才是一名称职的邮差。我记得帽檐下那张闷闷不乐的脸，食指第一关节常年缠着一圈脏的橡皮膏。他是一个整天在路上的人，骑着永久牌自行车，后座搭着磨白的帆布袋子。向前，向前，抬腿、弯膝、踩下踏板，他的腿和挡泥板上刷着绿漆、写着人民邮政字样的半旧自行车衔接在一起，成为运输体的一个零件。风吹雨打，邮差容易得关节炎——没有比这更像机械故障的疾病。

从安全角度，这个职业最好由动物完成，或者文盲，或者机器——它们的哑巴属性完美地体现邮差的职业精神。我一直觉得电子邮件除了快捷经济，还有回避邮差的好处。你可以一日十篇地寄送情书，而不惊扰每晚睡在他身侧的枕边人；也可以在匿名信里毒汁四溅，不败露个人笔迹。把面孔完全隐藏在黑暗里，不必要的人无从得知，包括恪尽职守的邮差。只要邮差同时存在着心脏和声带，就使秘密存在暴露的可能。

2

我不知道怎么理解通信最初的驱动力和邮差的符号学意义，只是从直觉上，以为其中包含着被神设计过的暗喻。童年我喜欢趴在窗台，看一个锡兵式的绿色小人由远及近。尤其大雪中，他歪歪扭扭地行进，在天堂般无人玷污的牛奶路上留下一道细黑的车辙——像小丑在刷白的脸上刻意描画泪痕。每天，邮差在相对固定的时间接近邮筒，接近那么集中在一起的耳语和低诉，接近一张纸就可以维护或戳破的秘密。投寄者呢，有些特别谨慎的，如果没有听清信落到筒底“咚”的一声轻响，他们每次都把手指头探进邮筒窄窄的缝隙里试着移动一遍，以防信件卡在中间，然后，他们才离去，把重重心事托付给一个身着制服的陌生人。

记得今生写下的第一封信，我没有把它投进邮筒，是老师统一收走的。下笔那么困难，因为我几乎被强迫着表达。学校号召每个人给对越还击中战斗在老山前线的战士写信。为了尽快加入少先队，为了获得老师的垂青，我愿在信纸上建立镀金的修辞。但在不能确定收信人的情况下，我不能找到一种对位的情感，即使他们勇敢，值得歌颂，可我还没学会对一个长着抽象面孔的人抒发敬意。这令我焦灼。脑海里映出龚鹏哥哥的样子，这个少年帮助我在想象中分泌一点可怜的激情。最后我不得不抄录同桌的信了事，只在字词和前后顺序上做了调整。她语气热烈，还在信末信誓旦旦，盼望自己要快快长大，早日与他们一起并肩战壕。孩子的志气和勇气，来自于不需要对结果负责。

3

炮火中，孩子幼稚的话语真能替代和平息战士对家信的渴望？邮差是否也要走一条生死未卜的路，才能把我们的字句在枪林弹雨中送抵？当冲锋、转移、撤退的指令下达，他们如何处理我们的信？有谁会像邮差一样背回沉重的麻包，如果这些信不是分别收藏在随军行李里，它们会不会在烂泥和雨水中找到归宿？在子弹面前，在肢体破损的威胁里，在死亡黑豹冷冷的对视里，战士们真能从儿童的笔迹里获得安慰？我们感谢，鼓励，也是责任的暗示——我们在纯洁里施加不动声色的压力。是不是，这种压力能让晃动之物稳定？就像风雨交加，一双冷而小的手抚上母亲面颊："妈妈，你别怕。"而母亲的确会因幼子有心无力的安慰而获得镇静。

几个月以后，全校师生信心百倍，因为高年级的郝玉同学收到了回信。这封回信后来在全校朗读，早在老师眼皮底下审查过了，老师甚至还辅导了郝玉朗诵时的重音。听说郝玉当初夹寄了自己的照片，我暗生轻视，这肯定是遮盖自己青春期情欲的正义办法。而这种私信的公开化和表演过程，我不能忍受。我在害羞中坚持着自己微不足道的隐私和尊严。我对邮差暗怀好感，是因为他能维护我，同时满足了我的倾诉要求和倾诉的害羞形式。我的声音并不是立即但是适当而及时地回传。

邮差的存在，使我对现实语境进行了合理的回避。拆信和阅读都必须独自进行，一个人即使当面拆读我写给他的信，也难以忍受和被原谅。郝玉对着主席台上的麦克风，激动得小脸通红，一封偶然而幸运的回信使处心积虑的她终于加入了大队委，我想邮差冒死帮助了一个不值得的人。

半年以后，我接到此生第一次的来信。那是年末，我盼望贺年卡片，只差貂蝉一人我就可以把经过浮凸印刷技术处理的四大美女凑齐。下午路过校门口，我惊喜发现黑板上有自己的取信通知。这是一封神秘来信，因为填在寄信人地址位置的，只有两个小字：内详。我的第一封信写给陌生人，收到的第一封信，同样来自陌生人。

撕开封口，我成为一个连环游戏中的链条。信纸弥漫一种淡淡的劣质香味，右下角的花卉图案稍显粗糙。这封来信指示我在一个星期内，按照名单给六个人寄去贺年卡片。然后我会得到远远多于付出的卡片回馈。如果我违背指令，可能意味着不幸事件的发生。看着上面排列的名字，我必须像对小神那样供奉他们，才能获得安全和奖赏。对于我这样怯懦的孩子，机会同时带来恐惧，这封信如同击鼓传花中那个已不再具有光荣意义的红花，我必须在最短时间内把它抛离和转移。半是勒索，半是礼物，它是一种我最早见识的传销形式。规定的一个星期过去了。我若无其事地削着铅笔，削得越来越尖，一个极小极小的耀斑被挑在炭黑色铅芯的前端。游戏的环节终止在我这里，我没有听话，吝啬和怀疑使我没有寄出自己的卡片，并为此承受隐忧。我没有让邮差成为解救的天使，他的铃声渐行渐远。

4

我从来没写过情书，担心自己后悔，留下白纸黑字的证据，就没有了对往事肆意编造的谎言可能。十几岁的我额头上长了痘子，它们此起彼伏。我对着镜子，检查那个硕大的疱慢慢拱动的进度。我的偶像、最初的爱人，我在白纸上写满“龚鹏”，然后仔仔细细撕得粉碎。只留写得最好看的两个字，搓起来，像皮肤上莫名其妙的汗泥，我把纸卷放在舌头上，体会来自它的障碍和咸。和青春痘一样，他起鼓，发亮，放大，我崇拜他。我那时还不知道他是我身上变质和即将坏死的部分，会和脓疱一起破灭。龚鹏自己也不知道，他从一个最小的破绽开始了溃败，当他的毒从我的体表溜走，才还我经过洗礼的青春。

我不喜欢一个人过多地烦扰邮差。不喜欢他们为一些无关痛痒的消息奔忙。比如我沦陷初恋的同桌，频频给邻班的学习委员写信，不当面给他，而是贴足超重的邮票寄到他家。她的情书里夹带着剪下的一缕头发，装进信封，头发并不服帖，散开了，磨得信纸沙沙作响。我觉得脏，关键是缺乏想象，她对国外剧情的拙劣模仿，让我轻看她的焚心之恋。数月后她又成了乌烟瘴气的焚信女生，拄着一把铁锹，是黛玉造型的可笑翻版。她把那些爱的骨灰埋在校园后院的核桃树下。我想象次年春天，硬邦邦的蜡制叶片写满了不同的字，出卖她的秘密，掰开一个核桃，青绿果子里储存褐黑的内核，她说过的话藏在那些沟回里。核桃长得像她的大脑，尤其有毒的仁儿。我捡了一片树叶，叶脉里写着一个清晰的“十”字。每片叶子的脉纹里可能都藏了一个字，只不过，风吹着，散乱的树叶不能被组合，与她不能复原的爱情命运相符。然后落叶，烂在泥里，然后重新进入根系，循环，进入耀动不已的春天。那些字，是否微弱呼吸？再后来，我的同桌剪了辫子，路过爱情的葬礼树，她双眼皮的肿未消，是整容师割的，不是哭的。曾经她哭，因为她回忆，因为回忆咬住一块肉，牙缝中冥顽不化的肉纤维阻碍了她的食欲和消化。现在她换了双眼睛观察生活。树上长了虫，啄木鸟有时飞来，敲打蛀蚀的树皮。咚，咚，咚。咚，咚，咚。邮差来了。铃，铃，铃。铃，铃，铃。她不再需要他的参与了。

邮差在邮筒和邮筒之间穿梭往来。上帝眼里是一盘游戏的棋，棋子前进、回退，信封上标明他的行动路线。邮差不是卒子，过河也不能使他成为一个将领。

但谁又不在扮演这样的角色？墓碑上的生卒年月——写在墓碑上的石头信——那信封上的邮自和寄往。我们都是邮差，在上帝指派的道路上，完成生死的唯一使命。我们不解奥义，如同不能了解信件里的内容。或者每个人都是一封地址不全的信，丧失方向。

5

有个兼任神和邮差的角色，藏身日常生活之中。锅灶上方的神像，在每天的烟熏火燎中坚守职责。一年下来，他满面油污。腊月送他走，我们换新神。走之前，家家按惯例提供一碗送客饺子。灶神低微而苦力，他被熏黑的面庞、整年饥饿的肠胃，是否能被一碗饺子抚慰？这不是神。是乞丐。我很难相信这么贫寒而易于收买的神。

借柴火上青天，因为收受贿赂，我们让他上天言好事，归宫降吉祥，让他成为一个言不由衷的报信者。如果灶神可以被随意差使，可否与之谋求更大的忤乱？

从某种意义上，灶神也是一个邮差，只不过邮差不知道自己传递的是什么，而灶王，我们贿赂他：一个，因不知而无法言说；一个，因知道而要美言甚至谎言。

灶神为什么会在灶台边观察生活，掌管福祸财气，他能从粮食里洞悉全部美德吗？他受限于厨房，不解管理之下那家人的算计、交往、淫乱和排泄，他怎么能了解实据和详情，完成他的年终汇报？也许人类的生活里密布邮差一样的打探者，土地神，水神，风神……人间有这么多监视者，原来天上最大的统治者并不亲自了解人们到底做了什么，他需要听信他的邮差。

乡村集市上的旧神像，被岁月和粗糙的手磨得面目模糊。

养鸽人

1

终于抓住了，我的手立即感到了鸽子令人讨厌的体温和体重。突然被俘使鸽子闭了一下眼睛，然后，它翻开肉红色的眼皮，贼亮的小眼珠盯牢，用上端嵌着鼻孔的硬蜡嘴，狠狠啄我。它的尖爪在我手背上抓，一道道细白的划痕，过一会儿，变成了浅红色，并微凸起来。

常常被儿童和文学理解为天使，鸽子形象圣洁，热爱和平，嘴里叼着个象征友爱的信封，千山万水飞渡。鸽子被描述为对家乡充满眷恋的生灵，风雨无阻它们归航——鸽子的家乡是抽象的、唯以情感建造和支撑的家乡，不需要谷粒。

我不喜欢鸽子，得以近切观察之后，厌恶加强。鸽子的动作缺乏流畅性，上一秒钟头摆在左侧，下一秒钟在右，中间衔接不够，充满顿挫感，像格数不够的动画片，由无数个疾停组成。鸟类似乎都有这个毛病，飞起来行云流水的连贯与优雅，一旦停下来，呆头呆脑，嘀嘀咕咕……尤其鸽子，争食时咕咕咕的，活像闹了肚子。

对大绳的养鸽行为，不只我怀恨在心。比如这只落在阳台上的白鸽异常的白，翅膀上被人刷了一层白漆浆，它才扑腾不止。拽起它即将板结的左翼，我把它放在水龙头下冲洗。羽根下是赤红的肉和白色粉尘，我想象细菌正通过鸽子的抓痕转移到我手背上。问题是我怎么把鸽子还给它的主人，他会不会以为是我下的毒手？

2

大绳住我楼上，铁条焊成的鸽棚多占出一块空间。我不得不面对鸽子制造的噪声，忍受它们的体味和每天掉落的羽毛。

有时绿白、有时汤黄的鸽粪，让我的阳台斑斑驳驳。抬头看，窗户外经常停落几只鸽子，比例失调的蛋形小脑袋向这边张望，保持着警觉却不飞走，展示着窥视者紧张中的好奇心。一只铅灰色的名叫“冠军”的信鸽最得大绳偏宠，虽然它在飞行比赛中仅名列第三。它的眼神冷漠，那种天生的轻蔑让人恨不得毒死它。人们把细窄的纸卷塞进鸽子脚环，上面写着密电码般极小极小的字……通风报信者不应享有过分的荣誉。大绳夏天裸着膀子，挥着一根拴了红布条的竹竿，对着天上嗡嗡作响的鸽群大呼小叫。我会因此想念家里的一个远房亲戚。作为特级厨师，他劳务出口远赴海外。出国之前，在我家窄小的厨房里，他演练并炫耀了他的技艺。

材料用乳鸽2只、姜片、葱、味精、蜜糖、老抽、椒盐、沙姜、胡椒粉、绍酒、生油、柠檬。做法是将乳鸽剖好，刺穿两眼，放入汤中“飞水”，取出后上姜汁绍酒酱料涂抹鸽子内外，然后挂在当风处，吹干备用。将锅烧红，倒入生油至滚，用蜜糖涂抹鸽的外表，入锅以文火慢炸约10分钟，炸至金黄色，倒去锅中沸油，然后把鸽子放回锅上，浇以味汁酱油和开水各1份，盖锅煮2分钟。鸽子切开上碟，将汁拌以柠檬汁洒在乳鸽上，香脆可口。这是他的拿手菜：脆皮双喜鸽。

原料不是从大绳家偷窃的，亲戚在菜市场选购的肉鸽。这道菜给我复仇一般的微妙快感，欢迎楼上的鸽子们旁观晚宴。蜜糖刷涂使几只鸽子呈现紧绷绷的棕红色，它们变硬的眼皮死死闭着，姿势像跪在盘子里。西餐里有著名的鸽肉馅饼，想必香气四溢。信鸽是唯一可以飞又可以吃的邮差。

大绳和老绳如此不同，不仅是长相和身高的差距。老绳逢人三分笑，胆小，醉酒骂了同事酒醒还后怕，肩宽膀圆的大绳怎么看都不像他的孩子。大绳上中学得了一场病，跟女孩有关，这场青春期的受挫一直蔓延到成年以后。二十好几的人，还在家待业。楼道里顺手拿了邻居家的大葱白菜，进了家门还要甩给老绳脸色看。有时骑车出去转一夜，早晨却是步行回家，老绳只好唉声叹气地沿途寻找不知被大绳锁靠在哪儿的自行车。大绳妈早在十年前就得脑出血死了，老绳续过弦，过不到半年女人提着行李回了河北娘家，不知是看不惯老绳还是大绳。经过一系列治疗，大绳的状态稳定了，却还是没找到合适的工作。家里的两个男人吃饭都不坐在一块儿，不吵了，也不多话。终是老绳的一块心病。为了安排特立独行的儿子，老绳提前退休，换取大绳的名额，自己跑到挺远的一个停车场管理车辆。大绳没有继任老绳的门卫工作，他上班，到更需要的岗位。

大绳做了职业化妆师。虽然顾客没有表达对他的感激，但他们非常配合，对大绳的建议言听计从。他们在大绳的手下变

得了一场病，跟女孩有关，

这场青春期的受挫

一直蔓延到成年以后

得面目红润，肢体柔软，温暖渐渐涌上来。冷藏柜里的寒气渐渐祛除，他们可以与亲人的手最后一握。告别室里哭声高亢，大绳坐在太平间的角落，点燃一支死者家属孝敬给他的好烟。无人分享空气中的烟香了，他们隔着抽屉，睡在冰里。停尸床上摆了一个车祸中丧生的年轻人，变形的、七零八落的肢体，需要他来拯救。

他决定死者的尊严——是令人追思，还是沦为笑柄。病人家属对大绳多有腹诽，但临终一幕，谁也不想搞成商品退货。一个老者，两腮夸张的红晕和唇彩，戏曲小丑似的，只差鼻梁的一块白还没抹上。让人联想到节日中踩高跷的人，脖子一梗一梗……乌龟的头伸出它的驼背。死者经常以一副滑稽相横躺在那里，和哀乐气氛不对称。说实话，接受了亲属的好话和好处，还要把人画成这个样子多少不像话，有点作恶之嫌。也许只是审美的问题，大绳认定，以这样喜庆的样貌启程，才对得起他的工作和死者的未来。

总而言之，大绳亲手把死者交到死神手里——像打扮一个崭新嫁娘。他决定亡故者与死神初次见面的模样，他是否能讨得死神欢欣，他决定死后的荣衰。家属心中的不满不便表达，也许因为畏惧和畏惧里包含的敬意……他，给死神包装礼物。

死后的荣衰

3

有人像我一样，只是恐惧于自己被破坏的尸相才停在红线这端。跳楼狰狞。上吊可能会吐出舌头甚至失禁。割腕疼，场面血腥。安眠药听起来甜美安详，但效用缓慢，假如不幸被挽救，后滞的副作用大，可能生不如死。再说勇敢者的实践击碎了我的空想，有人喝药自尽，死前，痛苦得抓烂了自己的前胸。随时诀别这个世界，我对大绳的态度当然不一样。排队到食堂买油条的时候我自愿让他站在前面，即使他没有响应什么热情，我还是希望需要他帮助那天他能记得我点滴的情感贿赂。对大绳和鸽子的容忍都与我的内心需要有关。想象那双抚触过众多死者的手停在自己脸上，我禁不住一凛。未来的亲昵让我现在不适应。从小在医院环境长大，我并不害怕大绳的工作性质，只是忍不住要看他的手。

我的朋友是个与众不同的摄影爱好者，趁人不备，他按下数码相机的快门，被拍摄者注意不到那个轻微响声。他乐于抓拍人的手。一双又一双的手，属于不同的职业和心情，它们摆脱附属位置，突然成为镜头主角。我欣赏过他的作品。离开脸庞，手的表情那么明显，有某种共性——无论主人的悲欢，手看起来都像一个被问训者，有着十指交错的紧张感。脱离面孔的统治，手依然是奴隶。

大绳的手是用来安慰亡灵的。他背部的深蓝色挡在我面前，我听到他掰动双手时骨节发出连绵的“啪啪”声。这双手，不仅完成死者脸上的妆容，也了解他们始终被隐蔽的身体。他们死于意外。死于癌症晚期。死于术后的排异反应。死于衰老。死于任性和绝望。死于神秘。让裸尸穿上体面的衣装和新鞋之前，大绳观察了他们的肉和骨骼，包括女性私处：他尚未亲历的天堂。死者穿着应季的衣服，家属迷信地认为他还能对温度做出反应，有时大绳像个孝顺儿子把老者不能自理的胳膊伸进袖口，有时他像移情者，无视女人奉献眼前的乳房。死者家属被要求不能买套头衣服，即使是穿在里面的内衣，死者在寿衣里面穿的大多是代替内衣的棉质睡衣——这样给死者穿衣就省却好多麻烦，大绳不用把尸体抱在胸前，让他们的头颅和脖子艰难地穿越那个碗大的洞口。死者一生从未衣着这样平整、姿态这样端正地睡眠。梦像深谷，掉下去，听不见回音。

谁能不惧而笑傲？死亡是我们宿命的恐惧。背景音乐从未停止播送，这是由蒙面人组成的唱诗班，充血的喉结滚动向上，让我想起死神正拨响算盘上暗红的珠粒……在高音区颤动，死神精于算计，他的收获逢五进一，在横档的上端。蒙面人歌颂，不知道自己是件祭品，就像我们不知道自己什么时候成为合唱团里的新成员。

人间是一只掉在地上的烂苹果，诸神可以无视，但我们，是关在里面的虫子。跑不出去，我们没有另外的乐园借以转移。当世界开始败坏，我们就可以涣散，腐烂之前的发酵里，是死亡提前散发的酒香。我们醉，我们睡。

大绳被揭发以后，我们才了解他令人惊讶的习惯。他屡屡找机会，给死者衣兜里放上字条。我最初没能了解详情，事件的诡异使传言不断走样。有人说他在少女内衣里写了甜言蜜语，有人说他是充满自杀渴望但勇气不够，所以向死神请求。他连续地请求。老绳沮丧不已，因为儿子又丢了饭碗，而安定医院的小大夫说大绳原本不该工作，他真的有病，精神障碍没从根上解决。她扶着眼镜框问老绳他儿子是从什么时候写诗的，给死神写诗。院方没想到为病人送终的也是一个病人，马上修改了错误。在此之前，他们对大绳进行了必要的问询。证据全无，剩下的都是猜测，那些字条早已消失在烈焰之中。尸体守口如瓶，作为称职的邮差，对大绳的秘密缄默，大概只对死神公开。而大绳，对字条内容的回忆和供述每次都是不一样的，他还说过，字条上不过一组数字，他总是把随手记录的电话放错位置。他隔世的想象力应付今生，绰绰有余。

老绳和大绳后来搬家了，带走了他们臭气熏天的鸽子。据说大绳一直没娶亲。也许是我们过分抒情地理解了大绳。

4

不知不觉，我减弱了自杀的动力，大绳对此做出本人并不知情的贡献。我们能够无动于衷地活下去，得益于无知和盲目。谁也没告诉老绳那个秘密。2004年我在北京猜火车酒吧放映的一部欧洲短片里想起了这个秘密。

短片的特点是全部采用底片效果，拍摄打鱼场面。船、渔夫、船缆、收起的渔网、挣扎的鱼……全部黑白反转。X光，时间翻出它的内脏。丰收的渔民应该在庆祝吧，为何，喜悦的他们有着骷髅一样的脸？我产生了一种针对底片的恐惧，因为猜不出底片是谁，他们统一的白头发、白眉毛，凹陷的口腔里，排布两排白森森的牙。但愿老绳不知晓，自己的儿子曾经是一个投靠死神的告密者。那张被大绳藏在心脏猝死者衬衫里的底片，被同事发现后偷偷取出来。

是一张标准寸照。好事者把底片拿近台灯。微微调整角度……怀疑被印证了，正是老绳那张与儿子迥异的脸。它讨好地，坚持地，笑着。

尼金斯基

1

芭蕾史上，尼金斯基素有“最伟大的男演员”之誉。观看他的舞蹈，你会怀疑他是不是空心无骨的。轻微用力，他就开始上升……停在弹线的顶点长达几秒钟，悬着不动；下降时的速度比上升还要缓慢；一次腾空跳跃，两腿能够完成前后交叉多达12次的击打。很多观众离开座位，拥向后台两侧，只为了看清他退场时的飞跃动作。技艺超群，作为一个“舞蹈之神”，尼金斯基极大提高了男性舞蹈家的地位。

卓别林在自传中提及尼金斯基。他说在片场拍一场好笑的戏时所有人都笑了，除了尼金斯基。连续数日，他在那里悲伤地看滑稽表演，以致会干扰和破坏卓别林的喜剧效果。《牧神的午后》，使卓别林见识了无人匹敌的尼金斯基。他的催眠力。他在田园式的爱意中潜伏的阴影。只凭几个简单姿势，尼金斯基轻易表达出，由他创造的神秘世界里一个热烈的悲哀之神。

1919年1月19日的一场慈善晚会上，尼金斯基最后一次面对观众起舞。无所事事的贵族和观光客，没有达到预想中的娱乐目的，舞蹈唤起了他们对蹂躏欧洲四年的战争的恐怖记忆。

尼金斯基再现了有关苦难和惊吓的悲剧……他像一头随时能够把人撕裂的难以驯服的猛兽，跳出了有如毕加索《格尔尼卡》那样的舞蹈。就是在这天夜里，尼金斯基开始了几个星期内不眠不休的书写，即将崩溃的灵魂发出最后的颤音，随后他的灿烂才华将彻底隐入黑暗。

尼金斯基的精神困扰在1918年冬天已经相当严重，行为失控，甚至带有侵犯性。他每天练功，有时长达16小时之久，直到精疲力竭。他在寒冷的山上奔跑，求祈，以罪人自居，拦住路人让他们前往教堂。他仿佛受到一种力量的苦罚，不能挣脱。无论是一个人的固定表情、习惯动作，还是不能抑制的激情——都是一种奴隶痕迹，他不能控制，因受到束缚而无以进入自由。一个舞蹈者，势必曾以肢体的囚禁和奴役来换取自由。平常人能以两腿90度的夹角站立，此后，把腿送达头顶的向上的每一度，都是舞蹈演员血泪折磨的奴隶史。必须对肉体进行自觉的鞭挞，适当的酷刑是必要的——他们压榨自己，以换取一对平行的锁骨、一条比常人稍长的韧带和弯折的曲度。“我用我的手和腿工作，我用头、眼睛、鼻子、舌头、头发、皮肤和内脏工作。”——尼金斯基的肉体里隐藏某种奇异的机械性，它有神经质的紧张、易断倾向和宿命的逃亡……绷紧的弦将迸发突然鸣叫。他快疯了。

2

错拼、词语转换、怪诞想象、不稳定的立场……十几万字的《尼金斯基手记》，记录了从舞蹈男神变为疯子的角色过渡。他让异族的词通婚。“爵士”和“大便”发音相同，被他衔接。他搞混“权利”和“法律”。他的判断与众不同：“所有的事物都会变得成熟，我不喜欢脓肿，我要根除它。”尼金斯基理解的神使用高于和平的手段：“我知道神不想有战争所以神给人类恐怖。”“我不喜欢天文学，因为天文学并不能为我们带来神的信息。天文学只能告诉我们星星的地理……地球本身是一个单一的国家。地球是神的头部，神是头颅中的火。”

所谓诗人，在语词和意义之间，建立一种突兀的非既定性联系。柏拉图的理想国里，没有诗人的位置。诗人是神的传声筒。他是传递并泄露秘密的邮差。作为一个献祭者，他必须牺牲他的世俗生活。写得很快，笔一次次滑脱，疾行的手就像跳舞的脚。尼金斯基是舞者，是诗人，是疯子……他是被控制中的脚尖、心脏和头脑。我们看不到风，但摇摆的树证明风的存在。尼金斯基是一块踩踏的跳板。神用一只脚踩在他脸上，我们看到是他隐忍中扭曲的五官，和因踩踏而变形的头脑——神靠疯子证明自己存在。

至于神为何选择疯子，不得而知。如果按尼金斯基的解释：“端正的相貌不是神，神没有端正的相貌。神的脸上流露出表情，一个驼子可以是神的样子。”神偏爱不幸，可能出于慈悲，也可能出于自恋——驼子和疯人更接近自己样貌。人间的法官认为神是不能被模仿的，所以他们降罪给原本的受难者：驱赶瘸子，让驼背负重，把孤苦的人全关进疯人院。

对神怀有激烈的情感，尼金斯基说：“我一直感觉到神，他爱我，我也爱他，我们结婚了。”他不断强调自己是降临到众人之中的神，似乎身份上和基督有近似，并且，他自己这样表达：“我说基督的话，我就是基督。”“我是本来的原则，我是事实，我是良心，我要给予每个人爱。”“我是神所强迫赐予的情感……我妻子被药物附身，我被神附身。”神把王位搁置在他的舌头上，然后握住他空气中的手，迫使尼金斯基写下招供的诗行：“我是爱，我也是血，我是神的血……我不是神的血，而是神。”而过分炽烈的情感难以被承受，它要求器皿足够的耐热度，否则一个人将陪葬他的爱。尼金斯基既神且人，像蝙蝠一样。他是双重叛逆者，或者说因为身份的不纯粹，他将遭受双重的驱遣。

“开、绷、直、立”是芭蕾的四大原则，它们最大限度地延长肢体线条，扩大视觉上的空间感，造成身体上升的动势。

绷起足尖地站立，几乎构成芭蕾的同义词。正是外开的绷直足尖，强化腿部乃至躯干直立的感觉，提高人体的重心位置，造成向上升腾、轻盈自在的效果。属于空中的、唯美的、以轻盈向上为主要动态特征……向上，向上，尼金斯基被认为是芭蕾史上跳得最高的人。舞蹈演员似乎与邮差扯不上关系，甚至可以说他们角色相反。对邮差要求的是快捷，越快越好，从一个地点抵达另一个地点，他们平贴地面疾行，最好不停一秒；芭蕾舞者向上升腾，需要的恰恰是停留——时间越延长越好……他们最好无限地上升，无限地停留。也许邮差与舞者的区别，仅仅与收信人的地址有关——前者是人间的差役，而舞者，向天上送信。当尼金斯金说“神不喜欢干预他目的的人。我不会干预神的目的，相反我是神的工具”，他向我们做出了明确的暗示——向上，向上……是的，他是一名神的邮差。

3

“如果他们要判决你，你就对他们说，你所说的一切都是神的话。然后他们就会把你关进疯人院。”尼金斯基在手记里反复强调自己的清醒，他说自己有意装疯，以便更好地感受他人。如果真的是装疯，尼金斯基用此后直至死亡几十年里的疯子生活，演绎了人间最残酷的行为艺术。在送入克勒兹林根的

“美景”疗养院之后，这位舞蹈男神就完全沉入个人世界——他始终凝望天空，再也不回答一个问题……他对什么都不感兴趣，唯有天堂的方向，依旧持久吸引着他的注意力。

尼金斯基扮演过牧神、欲火燃烧的埃及奴隶、花的魂灵，也扮演过受到歧视、冷漠与虐待的木偶，狂欢会的丑角。领子那儿堆着翻卷的荷叶边儿，他的脸倾斜，靠在右肩……波浪之上绝望的垂死的面容——这张剧照流露出的悲怆令人震撼，完全找不到尼金斯基形象上的华美，帽子上的丝穗如同命运的鞭打在脸侧，涂厚的脂粉、小丑的滑稽身份都不能挽救他被葬送的命运。“我是神的丑角，上帝的小丑。”尼金斯基以此为个人标记，并且写下：“我是个殉道者。”小丑活着的目的是招致嘲笑，尽管，他是人间欢乐的制造中心。小丑必须一再摔倒，必须在观众中频频显示疯子一样的愚蠢和执拗，必须为光彩照人的主角无条件牺牲。小丑的面具上面，常常绘有一道不易察觉的泪痕……他哭，是否因为他是神的婴儿？我们之中，谁，有幸成为上帝的宠物，享受他无所事事的抚弄？享受，他的喂养，或者遗弃？

英国动物学家兼人类行为学家德斯蒙德·莫里斯探讨宗教问题。认为就其行为而言，宗教活动是对“超级强者”做出的一种大规模的、反复持续的顺从表示。尽管有的“超级”变得相当抽象，成了类似于“国家”这样的单纯概念。对“超级强者”的顺从表示，包括从闭目、低头、乞求、合掌、下跪、吻地，直到匍匐等形形色色动作。做出这类动作同时，往往还要哀诉或者颂扬。据说，只要把这类表示顺从的动作做好，“超级强者”就会感到愉悦并降福。不过，由于“超级强者”是“万能的”，所以表示顺从的动作还必须反复地持续地做出，以免“他”再度发怒。这样的“超级强者”通常被称作“神”。

S.H.E是三个台湾少女组成的乐队，一首《Super Star》成为连续的上榜冠军。“Super”：超级。我对这首歌有另外的理解，它歌颂的东西大过爱情：“你主宰，我崇拜，没有更好的办法，只能爱你，You are My Super Star……”为了达到极限，尼金斯基跃向无人能及之处：神的心中。歌颂吧，她们唱给神听：“你是电，你是光……你是火，是我飞蛾的尽头。”

神普世的光芒照耀。一把刀途中所遇的，都将增添它的光荣。

黑童话

火柴天堂

暖和一下手指头吧，在墙上一划，“哧”的一声……随着一次次燃起的光亮，她看见温暖的炉火、香喷喷的烤鹅、壮丽辉煌的圣诞树，还有奶奶，她在世间已彻底失去的亲人。

区别在于，火苗里的食物只用于安慰眼睛而不是肠胃，想要品尝，必须坐在天上的餐桌旁，就像跟从死神上路，才能被赐予出口以外的恒久宁静——是否所有的美味都是更高统治者垂钓在唇边的诱饵，咬一口，我们就得跟他走？也许，那只背上已插好刀叉的烤鹅不能被食用是符合天堂原则的，因为天堂的原则是赞颂而不是敌对，是仁爱而不是杀戮，怎能想象会用火和刀刃来对待一只纯洁无辜的鹅呢？它应该被天使像孩子一样抱在怀里。所以，只能想象一只鹅被消灭在胃里，绝不能真实地消灭它，我们占有它又不侵害它，闻它的肉香又不溅上它喉管中的血，快感围绕着它的身体却不触及……这意味着美味被拆成“美”和“味”的两个分离的部分，食物的欣赏价值吞掉了实用价值，或者说它的欣赏价值是实用的，而实用价值仅只停留在欣赏。如果天使喜欢，如果天使需要，他们只能动用眼神，废除牙和手的功用。

正因为如此，我怀疑神之间的和平不是缘于爱，而是缘于冷淡，既然他们之间，他们和所属物之间，摒弃了血肉联系。也正因为如此，他们没有矛盾，没有困惑和失误，他们更尊重一种冰冷得特别安全的人际关系和解决途径。我向往神的生活，因为我不想通过缓慢遗忘的方式来对抗疼痛，不想通过磨蚀自己的方式来减轻欲望。我向往随时再生的肉体和情感，我向往冷血，像一个神或者一条蛇那样。

也许，神比我们想象的还要光辉。他们那么平易近人，为了和那些丑陋的人间孩子看起来相似，他们努力增添一点点私欲，比如，他们使自己需要衣袍和食物。做神仙和亡者的最大实惠在于，他们都不再劳动。神有咒语。什么是咒语？就是不必体力劳役就创造。这种创造接近魔术师的障眼法和物体搬移，因为神不劳动，获得便只有依靠剥削人间一途——连死人都抄袭了一点本领，白白享用祭品。对人类来说，神是一个食利阶层。这是回报率最高的投资，神的本金只有一个词：信仰。正因为神是最大的暴力阶层，所以人间又增加了许多模仿者。

卖火柴的丹麦小姑娘，她的脸上流着全世界穷孩子的泪水。但她见识过真正的天堂。神总是偏爱穷人的脸、冻僵的赤脚、马厩、寒苦之夜和临终祈祷。我猜测天堂的建筑材料，不会是液体、固体和气体这些常规之物，或许正是这样的神秘物质——集中火焰的形态和水的清凉？所以浴火凤凰才能不焦不死，它潜入天堂，偷了神的岁数。大神可以用省俭的材料，创建复杂的工程，比如，沙漠迷宫，火柴天堂。更可证明天堂性质的，是火炉、烤鹅、圣诞树和奶奶，都可以轻松装进一朵那么那么小的火苗里。尤其是那棵圣诞树，绿色枝子上燃烧着成百上千的蜡烛，燃烧着成百上千的火苗……而这成百上千的火苗，又全都燃烧在小女孩的一朵火苗里——我有点糊涂了，一个数字竟然大于全部数字的集合？

想想中世纪欧洲著名的神学攻关课题：一根针上能够站立多少个天使。现实情境中，能站在那么细小的地方，只能是尘埃、细菌和病毒。针尖上的天使，让我们注意到天堂的事物与它的容器、与它的承载物之间，具有一种失调的不可思议的比例关系。

我们习惯于设想上帝的伟大。他有数倍于人的体积、力量，他有无穷疆域，奔涌大地的江河不过神殿滚落的水滴。我后来怀疑到，上帝的伟大恰恰在于回避了笨重的表达方式。他需要的是轻，渺小，这样他的管理才能无孔不入。比如，他的庙宇建造于云朵之上，奇迹不在于上帝能在指尖上托起群山，而在于，指尖上托着群山的上帝竟然可以站在一片最薄的云上。他不仅使自己、同时使山峦脱去体重。他赋予万物身体，同时又侵占万物的意志，如果愿意，这个伟大的天地写作者可以使一切都变成轻得无法称量的词，包括他自己——“上帝”这个词，万能，无限，唯独没有一个可以描绘的肉体重量。他的天使孩子之所以会飞，在于他们什么也不携带。神的秘诀不仅在于加法，更重要的是减法。是的，减去体重，减去与肉体相关的欲望的重量，减去睡眠、爱情和劳动……

我还可寻找一些佐证。基督教的神三位一体，即圣父、圣子和圣灵。圣父耶和华差派爱子耶稣来世，基督以人的身份道成肉身，因为有了肉身，他便不再是万能的，开始面对疼痛和挫折。月亮比地球离天堂的距离近，人们在上面轻轻一跳就可以弹起很高，他们部分地克服了肉体的重量；同理，推测在更遥远的看不清轮廓的天堂，天使全部地克服了体重。穷人之所以进入天堂的机会较多，可能因为他们形销骨立、体重较轻的缘故。圣徒的整个人间生活都相当于在天堂门外排队，他们面容酷似，全长着驴子那样食草动物的狭长的脸。今天盛行世界的减肥运动，除了审美追求，或许也潜在某种道德修炼，某种对来世的准备……

说到今天，多数人认定它越来越远离更适宜存活于农业时代的童话，远离那些关乎月光和翅膀的原始诗意。在我看来，科学和后现代，甚至成为对童话情节的佐证和推进，虽然带有一种颠覆色彩和金属气味。卡尔维诺曾指出："第二次工业革命的形象与第一次工业革命的形象不一样，不是轧钢机或铸件这类沉重的东西，而是以电子脉冲形式在电路上流动的信息单位。铁制的机器将会永远存在，但它们必须服从那些没有重量的信息单位。"他在歌颂"轻"的穿透力量，歌颂它神一般的领袖地位。童话中说世间有一种蜘蛛丝编成的织物可以穿过针孔，我们没见过，但我们见过一种更有效率、保存期限更长、体积更小、容量更大的奇妙之物：电子芯片。未来芯片可以记录一个国家的全部历史、人口、资源、政体、民族、宗教、法律、经济、文化、交通及其最精微的细节——针尖上，何止千百个天使起舞？

除夕之夜，我打开喜欢的电子游戏，那里面有朋友、敌人，有街道、迷宫，有鲜花、子弹，我可以成为公主或者冷面杀手……一个轻薄的软件，可以装进这么多。我和卖火柴的她一样，孤独中，幸福地看到火柴天堂里的微笑。谁管那里是不是看得到，进不去。

山鲁佐德的嘴唇和腰

博尔赫斯曾把《一千零一夜》称为世界上最美的书名，他说“一千”几乎就是“无穷无尽”的同义词，但这无数个夜晚之后的一夜，则是给无穷无尽的再一次添加。缓释的修辞效果，唤起我的阅读欲望，它暗示着连绵的神秘之美。第一次接触这本书我大约十二岁，翻过封面的阿拉伯图案，复杂的故事情节地下迷宫般延伸……出口可能藏在背后。

香油。花瓶。幔帐。珠宝。金银器皿。神灯。飞毯。衣装华丽的舞姬。清真寺。《古兰经》。波斯。巴格达。脑子里装满了与自己生活无涉的词汇，这才是符合我想象的妖娆东方。波谲云诡的细节更让我心动，比如，一直以为恶魔必以英雄或巨人来对抗，还得假以神力，可《天方夜谭》里说，一个商人无意中丢弃的枣核，竟然打死了魔鬼的儿子。

《一千零一夜》的故事充满复合结构，故事套着故事，精彩曲折。《赛义府·姆鲁可和白狄尔图·赭曼丽》里，一个觅得的好故事，让哈桑获得国王封赐的土地、城堡，以及尊贵的相位。而前面提到的那个倒霉商人最后被三个老人拯救——他们与魔鬼达成协议，如果讲述的故事足够动听，就可以赎回商人性命。而真正的讲述者山鲁佐德，更彰显故事的重要性，情节的悬念与她生死的悬念一致，她的故事与她的生命同值。

山鲁佐德展现文学的奇迹和魔法。当她还在讲述，就等于延续着或者说是创造着自己的生命……没有比山鲁佐德更切近作家的理想形象和更能建立写作信心的了。当时，我处于正欲确立未来方向的时期，理想具有绝对倾向，一旦开始写作，假设我的能力在中途丧失，我可以并且情愿立即去死。

很多年，我都贯彻着对《一千零一夜》的幼稚理解，直到大学时的重读才改变。令人惊讶的转折发生在落幕之前：度过了一千零一夜后，山鲁佐德为国王生下了三个儿子。被我的纯洁和无知滤掉的内容，反讽地浮现，山鲁佐德不仅嘴唇生动，黧黑的腰肢也灵活起伏，她度过一个又一个的性命攸关之夜，不完全归功文学，性在其中亦占有比例。在那些故事航程里踏山渡水，在她缠绵的肉体上停靠休憩，甜美节奏过后，国王涌起入梦前醉意的松弛。你我非王，只是遥远之处的读者，怎么比较山鲁佐德的嘴唇和腰，哪个才是决定性的法宝？

整个《一千零一夜》的源起与性有关。国王山鲁亚尔之所以夜娶而翌晨杀乃出于对女子的仇恨和报复，他发现前王后与黑奴交媾，并且其他宫女与黑奴伴随着集体行淫。和其他民间故事集一样，《一千零一夜》不会放弃情色诱引。山鲁佐德讲述的故事成为对国王情欲的调动手段，准确地说，她先帮助国王意淫，然后以自己潮水般上涨的腰肢来呼应。《努伦丁和玛丽娅》描写美丽的女奴："周身像纯净的银子般雪白，比丝绸还细腻，比夜晚还柔和。她身材匀称，乳房像弓弦般凸出；她有着羊般的眼睛，腮帮像秋牡丹样粉红；肚腹微微下凹，肚脐能容下一小块奶酪；她的两腿像填满了鸵鸟绒的两个枕头；两腿间的那样东西，真是言语无法形容，提到它时要热泪长流。"努伦丁与女奴交欢时，"伴随着那女郎埃及女子式的运动、也门女子式的娇唤、埃塞俄比亚女子式的喘气、印度女子式的冷淡、努比亚女子式的发情、乡村女子式的厌恶、杜姆亚特女子式的呻吟、上埃及女子式的热情、亚历山大女子式的疲惫"。超群美貌的女郎如此风情万种，谁人能敌？就像山鲁佐德的智慧和她的智慧劳动。性与字词的奇妙对应关系在《陔麦尔·宰曼的故事》中还有直接呈现，山鲁佐德用语法术语来描写陔麦尔·宰曼与小娘子的通奸："互相拥抱、亲吻，做那正偏组合、介词短语、连接名词和被连接名词的行为，她的丈夫完成了附加的无用的强调字母‘努奈’。”

其实山鲁佐德的夜夜讲述，与昭君出塞一样，都是典型的东方式的以身体换和平的故事。这些柔弱女子以自己丰盈的乳房，来平复某个男子躁狂的野心。胴体如同最美的盾牌，她迎向一支阴茎，比迎向矛枪还需要勇气、技巧和信心。一张床，阻挡了王和他背后的战争。改变疆土的划分有多种办法，可以让无数士兵流血，有时也可以借助一个绝色佳人的床上腰功。历史课本或许隐蔽过相似的一幕：鲜艳欲滴的指甲正代替首领在情人后背上签署条约。这个女人是真正的和平主义者，她节约了报废的武器、坟墓的占地面积和万千寡妇改嫁的可能，她省略了甚至只在书页上发生的阵亡。

无穷无尽的夜，山鲁佐德的明眸闪亮，她会让国王流连不已，并为他产下未来的承继者。她花瓣的唇、梨形的骨盆，月色中酝酿甜蜜的丰收。当清晨的光线照拂，她再次安全，得以放心地睡眠。她躺在床榻上，周围是花。这些花在中午热起来，让人回忆起微微潮红的皮肤，耳后发挥到极致的香水。

暮色来临，她会被再次送回深宫，那里有焦渴的王，需要她打开谜一样的嘴唇和腰链。

刀刃之舞

星空，撒下一面拖网，那尾美人鱼不能逃脱……她金色的面庞日益憔悴，美貌被绝望摧毁。

其实，小人鱼是一个和山鲁佐德互为反衬的角色。山鲁佐德通过言说获得存活机会、王妃地位以及代代流传中的永生；而小人鱼，由于失去表达能力，继而失去家族、荣耀、爱情和性命……命运悲凉，与她的残疾相称。

“在遥远遥远地方的海里，水是那样的蓝，就像最美丽的麦子花的花瓣一样，又是那样明亮，如同最洁净的玻璃。可是，它很深很深，深得不管多么长的锚链都够不到底，得有好多座教堂的钟楼摞起来才能从海底达到水面。在那里，居住着海国的人……”《小人鱼》是我认为最为优美、神秘和凄伤的童话，它深处的灰凉给我造成一生的修改。也许这种自少女时代开始的影响是负面的，就是面对爱情，我不开口，并在沉默中做好牺牲的准备。

经历着青春期，身体在发育，一个暑假里长高了两厘米；而我的精神发育迟缓，更无从论及生存智慧。我盲目地开始初恋。除了名字和从没有胆量看清楚的隐约面容，我对他丝毫不了解，但经过他身边，我从来都是窒息的。他是漂亮的高个

水是那样的蓝，就像最美丽的麦子花的花瓣一样，

又是那样明亮，如同最洁净的玻璃

子，这个普通的优势也让我万分迷恋，以至我如今都没有摆脱对修长身材的好感。他的完美让我恐慌，我从未和他说过半句话，长达几年时间，我的痴情无人知晓。我经常幻想能为他做点什么。或者，等他遭遇灾难才能意识到我蕴藏的价值？和所有任性的初恋者一样，我情愿为他受苦。我怀疑他是知道的，因为他偶尔的意味深长的目光。但他选择故意回避。茫然失措，我除了继续忍受他的漠然，等待不存在的机遇，不知还能怎样。无数个夜晚，我准备书写，给我喜欢的人写一封信。纸上空白，只有一滴情书上的墨水，把所有的春天变得阴暗。夜晚和书写。让我觉得自己像掉进墨水瓶里的虫子，不断地，把那些尚未写出的字吞下去……说不出话，我绝望，快被自己的爱情淹死了。他不爱我，我和他一样明白。因为爱情不是劳动，所以努力并期待结果是愚蠢的。初恋没有留下什么痕迹，除了，培养并巩固我不幸的习惯：对爱情不做表白。

像哑巴一样无声地爱，直到我的爱情一一夭折；直到，我最终放弃对爱的向往。那是一件既疼痛又危险的事，我宁愿，活得无关痛痒。只有初恋，我才有勇气对小人鱼进行短暂的模仿：在没有告白的爱中坚持到底，爱得比新娘还纯洁，因为可以预见的亲密都看不到。

爱情天平的支点总是不在中心，稍做移动，一切就在倾

说不出话，我绝望，

快被自己的爱情淹死了

斜与倾覆之中。他支付一根羽毛，她就不再飞翔；他拿出一片鳞，她就交出整个海洋——她忘了，一片鳞，只是他身体上一枚最小的硬币。爱得有多笨，就有多勇敢。小人鱼安静，喜欢冥想，她接受契约，开始承担爱中全部的残忍。坐落于刀刃之上，爱情比体重更难于承担。失去鱼尾之后，她保持了鱼尾的特性：行走艰难，也许这是小人鱼以独特的方式表达对海国的怀念和忠诚。放弃高贵身份，她卑贱地，作为奴仆，睡在门外的地板上。谁能像小人鱼，在靠近爱的路途中，一件件，丢弃她的财富，最后，作为赤贫的神，独自去死？

我倾向于认为，爱情是赌赢的，不是输出来的。所谓情场得意，常常是以小博大：投入一点点魅惑对方的勾引，安全，低调，不伤及自尊，而对方以狂热回报。小人鱼一开始就押进全身的宝，她的爱情注定是一场赢不回的悲剧。

当然，少女时期的阅读中，我对王子暗怀谴责。可王子只是无辜的负情者，他的选择来自他的无知，他怎么能够设想，小人鱼的代价，她无休无止的折磨。假设他知道，故事会怎样被改写？难道恩情与爱情之间，真的存在某个隐蔽的折算公式、某种先期的抵押关系？王子为什么必须爱上小人鱼呢？尽管她脸蛋动人、舞姿飘摇，但只是个漂亮玩偶，无法交流。

神性之伟大或许正基于此，是因为肯于付出最美的与最珍贵的。当小人鱼出现在我们中间，连常人都比不上，她成了残疾。神竟然会是一个残疾？我们惊讶，我们怎敢相信。然而，禀赋神性的人也是以这样的形象出现：看那些天才，藏身于疯子之间。正因为某种秘而不宣的极端完美，他们才残破不堪。

王子迷恋他的新娘，尽管他无知的幸福构成对神的利益侵犯，但小人鱼放弃妒意和仇恨，跳下日出前冰冷的大海。这个世间，神遵从自己订立的奇怪法则：高贵的，永远要为不及他高贵的，做出牺牲……像清澈之水，总是流向低处。

我们面对的，是一个哑言的神。我想起著名的基督教神秘主义者、西班牙教士克洛瓦的表达："上帝的事物，其本身越高贵越明亮，越不被我们所了解，对我们越黑暗。"倘若小人鱼开口，她歌唱，她说出真相，是否她征服的力量就不可抵抗？换句话说，倘若神完整地到来，人们只会爱慕她的完美，那么，人与人之间的相爱，就不再成为可能。

为了爱我们，神付出昂贵代价：即使在教堂，我们也听不到神的声音；他从不显现闪耀光芒的身体，来增加我们的信赖。神在沉默中隐忍，以使烛火旁各自祈祷的人们能够相互需要，相互安慰。

一日长于百年

她是公主，所以她入睡的时候整个王宫都得安静下来。不仅国王、王后和所有仆从一起睡着了，接着，“马厩里的马、院子里的狗、屋顶上的鸽子、墙上的苍蝇都睡了。连炉灶里燃烧着的火焰也静静地睡着了，烤肉不再嗞嗞作响，厨师正要揪一个做事马虎的帮手的头发，扬着手就睡着了。风静止下来，王宫前树上的叶子一丝不动”。钟摆停了，公主睡着了，睡在琥珀和果核的甜美深处。世界以静默响应着公主的睡眠——身份的高贵体现于此，一如领唱需要和声，死去的王需要陪葬，一如，人们倾向于把发生在自己身上的灾难，理解为有什么招致了神的不快。

出于报复，没有受到邀请的占卦女最初预言公主在15岁被纺锤刺死，多亏最后一个占卦女还没来得及祝福，她缓解了那个恶毒的诅咒，说公主不会死去，只是要沉睡一百年。我们隐隐怀有这种认识：睡眠，是死亡的仿制品，甚至是一种安全的练习。睡眠使人放松，恢复体力，并且能够得到梦境的奖赏。我们把睡眠作为赐福来领受，却如何惊恐于死亡，焉知它不是一场更大的赐福？因为没有人从那条道路上返回，提供给生者真正有说服力的不是停留在猜测阶段的心得，所以，对死亡的灾祸感，其实是我们对所有未知事物所抱持的普遍恐惧。了解能让我们平息下来，只有死者，不再忌惮死亡。

籽粒碎小，黑，想象不出它能酝酿花瓣。玫瑰的花苞比怒放时更令人赏心悦目，我曾幼稚地猜测它有黄金的蕊。完全盛开的玫瑰有些俗丽。就是好看加平庸。花苞美在神秘的关闭里，只要不开，美就蕴含在未知那无限的可能性里。理想的美在于它不被抵达，爱情的美在于它难以实现。睡美人的美，在于她是一个不为所动的公主，她的沉睡比苏醒更媚惑，像玫瑰花蕾。

是啊，美人和睡美人，到底哪个更美？美人痣和美人计，你偏爱天然还是人工？或许，美人痣只是美人计开始启动的小冒号。尽管在公主沉睡过程中，时常有来访的王子被荆条缠死，但，他们霉腐的尸体是否如肥料更养护睡美人的腮红？美，用于威胁，也许比用于鼓励的时候要多。

我向来不相信，时间偷走的东西还回来时会变得更好。乐观的人说例外存在，举证时间偷走美貌还回智慧——错了，智慧只是暂时还没来得及偷走的东西。童话无须尊重现实法则。花苞终会开放，公主终会醒来，如此，时间便成为手中一件被利用的工具……百年沉睡将使公主天下无双。对于抱得美人归的王子，幸福不是等待和追寻，只是一次恰逢其时的投机。

妙就妙在公主不随时间老去，否则，睡美人会变成荆棘丛中的妖婆，童话爱情会变成长寿者和少年的鬼混。睡美人曾经从链条上逃脱，她不再被时间统一度量。中国神话里也有类似情节，烂柯山讲述一个观棋樵夫回家时已沧海桑田。时间中暴露了等级差别，神的一天是我们的百年——当然这不难理解，如同蜉蝣的生死，完成于我们的一个短暂清晨。

睡美人表现了拯救的浪漫主义方式。不是医生而是王子，不是药物而是鲜花，不是人工呼吸，而是吻——是纯洁之物，终止了不幸。这并非仅限于中世纪的唯美习惯，即使在后现代的今天亦如此，文学作品及科幻电影试图告诉我们：把世界从末日中挽回的，常常，是一个孩子，或一场爱情。所以我们不能忽略在现实中无用无为的东西，灾难到来，它们才会彰显藏而不露的使命。

好了，现在让我们翻开浪漫的另一面。我们熟悉如下的情节：妖婆收留迷路的儿童，把他们一个一个地养肥；这一天，她为其中一个孩子涂上油脂，炉子罩的火已经烧起来了，妖婆要把他烤得香喷喷的，蘸上作料吃……这些古典童话，显然浸染了恐怖色彩。但事实上，照顾到孩子的承受心理和阅读所需要的健康目的，这些血淋淋的情节已经经过稀释，原创的童话更为残忍。

睡美人最早并不是被一个吻唤醒。这个故事最早见于字端的是1636年的意大利版本，睡美人被一个人强奸了，临走时连一个字条都没有留下，就骑马走了。她到9个月后才醒过来，发现自己已经成了一对双生子的母亲。从卡尔维诺所搜集的《意大利童话》中可以找到证据，只不过强奸者的身份体面，他是国王，并且他的杳无音信还有一个完全可以被原谅的借口：他病了，病得神志不清。

现在我们知道，睡美人的睡眠可以用来回避痛苦，假设痛苦更剧烈，更极端，就需要以死亡来回避。痛苦的延宕过程洗刷了被强奸的耻辱，当孩子降生，他们无辜清亮的眼神，使追剿强奸者的罪行显得不那么必要，多数时候，它使凶犯变成血脉相系的亲人。睡美人将和在她无知无觉中破坏她童贞的男子永结连理，共度余生。这是一个童话里少见的个案。通常情况是，罪行甚至仅只是弱点，就要面对超出必要限度的严惩，诸如反面人物由于忌妒、吝啬、占便宜这种小缺陷去领教酷刑，去变驴变狗，去死。而在这个睡美人的底版故事里，等待罪行的，竟是可以享用一生的幸福奖励。

魔镜

没有一种文学样式比童话更需要邪恶的参与，尽管童话以善良遭遇不公开始，必以善良大获全胜告终。有了魔鬼、野兽、井里的妖怪、坏师傅、阴险仆人、骗子、贪婪吝啬的哥哥和凶狠的后妈，才能更动情地歌唱花朵、小鸟、诚恳的孩子、聪明的裁缝、仙女、勇敢的王子和他美艳绝伦的新娘。善的世界芬芳、清澈、饱满，恶的世界混浊、肮脏、毒汁四溅，只有童话中，二者泾渭分明，便于取舍。童话向我们许诺。邪恶的所有努力都是一场乘积终将为零的运算——它是好心人针对儿童捏造的谎言。童话的玻璃浮雕，在美妙的透明中，保持冰冷和坚硬，渗不进现实的一滴雨水。被童话喂养的孩子，培育着绝对化与完美主义倾向。至于现实法则，涉及善的有限性和恶的有效性，甚至，善恶之间暗度陈仓的交易，他们将在未来的受挫中逐一体验。祝愿糖纸不要蒙住眼睛，祝愿跳舞的脚不要坠入悬崖，祝愿他们未来对童话的修改尽管太迟，但还来得及。

一篇土耳其童话《智斗恶巨人》这样说：凯尔格郎听人说，谁真正勇敢，就去收拾巨人婆子，他便出发寻找女巨人。她正背靠大山晒太阳，凯尔格郎轻轻走过去。吸吮她的乳汁。女巨人于是把凯尔格郎认作乳儿，并且不允许自己嗜肉的儿子吃掉他。不入睡的凯尔格郎半夜要求吃甜饼和咸饼，巨人婆子只好爬起来和面烙饼。凯尔格郎还是不睡，这回，他想吃填馅小羊羔，巨人婆子就起身做填馅小羊羔。吃饱喝足的凯尔格郎借着上厕所的机会溜掉，气坏了的巨人婆前去追赶。刺猬把凯尔格郎藏在磨盘之间，巨人婆子要求刺猬交还她的乳儿。发怒的巨人婆把对她置之不理的刺猬吞进肚子，但刺猬用浑身的刺扎她的五脏六腑，刺穿了她的心。凯尔格郎割取了巨人婆子的两只耳朵，拿到吹嘘自己的年轻人中间掏出来，于是，他赢得了最勇敢的美名。从这个故事中，我看不到凯尔格郎有什么“智”，除了他把感情也用作权谋；我也看不出巫婆有什么“恶”，除了她令人不快的长相——丑陋等同了罪恶。在童话中，美德与美貌很少交战，花丛中的公主让它们像双臂一样拥住白璧无瑕的自己。

白雪公主的继母注定是牺牲之下的角色。白雪公主是完美的，“她的皮肤像雪一样白，面颊鲜红如血，头发黑得就像乌檀木”。站在对立面上的王后，就必须满怀妒意，阴险，还有漫画里已被普遍认可却背离合理性的丑陋——尽管在白雪公主长大之前。魔镜说出真相，她曾经是世界上最美的女人。只因为她是一个罪恶的美人，所以，她便不再是美人，而只是罪恶。我们不会替她辩护，我们要给作为读者的孩子提供简单清晰的正负判断。魔镜的真话声音太小，只有王后听得见……我们抹杀王后的美貌，只有她穿得像农妇、长得像巫婆的样子才符合我们心愿。

由于没有勇气倾听坏人的道理，我们通常只让坏人在剧情中充当人体道具，来烘托一幕正剧的光荣。我们向来拒绝他们可能的辩护，把他们引号里的原音篡改为呼应主题的转述，这样，随后而来对他们的轻蔑、唾弃和惩罚可以进行得更为彻底和正义。其实，白雪公主的后妈早已被我们处理为一个哑巴皇后，第一页起，我们就已明了她注定失宠的未来。冠以妒恨之名，冠以迫害之名，让她的爱和疼说不出口。对反面人物的仇恨被有效地培养，这是必须的衬托。王后的美仅仅因为次要而变成丑恶。同样的命运也发生在灰姑娘的后妈和姐妹身上，因为，那最美的、尖细的水晶鞋跟，需要踩在令人惊讶的起点上。

我们不知道有多少屈死的冤魂，有多少失真的史册，不知道一个光芒万丈的书里英雄，他旗帜一样鲜艳的襟袍是不是掩盖着血和违背的盟誓。也许，在童话背后，有另外一个王后，一个真实的王后，死在某个不为所知的地点。苹果和有毒的梳子，将用作美妙的自杀工具来配合她的无辜。如果死前被允诺一个愿望，她想要，一面说谎的镜子。

白雪公主因为王子的爱情而复活，她曾经的死没有疼感和伤痕，短暂又富有诗意。再看看另一个美人的下场，为王后准备的是炭火上的行刑：一双烧得通红的铁拖鞋，用钳子夹过来，“她只得穿上这双铁鞋跳舞，直到倒在地上死去”。故事结尾，我们再次惊讶地发现童话的逾常：从来，都是善者，使用酷刑。

记住镜子的秘密。镜子看起来不折不扣地映现现实——只是，颠倒了左右。

写给匹诺曹

我一眼就看到匹诺曹站在聋哑学校的门口，手里拿着花。车流往来，人流穿梭，视线里全是灰暗的颜色——这是下班的高峰期，劳动的人们要回家，好像钳子、锤子什么的最终要砰砰地扔回工具箱，扔回黑暗，扔回孤独中的睡眠。晒得黝黑的匹诺曹就像一只釉质花瓶那样伫立着，夺目的一捧百合拥在怀中，夸张又文艺。

鲜花，以既沉静又热烈的语言表达——要么说明受花者的蛊惑魅力，要么说明送花人的善良品德。有生以来第一个收到鲜花的生日，我格外欣喜，尽管明白匹诺曹是个专门安抚失意者的爱心大使。暮色四合，手中的花朵愈加绽放遗世独立的美——它们既脱离了生，也脱离了死。

蝙蝠在黄昏绸质的水面上翩飞，微小的蠓虫也起起落落，飞翔在也许是此生最后的月色中。我坐在草地上，漫无目的地谈天说地。对面倾听的匹诺曹不仅穿着短裤，还穿着拖鞋；不仅穿着拖鞋，还穿着一双黑色丝袜——他的搭配显然不合乎我的审美倾向，尤其当他把拖鞋脱到一旁，远远伸过一双被黑袜子覆盖的大脚丫。我一贯挑剔衣装，不理解穿着T恤参加宴会的，也不接受穿棉毛裤睡觉的，可是对喜欢的人抱有格外宽松的尺度——视若无睹，我顽强地把那双黑袜子当作一双柔软的高帮儿皮鞋来看待。

——那天比昨天清晰。那天我们整夜清谈，说一些遥远的不需要人物参与的事情，想着一些与生存无涉的遥远话题，比如成长，比如真理，我们偏执而无效地在生死中寻证意义。

2000年的冬天听到羽泉的这首《爱浪漫的人》，不知道自己为什么会听得绝望，令人感到有点羞耻的是，眼泪缓慢却不容阻止地流下了我的面颊。

“雪夜，街头，路灯下，几个朋友，闭着眼，仰着头，尝着雪花。我们都是爱浪漫的人，用瞬间的领悟驱赶一生的哀愁；我们是爱上浪漫的好朋友，在年轻的夜里别无他求。

“雪夜，床头，烛火中，几个朋友，点着烟，再聚首，探讨活着的理由。我们都是爱浪漫的人，用片刻的幻想筑起心灵的阁楼；我们是爱上浪漫的好朋友，在年轻的夜里品尝着彼此的拥有……”

文学是一张由想象力绘制的地图，凭借它的指引，我们必将在现实中迷路。像黄昏迟归的孩子，我和匹诺曹在文字丛林中游荡，有时相互找寻，在游戏的快乐中，我们忘记天正越来越黑。

其实有时候文字就像煤，在别人燃亮的火里取暖是舒适的，如果自己开挖煤层，就容易被弄脏——我们常常会发现某些写作者矿工一般被煤粉涂黑的脸。而青春的动荡的敏感的我们，如何能忍受那种美的诱引，就像蛾子忍住烛光，蓓蕾忍住春天，初恋少年忍住心中秘密的名字？那个时候我开始书写，匹诺曹的创作更在我之前。我像是完全沉浸在愉悦中的陶工，看见器皿上破壁而出的花朵逐渐生成；而匹诺曹已经能够在金属上镂刻了，从他的表达中可以感受到被克制却依然充沛的激情。

无论在写作还是阅读方面，匹诺曹都堪称我的师长，虽然我们之间是一份兄弟般的情谊。我的大学时光基本都在无所事事中消耗了，几乎没有起码的知识积累。匹诺曹拥有值得骄傲的藏书量，博尔赫斯的作品最早就是在匹诺曹的书柜里翻找到的。那是一本短篇小说集，他递给我时考虑了一会儿说：“这本书对你来说可能太深了。”

像魔法师说出咒语，我们需要他咒语里的伤害和安慰。灰烬中重生的玫瑰、记载着神的文字的豹纹、深伏在匕首中的仇恨……博尔赫斯，一个图书馆深处的盲者，我们只能看到光亮，而他能够看破黑暗，看到时间深处的储藏。后来博尔赫斯成为我最热爱的作家。

童年中我最宠爱的玩具是一个娃娃，我给她取名叫桃兰。她的眼睛平躺的时候会闭上，睫毛特别长。在许多个夜晚我抱着她入睡，她虽然从来不是勇士，但给我提供了巨大的精神安慰。有一天，家里的客人走后，桃兰的一个眼珠突然掉了下来，我大哭起来。由于我怎么也不肯接受新娃娃，妈妈只好专门找人修好了桃兰——我一直把这理解为桃兰做了眼科手术。从此，我更是天天紧抱这个裙衫渐旧、曾经残疾的娃娃。月光映照下的树影勾画在墙上，有的树枝甚至像几根微微弯曲的手指敲打着冰冷的玻璃……我有桃兰我不怕。长大以后，我才发现自己迷恋的许多东西都像桃兰一样，比如文字，比如想象中的情人——我在盲目之爱中忽略掉他们并不具备某种我所期待的实用性。

给我力量的，其实从来都不是真正有力量的东西。

匹诺曹对失去的初恋女友保持着持续的怀念。“病来如山倒，病去如抽丝”，匹诺曹的爱情病则相反，他始终不明白为什么那有若抽丝般慢慢织就的爱会毁于一瞬。往事就像瘪掉的谷粒，虽然依然给灵魂提供些许营养和余温式的热量，咀嚼起来却有一种过期的苦味——它占据着粮仓，让我们年年装不进新谷。

在我看来，这种怀念更像是回忆中的再生。“回忆和泡菜、腐乳什么的一样，都是部分借助了腐烂的力量，才产生些许与众不同的味道。”我刻毒地对匹诺曹说，“别拿着蒜瓣当水仙！你根本不必为她流下泪水，她只是眼睛里的一粒沙子。你何必把令指尖颤抖的爱情，奉献给一张由于惧怕皱纹而变得面无表情的脸？”

匹诺曹说她即使是块铁板，也能让自己像焊枪一样迸射火花；想说的话全都涌上喉咙，而她的声音也能轻易触及他心里最柔弱的部分。匹诺曹说，未来的婚姻可能会受到影响，因为他总在期待往日那种交流的默契。

亲爱的匹诺曹，我们的内心是否宽广到需要日夜交流以至于配备一个几乎心理学家式的爱人？最终我们会知道，什么是婚姻中最重要的，不过是劳动的手和起伏的身体。婚姻主要用于应对日常生活的麻烦琐事，一个水暖工足矣，至于纸上谈兵的热力专家——他大而无当，华而不实。

幼儿园座椅上传递手绢的爱情，中学课堂里偷看纸条的爱情，被花边新闻调戏的爱情，被收款机精细核算的爱情，作为作料放进汤里的爱情，广告宣传画传播的爱情，文艺台子夜时分讲述的爱情，被父权镇压的爱情，被母爱嫌弃的爱情，等待在大使馆门口的爱情，躺在床上的衬裙里的爱情……

哑巴一样永不开口的爱情，聋子一样从不听取意见的爱情，瘫痪一样不能再逃跑的爱情，化装在漫长友谊里的爱情，掩护在深挚亲情中的爱情，大水淹过还抱着柱子的爱情，投入井底依然仰望星星的爱情，被病床上无力的手攥起的爱情，被衰老的牙齿咬住名字的爱情……

爱情是一颗糖，喜欢它的是不是孩子？爱情是一粒药，服用它的是不是病人？

像荒原，从起点一眼望到头，来吧，那从生至死的所有日子。光阴，就像涟漪，单调的广阔的奢侈的涟漪，铺展在整个水面——除了忧伤，我们不知怎么打发掉那些望不到头的连绵的明天。我们丰富而敏感，以为一生都会这样充满发现。也许，之所以能有千里的目力，看到永远不能抵达的远方，因为，我们站在楼层最危险的高度上。

我们那时多骄傲呀，而且纯真、直率、任性，珍藏着所有其实妨碍我们生存得更舒适的品德。我们坚持着不被生活修改，尽管放弃带来的好处显而易见——猴子不能放弃尾巴，所以没有得到进化，孤单地待在城市动物园里，因为这条尾巴，它失去自由，失去被尊重的权利。是啊，政治是一种平衡的艺术，生活也不过一种妥协的艺术，只要你肯低下头来屈从，一定有所收获，如同强壮的乞丐甚至会得到孩子手里的零钱。可是我们不，我们把尊严当作至宝，尽管它们无人收购。当一无所有的时候，内心的依靠唯有骄傲——就像盲人脸上的墨镜，并不能帮助视力，它只是服务于心理的需要。

身边的朋友认同了生存的规则，他们奔波，他们奋斗……于是我们孤独。也许我们都不够成熟，像孩子，赖床的孩子，枕着昨夜美梦的余温。大人们要上班了，所以孩子一睁开眼，就经历着再见，经历着一个接着一个的告别。

一个故事这样说——穷孩子伤心地坐在路边，这时一个智慧的长者从旁边经过。长者问道："我的孩子，你为什么这么难过？"孩子回答："因为我什么也没有啊。"长者于是从地上捡起一块石头交给孩子，让他拿到市场上去，并嘱咐孩子，无论买主出多少钱都不要卖。当别人出价十块钱的时候，孩子不卖；出一百块的时候，孩子不卖；出一千块的时候，孩子也不卖：甚至有人出到一万块钱，孩子依然没有卖。于是，石头的价格一直在上涨、已经抬升到了十万……老者对孩子说："你看，其实你是很富有的啊，只是你不自知。"孩子得到了信心鼓励，愉快起来。

在我看来，这个小品在令人安慰的结论后面是一场骗局。因为这块石头丝毫没有改变孩子的贫穷事实，尽管手中持有一张数额越来越大的支票，它依然是虚拟的，无效的。石头依然是石头，不会因此变成宝石。

我想对匹诺曹说，你是我天然的朋友，不加糖，不含色素，没有防腐剂。我贪图这种友谊，希望它源远流长，希望我们发白齿豁的时候还可以在一起温故知新。也许，纯粹的东西保质期一般不长，因为它连空气中的细菌都难以对抗。这是在中途，谁是唇齿相依的爱人，谁又是肝胆相照的兄弟？是否已到终点，为什么匹诺曹成为一张旅游地图——曾经是指引，很快便成纪念？

我曾经无法不炫耀，像贪吃水果的人，手指上难免沾染甜的果汁。我在与别人的交谈中流露，在文字中书写，匹诺曹就是长篇连续剧中的主人公，在每一集里占有戏份。惯性持续下来，即使在我和匹诺曹天各一方以后，我还在写作中编造他的存在，伪造他的身份，我杜撰种种故事情节，以使月白风清的友谊至少能够在纸页上生生不息。因为融合部分真实，我的谎言看起来天衣无缝。真话有什么好呢，只能让我们成为平庸无奇的孩子；我宁可做一个童话中撒谎的木偶，被惩罚时刻威胁，也不愿忠诚于缺乏想象力的现实。

现在我沉默，我愿我是小偷，我愿我有熏黑的心和灵活的手，可以把匹诺曹从昨天的口袋里安全偷回，又不受到任何责问。然而，时间总是要收回它曾经许诺永远给我们的。所谓成熟，不过是你不会再为丢了的东西即使最宝贵的东西而伤心。所以，我就若无其事，只是偶尔在深夜里想一想匹诺曹说过的话，就像重逢。我由此得知回忆的音量：它像耳语，亲近，又忧伤。

说着说着，大滴的稀疏的雨就落下来……那是因为，有一个在灰云里缓慢飞行的天使在哭。

女巫与夏葡萄

打牌打到半夜，又失眠，加起来睡了不到三个小时。还做个了怪梦，夏葡萄边刷牙边想，梦见自己的太阳穴如同橡胶树那样溢出胶质，一个看不清模样的人蹲在半空，不怀好意地提着空罐头盒，等待收割。夏葡萄侧过脸，太阳穴上方，隐约看见分叉的蓝血管。矫情又蹩脚的与会诗人怎么形容？智慧闪电？得了，她满脑子想着昨天的黑桃对Q，如果留到最后就好了，双扣，升三级。

九点。话筒里一阵刺耳噪声，然后电流低响。“同志们，开会了。”主持人仰起他的双下巴颏，手指头像谢茶那样磕着，夏葡萄路过时瞟了一眼他食指上的灰指甲。“马教授，杜老师……哎，魏青山你怎么也坐到后面去了？”主持人招呼着，使得前排座位不至于空旷。推托着最终还是位移的人物达

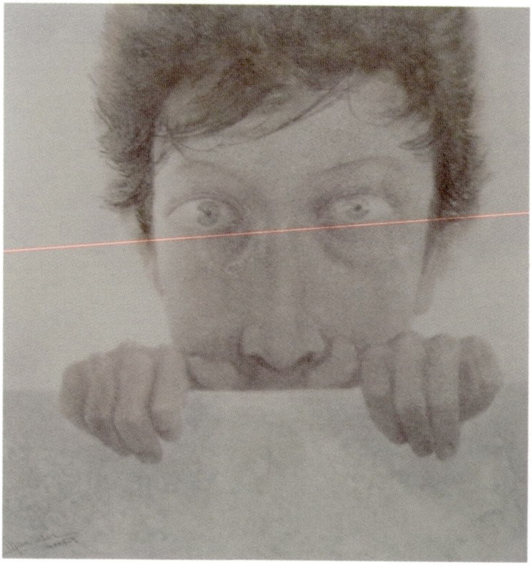

一个看不清
模样的人
蹲在半空，
不怀好意

到目的，这是惯例——开会之前，他们愿意主持人以大嗓门念到名字，在公众面前，自己的名声和重要性都是需要提醒和一再强调的。

夏葡萄困了，准备熬到被介绍后就开溜。想到一上午的陈词滥调，满屋烟雾缭绕，而她，拉上厚厚的遮光窗帘，钻进被窝，在深黑和安静中入眠，夏葡萄的脸上浮升秘而不宣的享乐表情。

无所事事，夏葡萄沿途打量着那些脸。长的、短的、扁的、方的。傻的、机灵的、非常狡猾的、比蛇还毒的。贫乏的、胆怯的、纵欲的、健康又天真的、功成名就的。偷着放屁的、说话帮腔的、整人出汗的、恨自己牙痒的、爱自己乃至见面就得让对方捧场的，还有以后保证会自杀的。总而言之，都是和她夏葡萄无关的。

这种研讨会，名义上文学，实则旅游。总要抽出一两天做做样子吧，可会议内容实在莫名其妙。与会者中，大多数人漫漫一生中从未和真正的文学发生过一次性关系，却做出子孙满堂的样儿，大讲特讲霉烂的观点，以布道语气，还以为自己成了启蒙者，其实他们自己才需要被启蒙呢。仅是一种观点倒也罢了，见仁见智，不必趋同，但几位中年男子无比愤怒地讨伐散文虚构，反复质问作者的人格，学术争辩而已，有什么权利非把它引入道德批判？散文不能虚构？我看，他们连生活和荣誉都是虚构的。

不易察觉地，他在人群中窃笑，小小地，邪恶地。夏葡萄意外发现了一个同盟者。

涂了松油的火把燃烧，夜宴刚刚开始。笨手笨脚的飞蛾，还有蝙蝠，还是那身磨掉光亮的皮斗篷，围着光焰和脸色阴沉的主人飞……主人们用餐刀切开煎得脆脆的婴儿心，喝处女泪，晚餐的背景音乐是父亲们的哀号。树根朽烂，而野菇快速生长，加重着它们鲜艳的菌帽和毒素。

狂欢将持续到危险的黎明。

她有紫头发、铁锈色的血和变黑的心。为了掩饰灵魂的霉气，常常以香水媚惑。她穿着水做的裙袍，梅雨季节不合体，不得不拖着臃肿肥大的后裾：但干旱时期，她性感露骨。她渴慕虚荣，满纸谎言。她有丰富的想象力、配制秘方的天分。她熟知咒语，擅长用毒。

童话里，巫婆的形象都被描述为古怪龌龊：热衷熬制咕嘟冒泡的、令人恶心的汤，贪婪，孤僻，骑行在一把长柄扫帚上，从落地黑袍底端露出枯瘦的脚踝。但现在，她的荒凉远未到来，作为一个年轻女巫，她尽可享受，萤火虫般摇动诱人的臀部，她将翩翩少年劫掠。这个圈子，只有欲望，没有爱

熟知咒语，擅长用毒

情——爱情是最大的笑柄。

提前离开宴乐，夜空中她独自飞行。月亮上的坑斑格外醒目，像摔烂的水果，黑暗中散发衰败的甜。

女巫如愿找到了新猎物。他与众不同，最重要的，他有一种撩人的寂寞。

一座杂乱无章的县城。会址选在这儿，因为隔着不远，有个意欲开发的风景区，它的湖光山色需要被歌颂，并且县委提供全部食宿、旅游和礼品费用。作家们的到来似乎是件大事，到处张贴条幅，欢迎欢迎再欢迎，桌子上堆满家畜做成的菜肴，来，喝酒，再干一杯。接待人员的热情，改变不了这座小城的无趣，它远离古朴，又和现代无关。夏葡萄觉得八天的会期太长了。

早晨，许多勤劳的小店主“哗啦哗啦”掀开铝合金的卷帘门，出售水果、服装、低劣电器、配件和音像带。孩子跑进跑出，不知怎么就哭了，脸上青一块黑一块的。店铺楼上，穿着松松垮垮棉质睡衣的女人，用力拢着头发，开始千篇一律的一天。

本来清静的散步，被嘀嘀作响的摩托和横冲直撞的自行车搅扰。和昨天一样，浏览街景得不到什么情趣和收获，穿高跟鞋的杜女士建议大家坐三轮车回去。

三三两两地上了车，夏葡萄和他恰好分在一辆车上。

她挨着他，闻到烟草气息。他抽烟时特别有享乐感，微眯眼睛，延长喷出烟雾的时间，他的肺叶全部为它打开。空气中，混合着县城特有的机油味和他缭绕的烟香，夏葡萄体验到一种缓慢发生作用的恍惚的幸福感。

一只蚱蜢落在夏葡萄的膝盖上。经过油漆的躯干，通体闪着化学绿光，它爆发力饱满的大腿随时保持着起跳姿态。这只莽撞的蚱蜢，用飞行员般装饰着保护罩的眼睛，洞察世事地，盯着夏葡萄。

女巫月夜到来，少年不知道即将发生什么。香水弥散危险的气息，她的赤足有若梨花白。来吧，孩子，在抚触中你将被麻醉，或者变得更加敏感，你将哭泣着，继续要求被征服。看花团锦簇，人丁兴旺，淫乱才是让世界繁荣的首要条件。

仲夏夜的后花园，交缠在广玉兰树下，白肉黑心的情侣，彼此是红人。“我要一醉方休！”她低语，“我们需要春天的酒精，需要燃烧，堕落需要进行得更加彻底。”

发酵的情欲让人烂醉如泥，她体验着身体在腐烂里的柔软，就像告别里的怀恋。

少年垂下眼睫，女巫在他甜美的睡容里犹豫了一分钟，没有像平常那样迅速离开。她发现，少年在做梦。

低暗光线下，埋藏人间一张张被磨蚀的脸。他们不知道关乎自己的秘密。梦是黑夜的宝石。人在做梦的时候，会分泌含有暗香的物质，如同树分泌松脂最后成为琥珀一样。神白天休息，以便黑暗里监视，及时采摘梦的宝石。人就是一种由神饲养的产宝石的家畜。人无法享有宝石，如同奶牛不能喝到自己乳房里的汁液。梦宝石泡在新月表面凝结的露水里，可以饮用，用以医治神的抑郁症。有时候，神采摘梦宝石会触碰到一些警醒者，他们就会在恍惚中，记得自己做过什么梦。而梦宝石也被魔鬼偷窃，因为要提前动作，魔鬼往往在果实尚未成熟的时候下手，所以梦宝石的色泽和味道都很怪；并且，魔鬼多毛的手不像神那样灵巧，易于把做梦人惊醒……这就是噩梦的成因。魔鬼偷窃梦宝石的目的不详，但肯定并非出自药用，可能仅仅出于对神意的违抗和蓄意破坏。

少年梦到无限而完美的爱情。女巫得到一块摄人心魄的梦宝石……光线烁动，在它深海蓝的核心。

这是小县城的特点。即使像火车站这么分秒必争、以时间为重的地方，悬挂的巨型钟，指针也是错误的——它们或许已经停了一年半载。逝若流水，与此地何干？这里的人劳碌着，抱怨或者隐忍。爱与生死，疾病与疲倦，他们代代相传，生活秩序仿佛那段老城墙，风剥雨蚀，依然不能被撼动。不走运的是，这里的日子，旧得没有味道。

那个指针，大得像把铡刀，夏葡萄看它危险地悬在高空。它停了，像刻舟求剑留下的剑痕，难道还有什么重大的记忆要被打捞吗？这不过是一次潦草的会议，一群凡庸过客，一座她再也不会来访的小城。夏葡萄将重归紧张的都市节奏，以及因习惯而舒适的孤独之中。

他个子高，坐在下铺有点儿窝，他就去了过道侧面的座位。不知是他光线移动中明暗交替的脸，还是因为自己坐了倒座，夏葡萄有点儿晕。杯子里的绿茶浮起，又降落。他不说话，看窗外的田。过了一会儿，下雨了，窗玻璃湿蒙蒙的。再后来，刚刚落下的水滴被风斜吹，像蝌蚪，从窗户左上方向下游动。那些淘气的小尾巴。想不起哪位后现代诗人说过，下雨就是老天爷在射精。夏葡萄想，这就是文人的限制和精神洁癖，他们只愿意承认玻璃上的雨水像蝌蚪，断然不会提到精子。他的脸映在显微镜下的精子活跃图里，夏葡萄偷偷地笑……小心地，邪恶地。

直到下车匆忙的分别中，他才说："我给你留个电话吧。”没有纸，写哪儿？那组碳素墨水写就的号码印在手心，夏葡萄躺在她的单人床上，发觉它们并没有被她有意的汗水磨蚀掉。

雷雨之夜，他们等着闪电。那些天上掉下的树枝，难以在大地上生根。但假如巫师把它们栽插成活，这种剑戟般的院落植物，就可以抵御所有前来复仇的偏执者。

女巫倦懒地靠在羽毛床上，往日的澎湃活力如潮水退却……来自淫乱和恶毒的力量。她凝视宝石深处的闪电，那少年爱情梦释放出的灿烂，她知道它难以在魔界生长。什么是爱，就是额外柄授他人践踏自己的特权。花儿用蜜浆报答入侵得到果实，但巫婆的毒汁减少，就意味她的法力减少，尊严减少。女巫抗拒那种危浅的向往，尽管，她夜夜临近少年的枕席。

黄昏，人间女子只需抬头，就看到晚霞：硕大而虚妄的玫瑰，那是微服出访的大神献给情人的礼物。他不能再度回访，因为，他忘记了她们的姓名，她们的地址，忘记了她们迷乱的呻吟，忘记了她们雏菊般在瞳孔深处绽开的光芒——最根本的，他忘记了她们的区别。所以大神把玫瑰铺陈天际，以使遍布各地的情人无论身置何处都可以看到，并在孤单入睡时开始缅怀或彻夜失眠。这些床秘密地联结起来，最后，整个大地都成了压在大神身子底下的一张床。

神和魔之所以非凡，乃是因为他们避免了那些消耗自己的牵挂。浪子回头是乏味的，甚至比凡人成为圣徒还要乏味。随心所欲的女巫，何必仅仅因为一个爱情梦而修改自己，像普通的女人那样愚蠢，那样可笑？！

聚会。灯红酒绿，低嗓音的伴歌，偶尔频闪之下的热舞。夏葡萄抽了半盒烟，该聊的也聊完了。就这么七七八八地坐着，耗着。情人节之夜，大家聚在一起，相互证明，自己清白无辜，素得厉害。休闲花裤衩和露肩装，宽手镯，闪烁的眼影，半醉的傻话和黄段子……估计再待20分钟，就该散伙了。听这首歌，是夏葡萄最喜欢的爱尔兰乐队The Cranberries，她对主唱Dolores的敬意难以言表。但情人节听到它多少有些感伤：

There's no need to argue any more,

I gave all I could,

but it left me so sore,

And the thing that makes me mad,

is thc one thing that I had.

I knew，I knew，I'd lose you.

You'll always be special to me.

多单调啊，日子贫瘠，缺少生动变化，今天的作家素材匮乏，又相互重复，除了男女恩怨，似乎没有别的情感发展空间了。撒个娇，偷个情，都算小调剂，谁又舍得花那么大气力，伤神而徒劳无益地，真的投入一场血泪斑斑的生死恋？说来说去，大家都是赢不起也输不起的人，喝口爱情汤，尝尝味儿得了，多吃怕上瘾，也怕中毒。所以，尽管他们平时也沾些小荤小腥，可真到给个情人名分的地步，谁都要犹豫。这帮人里，夏葡萄更坚决，干脆连对婚姻的兴趣都没了。她的单身宿舍经常会被半夜拍响，门外，站着苦大仇深、要求收留的秦香莲。夏葡萄觉得还是这样好，虽然自己过了三十五还像二百五，但一个人，清静。

她的手机响。“这么晚，谁啊？还是今天？”有了新话题，嗜睡的眼睛们亮了一下。夏葡萄也是意外的。见面已是深夜一点，夏葡萄不知他为什么非要约在此刻，尤其不知道自己为什么会答应，而且，答应得那么痛快，早有期待似的。

他突然吻了她的左颊。

起风了。那是野花，屈下微小的膝。

脏的毛，被踩扁的身体，头部旁边是一摊烂掉的红色……那是带血块的内脏从死老鼠的嘴里被呕吐出来，女巫小心地把第三条老鼠尾巴放进坩埚。

这个世界充满败笔和抄袭。混血的儿子找不到双亲，秘密失贞的女孩酝酿未来和灾祸……几片乌云，就使整个天堂变得阴暗，那么。为什么，女巫不应该施展她的才华，捞取泥浊中一朵怒放的艳异之花？人间女子采用原始的蛊惑办法：把男人的头发或衣物烧成灰，和在水里喝下，据说就可以得到他永不离弃的心——这些傻丫头，什么头发，衣服啊，指甲啊，这些对男人并不重要、剪去丝毫没有疼感的东西，怎么能够信赖？要他的血。要他在爱欲中流的血。

海蓝的梦宝石，泪水一样凉，荡漾在女巫胸口；海蓝的溶液，泪水一样凉，荡漾在窄口瓶里。女巫春花灿烂，迎向她的少年新郎。她知道必须是在今夜，必须在那个秘密时刻。她知道鲜艳的血流到蓝溶液中，会变成安静的深紫色。她知道少年将从此再也走不出她的长发缠绕。

金色面具，铁石心肠，蛇蝎美人吻上他的脖颈。

最后一瞬，女巫停止，她柔软的嘴唇离开那条轻轻跳动的血管，落在少年额角。她改变了主意，就算和自己打个赌。放弃技巧和蛊毒，女巫要和无数平凡女子一样，仅凭最简单的咒语。

她说“我爱”。

掉闸了，空调停了不到几分钟，要命的热就包围上来。电话铃响，他拿起听筒，语气里有双重的谨慎。夏葡萄知趣地离开，小心挪动，不发出声响。

她光着脚退到厨房，打开冰箱拿李子吃。红而圆满的果实，表皮蒙着水汽。她跪在沙发上吃。冰冷的李子，一个又一个，进入她的胃——网袋里掉进了台球，她觉得满了，够了，再多再狠地击打，也盛不进去了。尽管隔着房间，她也负责任地，咀嚼时不发出声音。

她在他身边的一个条件：必须保证毫无噪声。是的，无声。像宴会上的面条，小偷捏在手心的钥匙，夜半翻过寡妇墙头的偷情汉。一个李子滚落，除了落地时极小的闷响，它基本上是无声地，带着受伤的肉体，连滚带爬地躲进角落和灰尘里。夏葡萄想。无声，是一个有美德的形容词，因为无论是那些平常的事物，诸如泪水或死亡，还是那些非凡的诸如智慧，都是在无声中被触及的。

夏葡萄回忆起那个无声地落在左颊的蝴蝶吻，轻。短暂。蝴蝶停下后不扇动翅膀，它关闭绚丽的图案；只有它飞走，你才知道什么样的美停留过。夏葡萄曾被点化，不飞……她就那么停下来，并且闭合自己的美色。

巫术是一项需要魔鬼帮助和参与的游戏。长久和魔鬼打交道的人。容易以为自己不惧风雨，百毒不侵。然而，魔鬼不过是输了的神，巫婆只是坏掉的人——她有时会忘记自己人的身份。巫婆和儿童思维相近，都拒绝逻辑，过分相信奇迹。就是说，她们指望着几乎不可能的好运过活。是的，不管多么毒辣，在有的方面，她们就是孩子。

女巫日渐一日，沦陷在梦宝石深处——她的瞳孔反射着爱情的璀璨之光。新孩子的玩具，脏孩子的幸福花园，不可名状的幽蓝闪电将女巫彻底征服。女巫远离欢宴，远离她的魔鬼朋友们，千山飞渡，穿越黑暗去看望她的少年。空旷夜空，半轮月……那是深蓝的海面，鲸浮出它的脊背。

少年的名字越来越重，妨碍她飞行。她必须有所舍弃。她甚至放弃香水以减轻气味的重量。后来，女巫不得不折臂求生……她只有残疾了，才能带着她的爱情一起飞。

而少年，陷入怀疑。他向往女神，这是任何一个凡间女子难以承担的角色。他最初被吸引，因为她，有一种瑰异的冶艳……他将她误认仙女。她日渐依恋，她屈从，不断吻他的小腿和脚趾，她深情得像个平庸的妻子。少年失望，然后渐生愤怒，他分不清这愤怒是针对她的还是针对自己的。莫如说，他的爱情，存在于由想象诱导的误解和骗局造就的完美期待里。曾经，邪恶有张引诱中焕发光彩的脸，让他舍不得摧毁；现在她连躯壳都是破损的，浑身笼罩不详的霉气。一旦少年不再猜测，他就已决定。

女巫爱的那个少年给她最不易得到的礼物。他给她伤痕。

晚上吃什么？你提个建议。我没主意。我也无所谓。那出去再说。

两个人下了楼，边走边找饭馆。哪家都不顺眼，不是门脸低俗，就是装修浮夸。所以走了很远，还饿着。坐下来，又都没胃口。服务员送上来检验的鱼说是刚死的，仔细看，眼珠子都塌了。点的菜不合口味，咸的咸，淡的淡，怨对方没听从自己的建议。彼此都明白，不是找的饭馆不对，他们本来，就是找碴儿。

爱情如鲠在喉，你是把它吐出来还是咽下去？

为想念所支付的体力，使夏葡萄渐生恨意。她非常清楚自己陷入困境，爱的钝刀子开始威胁。如果可以，她选择那种爱恨不惊、风雨无扰的生活。夏葡萄厌恶婚庆日，只有两个人注册的小型企业犒劳员工而已，有什么必要搞得像盛典；他呢，未来稳定，幸福可见，太太的肚皮明显隆起，预示即将的丰收……夏葡萄仿佛看见他们的儿子，屁股通红得像印章，使他们的婚姻变得更加庄严、神圣，就像结婚证书所许诺的一样。夏葡萄和他之间，聪明得谁都不会犯错。

为什么别人能拿爱情当补药，夏葡萄只能把它当毒药呢？她如此警惕、怀疑、患得患失。文学作品里，或许活着爱情的女英雄，夏葡萄听见她对她的王说：“从我撕开的身体，让你尝到血中的咸味，仅仅因为，你说生活有点儿淡。”但夏葡萄自己，恐惧这种戏剧的真实发生。

他们注定告别。谁要对谁负责？笑话，又不是强暴。他是夏葡萄的一个疏忽。谁能给出一张完美地图，告诉你曾在哪里走错。

夏葡萄自嘲，其实没有什么是误入歧途——那种认为存在着一张由神设计的完美地图的想法，是对自己重要性的过分估计。

两个逗号可以分享一个句号，但苦痛永远不能均摊，像王冠，濒死者的食粮，女巫怨毒的爱情。她以为是自己操纵咒语，其实她被咒语控制，起先听命于魔鬼，继而听命于爱神，叛徒生涯让她付出累累代价。殉难的女巫永劫，她无法重获少年最初的眼神。这就是时间的谜底，就是最后报答。

女巫把自己埋在往事的泥沙。她老了，什么药汁也不能挽救她的皱纹……像一枚倔强的贝，贝壳上嵌着坚硬花纹，她不再开口。

夏葡萄曾经梦到自己老了，韶华已逝，手背上的皱纹坚硬得像贝壳。醒了以后，她并不惆怅，年轻女人的寂寞香，终会变成孤单的朽味。她还有短暂的几十年。

最近，她热衷参观一间不大的宠物店。各种各样的小动物、鹦鹉、乌龟、兔子，最多的还是猫狗。一脸苦相的贵妇狗爱上了一只香猪，舔它粗壮的脖子。一对吉娃娃永远像被虐待的双胞胎，忧伤莫名。还有那只博美，老打喷嚏。

每个周末，夏葡萄来这里认领一个狗儿子。认领仅限于心理活动，店主和宠物都不知道。她临时给她的宝贝起名字，有时叫“杜十娘”，有时叫“泡泡”，有时叫“小偷”。每个星期，她换个新的。上星期那只，常常被卖掉，携带着她不为人知的母爱，前往福祸未知的地址。这样好，她希望每周都更新，牵挂那么稀薄，伤感那么淡，新的很快替补上来，谁能记挂着谁？

大地上，是粮食和惊雷。天堂上，谁在醉酒高歌，击打月亮的人皮鼓。

女巫骑上她的扫帚，最后一次，追逐彗尾。迎面的尘沙和大雪让她闭上眼睛，索性盲目下去。在不为人知的身体部位，她有诡异的纹章。穿过夜晚潮湿发胀的丛林，她兀自飞去，笑声像兽。

时间的弓绳搭上肩胛，像自刎之剑。给想喝水的人饮下她自己的血，她不会再渴了，也有助于忘记比渴更多的欲念。

夏葡萄梦见一个身体残损的心碎女巫，女巫说，如果谁获得了她的一滴黑血，就可以让世上任何男人致命地爱自己。夏葡萄说：他爱不爱，我不关心；我要的，是我的不爱。

一滴黏的沥青般的稠血流了下来。烧灼的。

夏葡萄发现她在梦中咬伤了自己的舌尖，血珠带着陌生的腥味。

落日故人情

每个人都离去得过早，假设他的胸腔还哽着一句尚未出口的话。假设他年轻、善良，假设他是作家，拥有最美好的语言，那么死亡的悲剧色彩就更得到强化——假设，他还是你的朋友。春天的大地上，破裂的陶片闪着朴素的微光——当我们告别而去，谁也不知道，在打碎之前，那母腹一般圆润而温暖的坛罐里，盛着多么干净的骨灰。

1999年5月23日上午8：30，北京马甸桥的东北角，身着素衣的人们手捧鲜花，等车前往昌平殡葬馆。马甸桥下是个农贸早市，小贩们高声叫卖着菜蔬和水果：莴笋青绿，草莓艳红，结实的土豆上粘着新泥。一切都在继续，并生机勃勃。市场上方一个拉开的条幅让人迷惑："高兴来，高兴去，把钱拿在手里最安全。"停了一下我才反应过来，它的意思是提醒人们警惕扒手。但是，看起来这句话也可理解为祝贺小偷行窃成功。太多问题没有对错的界限划分，有时善与恶甚至可以借助同一个载体来表达自己。生机和死讯，圣洁之物和污迹，歌唱和饮泣，理想和阴谋……我们活在其中，努力或是徒劳地加以分辨。现在，苇岸终于离这个黑白交错恰如昼夜循环的世界而去。

与其他开端相反，第一场雪大都是零乱的。为此我留意了好几年了。每次遇到新雪，我都想说："看，这是一群初进校门的乡下儿童。"雪仿佛是不期而至的客人，大地对这些客人的进门，似乎感到一种意外的突然和无备的忙乱。没有收拾停当的大地，显然还不准备接纳它们。所以，尽管空中雪迹纷纷，地面依旧荡然无存。新雪在大地面前的样子，使我想象一群临巢而不能栖的野蜂，也想象历史上那些在祖国外面徘徊的流亡者。

第一场秋风已经刮过去了，所有结满籽粒和果实的植物都把丰足的头垂向大地，这是任何成熟者必至的谦逊之态，也是对孕育了自己的母亲一种无语的敬祝和感激。手脚粗大的农民再次忙碌起来，他们清理了谷仓和庭院，他们拿着家什一次次走向田里，就像是去为一头远途而归的牲口卸下背上的重负。

……刚刚翻开《大地上的事情》的前几页，不期而至的美瞬间将我截获。善良而微小的事物被关注，被爱，被提示给疲倦的奔行者，令他突然看到寓含其中素朴又博大的真理——而这，正是他最初踏上征程的理由，却在中途被消耗和遗忘。我回忆起《荆棘鸟》中的情节，麦琪独自站在光线穿越的宽阔而幽暗的谷仓，感到上帝就隐藏在高高摞起的金黄的稻草后面。我忍不住猜测，这样匀净的、诗意的、和平的、满含关爱的文字出自什么样的人。其后我与作者苇岸有过数次电话联系。1995年，我在昌平第一次见到他本人。苇岸有几分异人相，与我的想象有些出入。他个子很高，奇瘦，矩形的脸让人想起羊的面貌。他声音低沉，语速非常之慢，带有修辞和用字上的考虑。我语速比常人快，且口无遮拦，因此在和苇岸的谈论过程中常常尴尬：不是抢话，就是冷场，因为我把握不好他的话何时结束，何处仅仅是逗号。同去的还有其他的朋友，苇岸和我们聊了一会儿就默默走出书房，长时间没有返回。我疑惑地前去侦察，才发现他正在厨房仔细地切着白菜，戴着一顶高高竖起的白帽子，类似于化学剂师做实验用的。我大叫：“你一声不响就溜了，还戴着这么顶奇怪的帽子，到底是给我们做饭呢，还是来加砒霜的？！”苇岸解释，这样头发里就不会混进油烟味儿了。一个细节，我初次看出苇岸的严谨，以及他的洁癖。随后的日子，我很快了解到，这种致命的洁癖包括生理和心理双重。看着满桌的青菜萝卜，对于我这样的肉食爱好者，素食者苇岸给我们上了一堂生动的教育课。临走时，苇岸让每个人留言，我咕哝着“搞得像个仪式”，但还是在明信片上留下了歪歪扭扭的字迹：“苇岸，我也想成为天使，虽然我长满罪恶的牙。”

我常常觉得，苇岸简朴有序的生活是经过总结归纳，继而按照提炼出的纲领进行下去的，甚至在无关痛痒的小事上也决不懈怠。他要是在早晨喝了豆腐脑，中午就绝不吃豆腐，因为不连续两顿吃同样的东西是他的习惯。我个性散漫，因此从我的角度看来他的行为难免刻板。苇岸不沾烟酒。常人把烟酒看作可以原谅的嗜好，他的态度严厉一些，将之视为恶习，虽然是轻量级的。文人中多酒肉烟色之徒，迫于来访者的饥渴要求，苇岸在阳台辟出专门的吸烟角——经常是苇岸独自坐在屋里微蹙眉头，而他的朋友在阳台上高瞻远瞩、吞云吐雾，心中万里晴朗。我注意到苇岸的烟灰缸非常漂亮，造型是一片透明的玻璃树叶，上面分布着细腻起伏的脉纹，这件对他自己来说毫无使用价值的物品让人充满观赏愉悦。客厅墙上是桦树皮做成的相框，书房里挂着蒙德里安风格的画儿——苇岸向往有品位的生活，尽管受清贫的物质条件限制，他始终朴素。作为唯美主义者和完美主义者的典型，苇岸对美或不美都有更敏感的发现，对不善之举格外警觉。敏感者如果没有适时适度的蓄意的粗率作为自卫手段，将屡受伤害——所以，苇岸活得比我们辛苦。诗人树才曾劝苇岸，不必事无巨细全不放松，好钢要用在刀刃上，也是出于对他的深切怜惜。强烈的律己原则，使苇岸永远不会尝试某些存在争议的行动。他从观念而非身体需要和感受上去判断他对事物的接纳或拒绝。只要太阳下明亮的东西，却忘记明亮之物要在大地上留下更深的斑影；他希望自己是天国里最干净的孩子，不知道人类需要着部分细菌必要的养护，不知道生命的旺盛在很大程度上仰赖于杂质。苇岸太纯洁了，他的纯洁里有种让人辛酸的成分。

在这个喧嚷的利益时代，苇岸像个科幻电影中误闯了时空隧道的中世纪修士，心怀一腔宗教虔诚，可面对现代社会，显而易见他的孤独和不适应。执拗又木讷寡言，苇岸不是交际场合的佼佼者，但正直、真诚和对文学的挚爱使他在写作圈里人缘极佳，他与诸多诗人、散文作者过从甚密，常常帮大家建立之间的联系——我夸他是最高尚的媒婆、最无私的掮客。作为受益人之一，由于苇岸的介绍，我结识了一些书写者，并得到精神上的鼓舞。我自己是个两栖类，既热爱文字，又迷恋世俗享乐。苇岸则是专一的，带有强烈的古典献身精神。不得不承认，其实他所不悔的信仰，只被极少的人执守却遭大多数的人嘲笑。从书本，从大自然和小动物身上，他体会着愉快和安全感，亲历为理想所描述过的美好。所以尽管写作上的朋友来往频繁，但他最重要的快乐并不源于人际交往——交流更多出于写作需要。这么说，并非在暗示功利目的，而是强调。以写作者身份出发的交流，形式必有所不同。苇岸几乎从不谈工作或个人感情方面的事，他在电话、书信和当面聊天的时候，均以文学为主要话题，他的友谊可以视为写作和阅读之外开展的部分。

他没有什么娱乐活动，写作成为重要的也是唯一的爱好。力求完成最优美的表达方式，态度的慎重导致速度的缓慢，苇岸会为一个标点踌躇不已。他不属生命力蓬勃、文思泉涌、下笔千言的那种人，他写下的每句话都像从身体里慢慢抽出的丝。到他过世之前，所有文字加起来，不过一本薄册。但是，它们浑然天成，诗意深厚，我设想不出能有更美的方式。读一读苇岸宅心仁厚的散文，会让我焦躁的情绪迷途知返，重怀感恩。他让我只要看到缓缓移动的羊群露出草丛的背脊，就相信即便最荒凉的地方也有善美生生不息。苇岸很少写到世俗而具

最荒凉的地方

也有善美生生不息

体的生活，一方面，从他的认识上就把这些内容划定为可以忽略和删减的部分；另一方面，他的生活的确也单调。任何带有形而上色彩的生活都蕴含危险，其实苇岸的为人与写作里已经隐隐显露某种根基的脆弱。他把隐私扩展到足够宽泛的范畴不与人言，又把宣泄的渠道一一堵死。对朋友不说罢了，在文章里也不说，他的内伤淤积着，等待致命的溃口。

因为善良，苇岸很容易产生内疚，以为倘使自己有足够的智谋和技巧，就可以不让他人陷于尴尬或不快。我比较悲观，并认为这种悲观近于客观：人类几时能做自己前程的舵手，而不是命运手中的袖珍玩偶？太多不幸不是经过努力就可以避免，挫折不是错误，我们能够对之负责的只是其中很少的部分。当然我不想为自己开脱，说堕落仅仅因为在稍不留意的时候万有引力将我拉向深渊，只是想表白，假设我是猫，不折磨一只临死的老鼠就是潜德所在，不能指责我吃掉它就是残酷。

苇岸住院的那天，我们在附近的雪苑餐厅吃饭。一旦入院，就不允许擅自步出院门，苇岸似乎很珍惜这转瞬即逝的自由。我说："苇岸，你就像一直生活在医院里，干净无菌，管理严格。却不能随意走动，且住在里面的都已是病人；农贸市场里虽然脏乱，却富有真正的生机。我没有清修自持的定力，所以要为自己的腐化寻找正义的理由。有钱，我就花天酒地纸醉金迷；有权，我就鱼肉乡里欺男霸女——到晚年，我摇身一变，成为像你这样的清教徒。这样，我什么都没有错过，而且往昔的经历一点儿都没有浪费，反倒成了赢得荣誉的资本。我要写本沉痛的《堕落忏悔录》，因为堕落才畅销，因为忏悔而让世人原谅并钦佩，我的榜样力量将在死后继续下去——这样的一生才超值。”对我大逆不道的言论，苇岸没有反驳，但他的微笑里蕴含批评。我翻着白眼，得寸进尺地宣称：“追求高尚的人需要毅力，敢于堕落的人莫不需要勇气？我愿住在上帝的隔壁，却经常跑到魔鬼家串门。我不为自己的行为抱愧，因为这个世界更可怕的人存在着，他们明明是魔鬼的家人，却和上帝攀上了亲戚。”

被医院确诊为肝癌晚期以后的几个月，苇岸的体质迅速衰弱，说话稍多就觉得累，我怀疑自己的聒噪是不是也让他听起来烦乱。他最大的忧虑是担心自己时间无多，写不完《二十四节气》。当新的节气到来，在固定的时间、固定的位置，苇岸对着同一块田野观察，并存留照片。那些依序排列的相片在我看来差别极小，立春、雨水、惊蛰、春分……苇岸却从中洞见土地伟大的嬗变和更迭、孕育和新生。每个在苇岸身边的人都能感觉出他对生命的无限眷恋。怀着一线希望，他改变饮食结构，开始吃肉了，渴望自己能借此恢复些许体力。苇岸对排骨当作药还是当作美味来吃，这并不重要，在旁边看着他吃，我涌起母亲看待孩子似的心疼。在餐馆里翻动菜谱点菜的时候，你会发现他对菜系和菜肴的无知，太多的东西他是第一次尝试，他的生活简直还没有完全开始。苇岸在临终的几句话里交代，最大的愧悔是没有将素食主义贯彻到底。“我觉得这是我个人在信念上的一种堕落。保命大于了信念本身。”苇岸从来没有学会原谅自己。我明白，尽管我们自己的信仰可以和疾病打上一两个回合，在死亡面前却可能土崩瓦解，但依然在心里希望苇岸能够坚持到最后——我知道有一部分读者会因为他放弃素食而遗憾，产生某种莫名其妙的变节感。我为此难过，我们如此需要谎言，需要所谓的圣徒形象，这里面当然也包括我自己，以致可以牺牲掉一个真实的人的幸福、健康和生命！苇岸充满禁欲式的美德，它们以无数牺牲为代价。因为他的禁欲，我们提出质疑和批评，显然我们自己达不到，他高出的部分易于引起妒意和破坏倾向；因为他的美德，我们赞扬，否则会使自己的价值取向及人品受到怀疑。针对苇岸的做法一直存在两种微妙的对立评价，而他又偏偏非常在意别人的眼光——这一定会增加额外的痛苦，无论别人的态度是褒是贬。比如，我们的赞扬是否在某种程度上秘密参与建构他的素食肠胃，或言之，在辅助他培养和巩固他吃肉的犯罪感？

每个人因为只有一次生命，我们应该也必须尊重他唯一的选择。个性只要与他人无害，舆论就不必大动干戈，妄图对其一番修正，这是文明所应具备的最基本的宽容。我怎能有颐指气使的资格，大肆评判苇岸的是非与做人原则呢？他远比我出色。但我还是忍不住奢想，亲爱的苇岸，假设你改变一些生活方式，是不是你还能在我们之间？我怀念你的偏执，你的容忍。也许，你宁可凋谢，也不愿忍受瓣上的虫斑，像我每天所做的一样。

虽然苇岸从体形上更像长颈鹿，但依据性情我把他归为熊猫。熊猫从进化论角度是个奇怪的例子，从肉食变素食的道路简直等于从高级步向低级。用适应吃肉的消化系统不适应地处理着竹子，我总感性地认为这是出自内心的非暴力主义选择，而不是环境的迫使——因为在任何时候，可以成为肉的东西都比某种特别类型的植物容易寻找得多。你可以说熊猫数量的稀少怨不得别人，物竞天择，优胜劣汰，是它自己不合生存需要，但扪心自问，必须承认，熊猫的灭绝我们负有不可推卸的责任，因为每时每刻，我们都在破坏它赖以存活的栖息地。

殡仪馆的哀乐此起彼伏，而苇岸的葬礼上放的是宗教清唱音乐。一听就知道出自他生前的选择。一切依照遗愿，不设墓地，骨灰撒放到他的出生地：北小营村。麦浪起伏，像唱诗班的孩子。家人在前面撒骨灰，我们撒下花朵，土地接纳一个热爱者的灵魂回家。这是最优美的麦田，因为它催生花朵；这是与众不同的葬礼，布谷鸟一直鸣叫着，它看到人们播撒进一颗种粒到春天的大地深处，有谁将从植物的根部出发，重新上升到阳光之中。

苇岸没有孩子，离异后自己过日子。我曾认为，苇岸的凄凉之处在于他的离去不对任何人的生活造成实质的重创。我比较自私，倘若自己突然间撒手人寰，我愿有人痛不欲生，我将之视为人生成功的佐证之一。仅仅作品优秀，留存长久又能如何？这种精神意义的缅怀既让人欣慰，也让人凄凉。但是我错了，并遭受到记忆的折磨和惩罚。苇岸过世以后的某个下午，我坐在早晨上班的公共汽车上路过一个素菜馆，蓦然想起几年前，我和苇岸、止庵在这里吃过一次午饭。想起我大多数的写作朋友都经苇岸介绍得以相识；他是多么令人信任的兄长，想起他的照顾和宽谅；想起我很少为找不着通信本着急，只要给苇岸打个电话就可以索要某人地址，他是我的114话务员；想起自己的刻薄并未因他的善待而收敛，就在那天，我面对素菜大加抱怨，赤口毒舌地挖苦苇岸，说他圆寂以后骨灰里肯定净是舍利子……汽车到站，“咣当”一响，我的泪水滴落到脚面。我有意回避温情的表达，往往以讥诮的口吻说三道四，尤其对那些真正喜欢的人或事，以为在这种策略性的自我保护里，我逐渐就不会在乎——我不希望善感，像苇岸，我愿自己有金刚不坏之身从容穿越爱恨却毫发无伤。而今，一种隐痛挥之不去。不知为什么，健忘的我格外清楚地记着他的电话号码，有时候，真想冲动地偷偷试拨，猜猜谁在对面接听。

怀念是个最安静的动词。因为持续一生的伤感，藏在这种安静里。

针尖上的天使

交流如此困难和陌生，我们变成了语言互不相通的人，却以为嗓门大些，再大些，就能彼此理解。渐渐，像两条陷入困境的鱼，我和烟灰缸的嘴拼命开合，却听不见对方。辩解无效，且增加误会，还不如聋了。

我扭过头，周围欢歌笑语。左边，秧歌队红绸绿缎；右侧，游乐场的儿童在尖叫。高处的鸟喧闹。整个春天轰鸣。这是一个高分贝的世界，是否还需添加我们的噪声？旋转木马上下起伏，闪亮灯泡和叮咚作响的音乐围绕着它的中心……一匹跑不出去的马，像某个固执地陷进怀疑里的念头。一个红衣少女把脸贴在木马僵硬的鬃毛上，令人悬心地，她张开双臂。

我突然的沉默让烟灰缸更愤怒，因为，习惯了呼应。他大概和我一样，渐生积怨。我随后的绝望他体会不到，因为我发现，这个场景又在重复过去。我从烟灰缸的脸上，看出漱口杯的表情，听到刮胡刀的口气……电视剧里由少而老的演员，他们扮演同一个角色。

无论怎么修正，无论怎样提取友谊中的教训，我还是要面对这些几乎必然的争执和障碍。生活在重复，一再重复。重复中，密纹唱片的音质遭受磨损，旋律似是而非。重复中败坏了胃口，你会憎恨一再推至跟前的美味。因为重复，我也预知了和烟灰缸的结局。告别，从钟表里探头的尖嘴鸟，它定点报时，成为我种种情谊的固定节奏。

所谓告别，就是计算感情死后还剩多少遗产。看是否够用余生。

失手摔碎之前，它是那么完整、透明，坚固到牢不可破的样子。致力于建设和烟灰缸的终生友谊，我想把他保留到自己的晚年。很多年我们分享喜悦、秘密乃至些微恶意，他让我由衷信赖——我可以不假思索地听从他，像走在盲道，闭起眼睛也得到放心的指引。我们有时冷嘲热讽，剑拔弩张，但彼此都窃喜于对攻中磨砺的智慧。我认定他是肝胆相照的朋友，能陪到歧路。

我们的关系显得难以归类，也正是它的诱惑。烟灰缸具有许多珍贵品质，其中重要一项是宽容——为了有所证明，我经常肆无忌惮地贬损他的才智，乃至他的爱情。他迷恋一个网名叫玻璃鞋的女孩，看他柔肠寸断的样子我乐不可支。他说，玻璃鞋，多美的名字——玻璃鞋说取这个名字是因为她的人和心都是易碎的。我一脸不屑，告诉烟灰缸我对这个名字保持另外的理解：她是否在暗示自己很容易就成为破鞋？我劝烟灰缸快去报名：她哪儿挡得住你的花拳绣腿？

我那时并未细想，是否妒意暗底滋生，才使我连赞美的表面礼貌都不顾忌，稍有孔隙就流露不怀好意的猜测。我理直气壮地把自己当作烟灰缸的亲人，拥有当之无愧的干涉权利。是否潜意识里已开始步骤，意欲谋取烟灰缸心里的王位？

记得海边旅行。站在礁岩上看海，下雨的时候大海就像一只巨大无比的深绿的棘皮动物。我们是大雨中唯一没有退却的旅行者，所以雨停后很长时间，沙滩上只有我和他两个人。衣服全湿透了，躺在沙滩，我们睡在无限澄澈的辽阔里。我对自己的呼吸节奏有所控制，让它听起来有如熟睡。离得不远，海还像一只大动物喘息着……我们睡在危险暴力之侧。我偷偷睁开左眼，烟灰缸真的睡着了，他的头发里沾着细小的沙粒。烟灰缸，你给的友情让我幸福。世界像妓女的床单，要多乱有多乱；你我像避孕中的精卵，靠得这么近，要多安全有多安全。

习惯烟灰缸的存在，我开口闭口提到他——他简直成了我的一颗蛀牙——因为曾经的甜，才有现在的疼。回忆就是被惩罚。

什么侵犯，能动摇信任？养肥了什么样的蛀虫，我们喂它心里最珍贵的花。

我明白这是一种奇怪的倾向，轻蔑或者适当折磨一下我们喜欢的人，会享受到某种隐蔽在痛苦背后的微妙快感。日久天长，友谊越纯净越容易单调，那些挑剔和争吵表象上不愉快，作用却是增强戏剧化，增添些许曲水流觞的韵律。遗憾的是，我和烟灰缸太相像，仿佛击剑游戏中狭路相逢，同时出手，惊讶地发现对方也是左撇子；都以为避过要害，却正中对方心脏。

我们没能经受住考验。而考验，其实是不珍惜——它不惜冒着被损毁的危险。童年把蟋蟀套上头发丝，让它拉动花生壳做成的马车……夜晚歌唱的小精灵，注定引颈，在一个绞绳般的圈套、一场对马车夫的考验里。圣徒说："别考验你心中的上帝。"是否必须把友谊当作信仰，即使受挫，即使迷途，即使受过海市蜃楼的欺骗，也要不疑不悔继续追随它的光环？也许我们都任性，认为没有奇迹的美德远远不够。

烟灰缸试图提示和修正我的毛病，使我朝向完美的方向迈进……仅仅想擦除锈迹，清洗之下，却发现敷在花瓶上的金粉脱落下来。

感性，唯美主义，人生的虚无论者——我们倒映镜中，面孔近似。这是一场两个完美主义者之间的斗争，没有人会赢。漱口杯、刮胡刀、打火机……他们曾将宿命的失败反复验证，这次，轮到烟灰缸。其实烟灰缸在重蹈我的覆辙，看似命运的报复——我曾经像他一样，天真又正义，要求我的朋友们人格完美；曾经像他一样，沦陷在失望里，因为无法为理想找到现实对应物，以维护天平上优美的对称。

这便是生活的悖论。所谓完美主义，就是随时发现不完美的一种主义；所谓理想主义者，就是让自己过得始终不理想的那种人。道理简单，如同你格外留意某个器官，说明它处于不健康的状态之中，病变业已开始——最后，它像癌一样让你死在上面。

完美主义者按照虚拟中的范本，为他的朋友剪枝……他乐观地预测，断臂之后，他的朋友会接近维纳斯。“爱竹不除当路笋，惜花留得碍人枝。”——有关妥协的智慧有一天会被理解，但要等到枝枯叶败之后。完美主义者继续着建设中的摧毁，不知不觉，他们把对方推上完美的悬崖——何谓完美？就是不能后退一步。

我深知险境。尽管我妖魔鬼怪地对待烟灰缸，但暗地向往扮演精神世界里的天使。一个针尖上的天使，只有立锥之地。有若轻功高手，我站在那些曾经命名给我的完美而尖锐的褒义词上，屏息静气，怕稍有不慎，脚底的血会出卖我的秘密。必须忽略体重，忽略由身体带来的种种杂念，忽略疼痛……我埋伏着暴露身份的危险。

友谊的乌托邦，一再破灭。和烟灰缸之间，除了苛求完美，似乎，还存在着令我不齿的形而下原因。

一个女友通过观察发现，不会吸烟的人一般比会吸烟的人抽烟速度要快。在吸烟者看来，烟作为嫁接的一根手指，几乎构成肉体的某部分。而平常不抽烟的人，明确意识到手指间的异物，所以不时"用"到这支烟，反而更具抽烟的仪式感。强调"是"，恰恰因为"不是"。

强调自己是烟灰缸的中性朋友，强调我们之间豪情纵横又了无挂碍，强调得煞有介事……难道我不是对纯洁有种额外的居心叵测的标榜？是不是，有什么化装在友谊里才能让我暗度陈仓？

没跟烟灰缸提起，我梦见过自己像个猥琐的好色之徒从事桌子底下的勾当。聚会场面，上空飘浮恶俗的彩色气球，挂满莫名其妙的标语。一个驼背人指挥着车辆不时穿梭。有人讲演，始终僵硬地高举左臂。在掩人耳目的端正坐姿下，我把冰冷的赤脚放在烟灰缸的脚上取暖——醒来的时候脚底还保留着一种可疑的灼热。我从未在真实生活中握过烟灰缸的手。我熟悉他，但对他的肉体格外陌生。友谊的禁区和盲点，以身体为界。

处心积虑。我想我乐于模仿那个扮相：维纳斯的圣洁秘密就在于她失踪的双臂。不知道把两条胳膊放在哪儿才合适，才隔绝于抚触和拥抱……我伸个懒腰，悄悄把欲望躲过去。

一个穷孩子得到一块糖，她舍不得吃，直到糖变质，她还把它留在口袋里。馈赠者不由得气恼，但他克制着，用尽量的好脾气说：原来你不喜欢这种糖，以后我不送给你了。馈赠者是否猜到，有人喜欢和珍藏的方式就是不去碰触——她宁可留下一块标本意义的糖，也不愿那种甜被短暂的品尝消化掉。作为馈赠者的神转身离去，不再关心变质的礼物；我假装无动于衷，假装得，像个小孩子，不含欲念。

感情大抵如此，即使最引以为重的感情，像身上的昂贵手表，步步跟从，随时指点，你以为它是永不磨损型的，却也需不时上弦——否则，不知何时何地，它突然停下来。我不禁疑惑，当双方熟悉得失去变数，什么保障指针持续运行，什么是异性朋友之间与时俱进的添加剂？难道，仅仅依靠时间的惯性，我们就能坚持，受阻无碍，甚至在困难中日益巩固，好像缺氧环境中肺叶翕动得更快？

我以情欲为大忌，以为它是减短前进里程的摩擦力，以为必须克制到放弃为止。可我和烟灰缸月白风清，为什么还是难以为继——是不是，漏掉这张情欲的王牌，我们最终发现无法完成整场牌局？

生活就像坏掉的拉链，露出不堪却色情的部分。

鲜黄色的毛衣吸引着蠓虫，它们飞落下来，跋涉在丝丝绒毛中间。不知趣的讨厌东西，我小心翼翼地从毛衣上驱赶和弹落它们。两只顽固分子弄脏了我的手指，灰尘一样轻贱的肉体渗出墨绿的汁液。蠓虫不断地飞过来，兴奋地盘旋，给毛衣增加新的污点。烦死了。我恨我的肉体给我带来麻烦。它要食物要衣装要异性的宠爱，却分泌气味、泪水、汗滴、体液和血……由于这个乏善可陈的肉体，我的品德得以分泌毒汁。

烟灰缸过生日那天，我们在酒吧聊天。我的注意力不断分散——在童话般的玻璃幕墙里，我的脚上是一双途经雨后泥泞又被踩得变形的脏皮鞋。我非常难堪，想脱掉它又不妥，在称兄道弟的烟灰缸面前，我尽力装作不在意。我粗率不拘，用心正在于掩盖它的尴尬存在。肉体就像穿着的脏皮鞋，我脱不下来啊……它像个小人，紧紧跟着我。

我真像烟灰缸以为的那样做过他的天使吗？因为幻想，我有伪饰的翅膀；因为欲望，我有脏的羽毛。天使不过是穿戴讲究的奴仆，她专门用于无私地满足我们的种种愿望。这里有个道德败坏的天使，她暗怀索取的要求。

建设一个友谊乌托邦那么冒险，要求太高的天赋和技术，稍有不慎，我与异性之间的友谊就变得畸形，进而，它夭折在手里。

我需要塑造的形象：聪颖，宽和，调皮，善解人意……必须像个微服仙女，给予朋友尘世中的照料。最重要的，天使不能成为拖累，必须轻盈，连影子那么没有重量的阴暗也不能有，要一味施恩不图回报，要夜晚生存，要在现实的黎明到来之前隐身而去，连别人的梦都不去干扰。我的异性朋友呢，需要保持的形象大约像个神父——不仅像个神父，还要既像神，又像父，无欲而有爱，可以放心交付。

自觉的宗教禁欲是否唯一途径？唯此，男男女女，才能山高水长，云淡风轻？

让我们一起杜绝恶习，不打嗝放屁剔牙哆嗦腿，这只是捆绑身体的第一步——持续努力，用文明的化学制剂去除欲望那股若有若无的生理臊气。我们嚼过口香糖的嘴，多么适合谈些梦想和主义，谈所有的无臭无味之物——它们集合在一个名词下，叫作“教养”。禁止亲吻，禁止谈及情爱，彼此的身体如果暂时不能被视线和理智忽略，那么只当作蜡制水果吧，用来品评，而不是品尝。我嘲笑烟灰缸：真胖，你怎么那么胖啊？抱起来一定缺乏质感——我撇着嘴，一副倒胃口的样子。

我一直是憎恨肉体的——没有肉体，就没有相互侵犯的领地。那样，我和烟灰缸一定会更相爱吧，充满和平地，共同建设未来伟大的友谊……尽管“伟大”，指的是大而无以致用。不致用，无从谈及磨损，它永远光洁如初，我和烟灰缸就可以有始无终。我恨，肉体真的是小人——如果不能及时为它带来乐趣。它就一定带来事后的麻烦。亲爱的烟灰缸，倘若我们没有肉体多好，或者如同针尖上的天使只有虚拟中的肉体……如果没有肉体，谁离开的时候会这么断筋断骨、血肉模糊？

只有爱过的人，才有权对你实施迟缓的杀害。半夜惊醒，从心脏到两手掌心，像有一条绳子连缀，贯穿疼痛——那是命运，把我当作提线木偶拎起。谁能拯救谁？谁还是谁的天使？大神的玩偶而已……我们充当似是而非的主角。

鱼死网破，代表坚持到最后的挣扎；玉碎瓦全，美好的先死。对烟灰缸心存依恋，我明白流水已到尽头。友谊变得漏洞百出，那种感觉，就像看着亲人慢慢濒死。还谈什么挽救呢，再给植物人输点氧？拯救，一个难堪的动作，就其效果而言，浪费倾向太明显了。是不是出于更复杂的情感，我亲手关闭氧气，给予友谊提前的死亡。手起刀落，鱼断开的身体在抽搐，它的嘴开合，祈求被生死折磨替代。我看到剖开的苹果迅速氧化变得黄暗。我看到时间一分为二，自己留在黑寂的这端。

宁愿失去一个具体的朋友，也要保全一份活在记忆中的抽象友谊——我不知这是最后的忠诚，还是最后的绝情。

哀乐多美，美得奢侈，每次都要死神亲自演奏。亲人亡故，我们就可以得到旋律、遗产和纪念诗篇……收获得多正义，多残酷。一支烟抽完了，小小的灼热过后，只剩余烬。这是烟灰缸的友谊留给我的骨灰。想着余生，还有什么能装进破旧的花篮？我收集灰烬——无论果实、遗书还是深情，这都是烧到最后的东西。春风吹不复生的，才能被我信赖。

站在遗迹上，怀念辉煌，曾经涌起的真能是骄傲？我和烟灰缸混迹人群，把酒言欢，交流轻薄的笑料，似乎对过去的裂痕无动于衷。其实我们很小心，坐在各自安全的领地。

橡皮已经擦去昨天那道孩子气的划痕，留下一个无比正确的标准答案。然而，那道铅笔划痕所代表的短暂歧路，才有我真正的激情、天真，对完美的和对神的双重反抗。

黑暗中的玫瑰。我想，不应因为自己被刺痛就把它当作荆棘——玫瑰带刺，因为所有的美都必然埋藏暗箭。因为，美只有及时去死才不受诅咒。

缸小，却养了五六条鱼，所以那些金鱼容易被玻璃缸底的碎砂刮伤鳞片。氧气含量没多久就显得不够用，它们浮上来，头部贴着水面吐泡……它们在彼此的口水下簇拥、拱动。我疏于照料，任由自生自灭。

金鱼陆续地死。隔上几天，我就看见一条睡着的鱼，尾巴轻散，被同伴碰撞也不惊醒。我把死鱼一一冲进下水道，它们死无葬身之地，我并无原以为的歉意和负疚。

只剩最后一条。独自地活，只要没有同伴，它就有足够的氧气。它安全，它无聊，总是停靠鱼缸一角，里面映照着经过劣质玻璃改造的变形姿影……看起来，就像有了互不相扰的鱼群。它像个顾影自怜的道德完美主义者，愚蠢而单调。

最初几个星期，这条鱼有时惊惶游动。还妄图亲近什么；后来，它干脆像壁虎似的趴在缸底，长时间一动不动。即使不换水，不喂食，它也不动声色，一副无欲无求的样子。没想到它现在如此适应孤独，乃至变成为孤独而战的斗士——遇到我买来为它作陪的后来者，它毫不犹豫冲上去，用想象中的牙撕咬，想把对方赶走。

看着这条神经质的鱼，我不禁失笑。烟灰缸到底培养了我，我现在就像这条鱼吧。针尖上的独立天使……无须他人，她将一意孤行。

某年春

天是灰蓝色的。我头靠在公园条椅上——椅子漆皮斑驳，露出磨平的钉头。枕骨下是坚硬的支撑，我的脖子拉长成弧形，看那缓缓向前的云层，像一艘巨大的破冰船，把灰蓝色的辽阔冰面对称分开。碎裂之声低鸣，因遥远而不可闻。某种寒冷开始轻微后退，我能感到身体里空出来的位置。阳光潜伏着，狸猫的皮毛一样，闪动光泽，并且蹑足走近。

我的脚尖最先碰到春天。冻疮在发痒，伤害总是被温暖之物所提醒。整个冬天，我捂着笨重的黑条绒棉鞋，课间舍不得去玩，到放在教室中间的铁皮炉边烤火。煤烧得通红，但炉温不足以均匀送抵每个角落。坐在窗边、墙边、前后排的孩子们，上课时不自觉地搓动手脚，像穷途末路的小苍蝇。我暗中活动濒于冻僵的脚趾，想象自己踩着管风琴踏板。渐渐，两只木头脚和我没有了呼应。冻疮年年复发，我熟悉那种讨厌的紫红色，尤其乍暖还寒时节，痛痒难忍。

除了忍冬青，碧潭公园里的植物，枝条光秃。冬天像粗野的卡车司机，将风速推至强挡，空树枝相互敲打，尘土飞扬。我和小旗艰难地蹬动自行车，穿过狭窄的北门。上学走碧潭公园的捷径，能减少十分钟路程。

要为大地收拾残局，所以春天将至……浇灌下来的绿色，像清凉的一盆水，会让昏迷者苏醒。花苞看起来就像愤怒的拳，但当它开放后，它的暴力突然转化为天使摊开的掌心。我把春天看作普世的救赎……向往它的人，心怀翡翠。我似乎变成了一只春天的寄生虫，离开花朵、好空气和即将开始的爱情，不能独自谋生。

一只啄木鸟敲击。当它围绕树干向上觅食，亮出腹部的猩红，我指给小旗看。小旗漫不经心地瞟了一眼，然后下巴顶在膝盖上，抱怨："我今天真他妈倒霉，没带三角板，又让胡老师呲了一顿。她最近更年期吧？妈的，老拿我说事。"

我没搭话，继续看啄木鸟攀缘……树干上刻着神秘的眼斑。我们被龋齿和脏字填充的口腔，怎么还配谈起春天？

我对小旗态度游移。表面看来，我们形影不离。小旗梳罗茜头：刘海齐眉，发长足以梳成辫子，但只在耳下松松拢住两根皮筋，散开的头发铺在两肩，她歪着头说话时，有种早熟少女的别样风情。裤脚稍宽的微喇叭形裤子，蓝条绒质地易于磨损，不久之后臀部会出现一圈隐约印迹，这使小旗的屁股和她的长腿同样引人注目。小旗有名地爱打扮，她瞒着家里省下早点钱，饿着肚子听课，一个学期下来如愿以偿买了件醒目的大红握手衫——我们遵照老师的意愿，把这理解为可耻的虚荣心。小旗学习成绩中等，但她为自己的华服爱好付出了代价，胡老师经常夹枪带棒地讽刺她，还暗示我交友不慎。

与小旗交往，也许是为保持一点乖孩子微妙的心理优势，也许是我对学校的象征性反叛。小旗私下给我体制外的教育，比如，教我化妆。把火柴点燃后吹熄，用烧焦的火柴梗画出浓重而虚假的上眼皮褶线。我一直为单眼皮自卑，现在晕染开的黑色，夸张了我的眼睛轮廓，并使眼神闪现唯堕落才有的媚惑。没人见过我那副样子，他们不能想象一个好孩子独自对镜能有的放浪。父母不了解我伴随初潮而来的转折，我的脸上朴素无痕，除了眼皮上偶尔红肿——那不是熬夜学习的缘故，我用铁丝发卡一遍遍划刻皮肤，希望人造美目流辉的双眼皮。过于用力，带来烧灼般的痛，我因此眼泪汪汪的。

小旗的信条和真理只适合耳语传递。而从校广播站的麦克风里，高亢的人生教导伴随电流，通过小广播灌输到每间教室。我隐约怀疑，越听话，我们会变得越乏味。制服、书本和纪律，无不线条笔直，而我向往身体的曲线。如果你是一个学校教育打造出的标本，你的未来将开始漫长到一生的奉献；如果你有胆量成为教育的反面，像雕塑工艺中的外范，那么他们所描述的缺陷，其实，正是专门用于盛纳的。

上个暑假和小旗去游泳，她多么自如地和陌生男孩聊天。尽管学习成绩出色，可我并不引起他们重视，只能闷声闷响地观察一只漂在水面的死蜻蜓：躯干像枚金色的钉子，双翼平摊，丰富细腻的翅膀让我想起医院的神经系统挂图。充当医学教具的“人体”被劈成两半，一侧血肉丰盈，另一侧骨骼毕现，令我难以忍受的，是它左边深陷的眼眶对映右边黑亮的眼珠。水纹交织，晃着我的眼睛，也映照小旗穿着泳衣的波光潋滟的身体。就是在她的笑声里，我明白，她的道路将有更多的方向，更多的出口。

漫卷的杨絮，像一场降自春天的大雪。飞絮那么密集，裹挟着繁殖的种粒，它们包围了整座都城：金碧辉煌的宫殿，旧丝绸般的护城河，胡同，电线杆，命运般摇摇晃晃的公共汽车……让人无处躲避雌白杨铺张的爱欲。安静的教室，我独自趴在桌子上午睡，一团杨絮飘进窗户，落在左颊，那么轻，我像听到一声盲人的叹息似的醒了。我继续眯起眼睛，阳光好像金色的花粉抖落，我几乎可以尝出空气中那种很淡很淡的甜。

就在这天中午，我发现了鲁飞飞的秘密。溜进来，以为我还在入睡，他把手伸进了小旗的课桌，迅速向她书包里塞进什么东西。书包的环扣一声轻响，鲁飞飞警觉地回头——为了掩饰自己颤动的眼皮，我假装伸了个懒腰之后，把脸埋进臂弯。他的脚步贼一样轻，我几乎可以看见他怎样观察我，并且倒退着走出教室。

我的好奇心被调动了。教养造成的限制，阻碍我行动。黑板上方的正中位置，指针平缓无声地移动，那只黑白分明的大挂钟拥有法官的威严。咬着中指指甲，齿间发出只有我一个人听得见的“吱吱”声，内心的对抗让我焦躁。

杨絮沾了尘土，大团大团地在教室地面慢慢滚动。我豁然开朗，谁能保证鲁飞飞放进去的不是一条豆虫呢？急促的呼吸，使肉滚滚的虫身一起一伏，令人生厌的腹足正向它所无法理解的知识领域迈进……它逼真地昂起绿色的头部。作为小旗的好朋友，我应该尽到保护的责任。

对楼道短暂察望之后，我偷偷打开小旗的书包，边害怕边鼓励自己继续。尽管最初没找到什么，但在随后的仔细翻拣中，我从小旗大大小小的书和本册之间，认别出来自他人的礼物。本子巴掌宽，是自己装订的，侧面打孔，用麻线绑紧。这是具有绘画专长的鲁飞飞亲手制作的动画片。在一叠稍带硬度的白纸上，他连续画一朵花，由含苞待放到完全绽开的过程。拇指和食指卡住本子，快速释放纸页，那朵素描中的灰玫瑰就在眼前绽放它明暗过渡的层次。纸页发出轻微的“咔嗒”声，接近胶片运行在放映机里的低噪。

电影正式开演前，加放的科教片多是农业题材——只在那些镜头里，我见过种子神奇地裂开，萌芽，分蘖，转眼铺开丰富的叶序。摄影机高速放映，匆促的成长看起来如同一场紧张竞赛，甚至带有卓别林式的滑稽。无数次，我长时间凝视一朵花蕾，希望自己从放缓的视力中观察到蛛丝马迹……但从未如愿，它们是静寂之花。绽放绝不能被目睹。这是一种缓慢的技艺，优雅和神秘，全部源自对时间的轻蔑。而此刻，在我手心，无根无叶的一朵灰玫瑰掌握魔法……它的那种灰，接近被磨损的银色。

教室里太安静了，让人觉得时间是空心的。我把鲁飞飞的动画片倒过来播映。颠倒顺序，像一场事先知道结局的电影，或一个提前揭晓答案的字谜。一朵向深渊生长的玫瑰很快收缩，婴儿的拳头般，攥牢，无目的地紧握，它无时无刻地，警惕着变幻莫测的世界。婴儿的暴力，是不是在所有的暴力中，最接近正义？我一遍遍地倒过来翻，玫瑰一次次收拢花瓣，我感到自己女巫般召唤了黄昏……只有在那个时候，花朵一一闭合，而逐渐上升的夜空中，唯有圆月将撑开它饱满的朵瓣，抖动阴影中的雌蕊。

几个月以前，有人凿开冰窟窿，坐在马扎边静候，据说终于钓上一尾银鳞鱼。他从上面垂钓，死神从下方抛出锋利的钩子——表面愈合的冰层破裂，吞没了随后前来玩耍的一个小学生。但春天的碧潭，深怀绿玉的内部才有的沉静，一如丝绸或者沙漠，在单一性的重复里，铺开美与辽阔。一个男孩在纱网里放了诱饵，真捞到一只小虾，他用旧灯泡来关押他的俘虏——水滴形状的玻璃里，小虾透明的触须和断掉的钨丝在一起，呈现出某种视线迷惑的抽象之美。

天气暖和以后，来碧潭公园的人明显增多。早晨练声的老年业余合唱团，唱的永远是苏联歌曲，他们全体都爱异国姑娘喀秋莎，岁月不能减灭怀念。衣着单薄的长跑者，春夏秋冬，只有一件衣服：红色跨栏背心，他的胳膊精瘦有力，肤色黝亮。那个穿黑色灯笼裤的小伙子，潜心研习鹤翔庄，他在踢起的滚滚尘土中汗流浃背，而看不见的敌人虚实难测——分不清

这是一种缓慢的技艺，

优雅和神秘，全部源自对时间的轻蔑

是呐喊还是呻吟，他在“嘿嘿”的节奏中目露凶光。

一个流动马戏团进驻，为这座免费出入的公园带来创收机会。场地设在毛白杨树林后的空地，用红蓝相间的塑料编帘围拢，这个临时搭建的帐篷两米多高，从外面看不见表演，只听到呜呜隆隆分贝很高的音响。持东北口音的中年男人不停聒噪，吆喝游人入内，他介绍的节目内容，危言耸听。

小旗非拉我进去。没有剧场杂技的华丽服装、闪耀灯光和观看时始终的焦虑，我没看过那么拙劣的演出。留小胡子的男人，抄袭瞬间融化在空气里的魔术，谁都看得出，那个破旧的貌似的道具箱，是他的隐身之所。但那只穿肚兜的猴子太灵巧了，几乎让人怀疑是个化了装的小孩子——香港电影编造过一个失业男子的辛酸故事，他到动物园里装扮猩猩，铁笼外面，是他不知情的妻女。最后，那只猴子绕场一周，用它毛茸茸的前爪，斜托收钱的盘子，里面三三两两，有几个脏污的硬币。

我挨着一个中年妇女，她从脱线薄毛衣的网孔间，从湿溻溻的棉毛衫里，从下垂的乳房中，散发着显著的汗味儿。我感到恶心，并对小旗怨意加倍。坐下来看了两个潦草的表演之后，小旗心神不定。她说办点事儿马上回来，并坚持让我等在座位上，然后，她溜出马戏班的入口，踪影全无。

压轴戏上场了。幕布后面是个怪物：头颅是个散发女人，后面拖着蟒蛇之身。我知道那个并无姿色可言的女子，把身体藏在桌布的遮挡之下。人蛇之间，不和谐地生硬衔接着，破绽明显，毫无“美女蛇”给人的词语刺激……那种美与邪恶、花园与深渊、享乐与致命的交媾图景。当我看到微弱扭动的蟒蛇体表的斑块，头皮一阵发麻，手上不由自主地加了力气。在我相握的两手之间，有一只耳朵半透明的乳兔。它初生不久，胎毛还未褪尽，是小旗刚刚送给我的生日礼物。兔子剧烈的心跳传递到我的指端——面对凶险天敌，即使这条巨蟒不过充当马戏团的道具，兔子也意识到了牺牲者的命运。它的心，跳得那么快……我像摸到了一只按动发报机的神经质的手指头。

秘密的、小小的、被压制的烛火，跳荡不安，又暗怀燃烧野心——我看到小旗被体内的光源照亮。我终于找到答案，为什么，小旗忽然迷恋碧潭公园，放学让我先回家，她要独自在湖边散步，包括看马戏团表演那次奇怪的失踪。一切都是因为，旱冰场上这只扶在她腰际的手。

我不会滑旱冰，为了避免当众出丑，干脆拒绝学习。我羞怯到了紧张的程度，不敢想象重心失衡、左右摇摆，一再摔倒在陌生人群面前，最后又在别人的注目中笑嘻嘻地爬起来拍打一身的土。穿好租来的旱冰鞋，我一直坐在场地旁的台子上，假装休息，假装无聊地吹额前刘海，我有时看看膝盖上摊开的谜语书，有时看小旗。

这只手，扶在小旗腰胯之间，帮技术还不稳定的小旗向前滑行。难道它拉住小旗的手不是更好的协助方式吗？何必出现在小腹侧面这个如此醒目的位置？五根手指似乎是毫无必要地叉开，使危机随时潜伏：手会因为两人滑行时动作上的差异而发生位移——无论哪个方向。都该是少女的禁区。

我当然不喜欢暧昧中的小旗男友。这个烹饪技校学艺的男生会刻萝卜花，在碧潭公园的旱冰场认识了小旗。滑冰，像是一种从行走向飞翔的过渡……小旗沐浴在爱情里，她听任这只手的指引滑向弯道。右侧有棵怀抱粗大的树木，躯干拦在栅栏外，却把它盛大的王冠延伸到旱冰场上方——树叶婆娑，不对称的叶序催生完整的春天。小旗停在树荫里休息，她的脸，被透明而薄的，却又不可折叠的阴影所笼罩。

我等她溜冰结束。把书翻到后面的谜底部分，虽然没人监督，我还是有点不好意思，那个卷帘格的谜语我怎么也猜不出来。这是一本阅读起来非常缓慢的书，整个下午，我只看了两页。热衷于做数学竞赛题和翻看谜语小册子，在我看来，它们其实是同一件事。谜语接近民间形态的诗歌，我迷恋它整洁的结构、朗朗上口的节奏和不可言说的玄机。我承认对谜语喜欢得有点病态，买过十多本厚厚的谜语书，上面有着蓝圆珠笔写下的记号：顺利通过的和迷惘不解的。陷阱、障碍、歧途……在一系列错误的箭头中，始终有个诡秘的食指微微弯曲，向你示意转折之后可能到达的终点。

“你怎么不滑啊？不会我们可以教你。”两个少年站在前面，其中的高个，伴随春天来临的桃花癣让他脸上一片斑驳。我不搭话，只摇头。小旗依然站在树荫下，她笑得夸张而刺耳。“你这样不怕把袜子弄脏了？”我低头看，果然，及膝的雪白袜子上有几道旱冰鞋鞋带留下的黑绳印。少年在靠近，影子从我的脚面覆盖膝盖上的谜语书。“啪”的一声，书被粗暴地合上了。“喜欢猜谜？好，我让你猜一个，这是什么？”高个男孩攥左拳，把搭在外面的食指突然弹出来，然后又把它收拢。另一个男孩笑嘻嘻地纠正，他重做了一遍动作，但调整收拢食指的速度，有意放慢。无须后来的辅助说明，无须右手拇指和食指圈成的“O”形配合左手食指的穿插动作，我一开始就猜出他们用手指比喻的勃起。遭受羞辱的恼怒和委屈，让我噙满泪水……眼前的世界不再平放于安稳的摇篮，它被摇晃起来。

水盆里漂着由他亲手刻制的萝卜花。比真玫瑰更结实。用萝卜雕刻出的玫瑰花瓣质地坚硬，层次丰富，只是无根无茎。它们漂浮，乍一看，像睡莲。班里一共两个脸盆，都不再盛着洗抹布的脏水，清澈的水面漾满紫红的花。还有一朵花苞，斜放在小旗的课桌上。手握刻刀，让萝卜花盛开，意味着由暴力转化而来的短暂的安静和美。那只手，能握拢刀柄和腰肢，它越过了旱冰场，伸到小旗的教室和日记之中。小旗常常走神，我猜是那只曾经停靠腹侧的雕花之手，开始了在她身体上的虚拟旅行。

她和他是爱情吗？我的爱情理想是印度电影式的：褐色眼睛，纱丽动人，载歌载舞，足腕上戴着脚镯……不仅如此，还要有经过考验的忠贞，最好那考验里包含死神设计的试题。总而言之，要唯美，要在远方，要至死不渝。而小旗，原来与鲁飞飞瓜葛不清，然后又和一个爱说脏话的小厨师搅缠，我克制不了对她的轻视。

她的招摇，她的情欲，她和春天一起涨潮的乳房。滑旱冰时小旗说热了，然后脱下外衣，只穿着尺码明显小了的衬衫——风掠起她的衣角，从微敞的领口露出锁骨里面盛着的阴影。我承认现在的小旗格外甜美。花蕊中的蜜糖，迫使熊和蜂鸟同时就范，它用甜来俘获那最雄壮的和最轻盈的。你知道什么是甜吗？就是果实腐烂的第一个程序。那么，什么是我未来的糖？是不是，就是小旗提前释放的内容？

碧潭公园本是上学途经之处，小旗不应过多停留。作为一个学生，我们必须忽略路过的风景和异性，乃至发育中的自己，集中全部精力，才能穿过知识的海洋从容登岸。暗礁、鲨鱼或气力耗尽，多么容易让我们丧命，我不敢设想多年以后万一高考落榜。而小旗为何越来越漫不经心，为了省下时间约会，她每天抄我的作业，还冒充家长签字。她多么容易葬身海底泥沙。是否，她在危险的潜泳尝试中找到珊瑚和乐趣？我相信那种非人间的美景有难以战胜的魔力，但它的绚丽是否值得？我再次想起在那双手控制下小旗的腰肢摆动——在那个静水深流的世界，她是否像人鱼公主，有哑语背后的神秘，并无言摆动银白的胯骨，摇曳生辉？

怎样做，才能将堕落的天使挽救？我抱着小旗送给我的兔子想。兔子飞速成长，惊人的变化显而易见，拉开弓着的身子，它的体长吓我一跳。以前托着兔子腋下举到半空，看它在乖顺里掩藏不安；现在由于兔子增加的体重，我和它都感到这个动作的吃力。雪白的皮毛下面，隐约露出一层干净的肉红色，抚摸兔子带给我近于回忆的温暖。这是一只习性古怪的兔子，放到草地上，它对食物非常挑剔。它只吃花儿。那种金黄的雏菊。兔子吃得那么精确，留下小而绿的萼片。途经之处，那些花朵被收取，只剩下花托飘摇，就像取走了火的烛台。

蜜蜂误入歧途，素描中的玫瑰是它最后到达的一朵花。虽然玲珑，但它身上有种奢华的金属色泽：金黄与棕黑相间，让人想起埃及法老的面具。葬身之所与众不同，仿佛被神收纳。蜜蜂曾穿越重重花丛，而这朵灰暗之花，是它走不出去的线条迷宫。

在俘虏的后背蘸上一点胶水，鲁飞飞把它倒按在素描册上。蜜蜂嗡嗡作响的一对小翅膀不再舞动，它们对称地安静下来，偶尔，笨重地扇几下。我看清了蜜蜂体表的细绒毛，六条腿慌乱而徒劳地在空中蹬踏。鲁飞飞小心地捏住它的尾刺，一拽，小东西的内脏连同那根唬人的尖针就被带出了体外。

这只蜜蜂死得非常缓慢，超出了我的承受力。背部的胶水早已风干，它毛茸茸的沾着花粉的细腿还在抖动，乍看起来像是风吹的，其实它每次动作都力图逆风而行，逆死而舞。我喜欢鲁飞飞的内向性格，而此刻的沉默令我不安。他专心致志地观察腹腔空空的蜜蜂，看它鼓胀的复眼和挣扎。至少证明他的玫瑰画得逼真，一条小命由于轻信死在上面。

我的小旗被两朵玫瑰宠爱。一朵是鲁飞飞的纸上玫瑰，另一朵是厨师男友的萝卜花。我和小旗倾向不同。我讨厌小混混出入的旱冰场，讨厌萝卜花散发的怪味儿，讨厌小厨师嘴里连续不断的塞擦音……他语言里和手上呼之欲出的性！如果小旗不是在犹豫中逐渐转移目标，不是越来越频繁地与小厨师约会，如果她皮肤上没有那种可疑的玫瑰红，如果她在听我的劝告时能稍微有些耐心，我或许会做另外的决定。

和我想象的不同，鲁飞飞什么也不追问，小旗成了一个与他毫无关系的人。漠然地让一只蜜蜂赴死，他不像是小旗的拯救天使。我猜错了谜底，我以为鲁飞飞会和我一起阻止小旗，爱与责任令我们微妙地团结。死蜜蜂熄灭体表的光芒，看起来像只苍蝇。我对鲁飞飞涌起突然的厌憎，他辜负了我的好感，辜负了，我近于暗恋的好感。他甚至因为我知晓了他的秘密和失败，对我格外冷淡。鲁飞飞不感激，不行动，不结盟，他使我尴尬。他的沉默使我失去了正义的理由，暴露出可疑的身份。

这么黑，黑得像个就要掉下去的洞。从没想过深夜会来碧潭公园——像被巫婆诅咒过了，它现在是一座庞大迷宫，一个就要得逞的阴谋。树叶沙沙作响，有巨大的脚在我头顶徘徊，我害怕。为什么这么冷呢？春天的晚上，仿佛倒悬的葵盘，太阳早被涂黑了。小旗，你在哪儿？

胡老师家访——摊开小旗的底牌，里面有两个小丑样的鬼，它们还分了大小。两个小时后，全院都听见那种劈了嗓的叫喊。母兽一样的声音，小旗哭得那么难听，她挨打后翻窗跑出家门，一直没有回来。

线索中断。除了碧潭公园和那个男孩的样子，我什么都不知道。我发现，自己几乎是有意地，不问他的名字。只要灯丝那样纤细的爱情亮起来，所有的黑暗就围拢在光源之外……而我就成了黑暗中的部分。

靠近雕刻的花，就是靠近雕刻的刀——小旗是不是已在他危险的怀抱？她的身体是否已向邪恶敞开？她难道不知道，无论是鲁飞飞的素描花还是小厨师的萝卜花，全是假的，没有一朵是真正的玫瑰。他们在模仿，目的是期待小旗打开自身的花蕊。是的，它们全是假的，不像我与她共同成长的如花年华，才是最真。但小旗却对我无心他顾，察觉不到我的孤独。我永远是个被男孩子忽视的陪衬人，并且被她无动于衷地从密友推到旁观者的位置。什么也不能挽救我被降低的地位，除非，我成为一个告密者，借助他人的力量，找回被剥夺的权利。

曾经在这座公园，小旗和我看到青蛙和孕妇的鼓腹，我们心照不宣地笑。那天看电影回来，天色已晚，我们互相吓唬又互相安慰着穿过小树林，她的手握在我手里，被我指引。有一次小旗父母出差，她住我家，我们从被窝里伸出四条腿比较肤色——那时候，我们亲如姐妹，那时候从玻璃天窗，我看到月亮的黄铜合页被擦拭……那时候，我不知道推开门，神就降下一个突然的未来。

种子不知道自己能酝酿辽阔的春天。石头不知道自己能把涟漪推送到彼岸。我不知道，小旗会象征一场青春的鞭打。我望着幽暗无边的湖，它藏起一个危及命运的谜底。不再呈现温柔的丝绸绿，湖水的颜色，就像破镜子背后涂着的水银……我不知道镜子里映照过怎样的脸。

电池快用尽了，手电筒光线微弱。出于越来越强烈的恐慌，我把手电拧亮，熄灭，再拧亮，再熄灭。很长时间，一闪一闪。光照越来越勉强，我就像一只气力衰竭的萤火虫，传播着最后的诱引。我不是在寻找小旗吗？我不是她的保护天使吗？为什么，一遍又一遍，是我，在发出无望的求援信号……

咒语

打开

有时候，是在瞬息之间，世界被打开和改变。盲人的复明手术，中世纪完成于妓女床上的成人礼，路过教堂听到唱诗班的歌诵，目击暴力，亲人亡故……一个人会突然面对他的桃花源或深渊。

“芝麻，开门吧！”珠宝正闪耀，照临阿里巴巴的未来。无人能及，阿里巴巴获得意外宝藏，并且无损道德，偷窃的恶名让强盗替他背负了。邪行的实质是，牺牲名誉，以掠取道德之外丰厚的禁区利益；而阿里巴巴的手，和所有正面人物一样干净。他的偷窃最小、最隐蔽，为人们的视线所忽略……他偷了，一句咒语。不支付成本，不用劳动，不伴随心理负荷，不需要艰苦学习——“芝麻，开门吧”，字数太少，这种背诵接近本能而非努力。除了天方夜谭，谁还能像阿里巴巴这样幸运?

“芝麻，开门吧！”

奶

假设没有相片、常识和父母的叙述，我不知道自己曾经是婴孩。我终日忙于进食、睡眠和哭泣，晃动眼前的事物不能被语言描摹，我猜自己清醒时主要是在发呆，或者体会频繁到来的哺喂。婴儿残疾般又聋又哑，口水津津，吮吸着手指，却不能将它用于指认——但我同样被养活，且日益茁壮。幼婴期间，字词毫无建树，我的存在根本不需要它们介入。

大约一岁时候，父母想给我一点小小的教训。我睡前狂饮，每晚多次弄湿尿布，哭声高亢，全家睡不好不说，还殃及左邻右舍。他们决定这晚暂停我的牛奶供应，以观后效。随着饥饿和疲倦的到来，我有生以来第一次，恐慌于食物保障。我辗转反侧，夜不成寐。父母似乎在这种安全的惩罚中获得了快意，他们在床边观察我：我颦眉蹙额、噘嘴皱鼻、伸手踢脚，表情和举动远远丰富于平日。最后，我令人意外地坐起来，阴着脸，狠狠地说："奶。"

父母的印象中，我第一次说出这个音。一个字，仅止一个字，就使乳汁流入肠胃，我不再饥饿，不再惊惶，饱足地睡去。

上帝说要有光，就有了光。我做过瞬间的神。

蜡笔

我向来虚荣。它狐臭一样跟随我，味道淡了，是因为某种化学药品的成功帮助，从来不因分泌减少。我不断地把好吃的东西和新玩具带到幼儿园，冒着被分享的危险，仅仅想炫耀我的拥有。父母和幼儿园老师以为的慷慨，我其实缺乏。"给予"有力地、终结性地体现着所有权——小伙伴含着我的话梅糖，我心里悲喜交集。

妈妈派驻大阪两年，回国的时候，她头发的香气都不一样了。那个年代物质缺欠，但她带回的衣服镶有蕾丝花边，手表上缀着漂亮的细链，连筷子的包装，都打好丝结。也许，这些奠定我最初的理解：美是对实用性的反动和浪费。妈妈也给我准备礼物：满满一盒六十四彩的蜡笔。

太奢侈了，颜色划分得如此精细，远远超出我的命名能力。直到今天，描述它们仍旧困难。名称太过泛泛，有失全面和准确，比如：玫瑰红和杜鹃红差几个鲜艳度？这支蜡笔的恰当形容是乳黄、奶油还是蜜色？这种蓝，不是海昌蓝、不是士林蓝、不是天蓝、不是碧蓝也不是靛蓝，是不是我只能说它是最蓝的蓝？一个区域内那么多变化着的色差真让人头疼，一支蜡笔用“翠绿”形容，我拿剩下那支色泽相近的怎么办？

狂喜中，我没有当场发现命名障碍，整个下午，我趴在画纸上，孜孜不倦地描绘小鸟和山河。衡量出礼物珍贵，这回我决计不会把它带到幼儿园，不让别人瓜分我的财宝。我上幼儿园的时候，对家人都有所提防，我甚至想到要把蜡笔锁起来。尴尬发生在对小朋友们夸耀时，他们不肯相信那么多复杂的色彩，认为我撒谎，他们以为红和绿不过有限几种。我气急败坏，因为自己也不知道怎么复述那些颜色。

也许，那是暗示？词语覆盖不了生活全部，粗疏的划分，使我们恰好漏下最美的内容——它们美到难以言述。

谁敲门？

姑姑把喝完汽水打着饱嗝的我领回家，我正敲门，她忽然偏过头，惊讶地问："你在干什么？"

姑姑无意间纠正了我已贯彻数年的误解和错误。我边敲门，嘴里边说"当当当"。因为没有谁经常陪我敲门，别人即使偶然听到，也以为戏谑之举，并不察觉其中荒谬，所以，我从没想到，"当当当"是对"敲"这一动作的无效重复。我甚至倾向于认为，是"当当当"让大门打开，动作的功用被忽略了。多年来，"当当当"一直在"敲"的背后狐假虎威。

姑姑提示之前，我还始终疑惑。我们曾恶作剧地去敲同学家的门，然后在开门之前一哄而散。奇怪的是，只要我是肇事者，总会被识破，其他孩子充当主谋犯的时候却隐蔽得很好。为什么门里的人看不见我敲门却能回回都猜得准是我呢？他们敲门动作一致，无差别可言，个人面目被消除，只留下指关节与木头的撞击；我除此之外，加入了"当当当"……正是那体现在话音里的语言，将我的身份揭露。

数字文盲

我经常梦见数学考场：面对试卷上怪诞的数字和公式，自己惊愕的表情和颤抖的手，持续的无望和幻灭感。我很少体验到演算乐趣，经常迷失，那种狭窄道路上的行进令人沮丧，小数点的绊脚石也能让人坠下悬崖。数学有张客观的脸，它尊重秩序、绝对、唯一，或是或非的二元论。我不喜欢它的暴力。因为数学，我回忆起自己的教育过程如同历险。好在两个小学班主任都是语文老师，这微妙地降低数学对自尊心的破坏，也增强了知识的魅惑。一个老师叫支玉兰，有点儿矮，还有点儿胖；后一个姓王，王什么，忘了，记得的是她浅黄的眼镜框、雪青棉袄上的中式纽襻。她俩长相一般，可的确是下凡到我童年中的微服天使。

我向往天马行空，为所欲为，打破条件，任性地修改公式，混乱顺序，把严肃的结果放进万花筒里转一转。刚刚学习十以内加减法的时候，妈妈边做家务边对我口试，为了追求速度，我常常想也不想就胡乱给出答案，尽管为此承受惩罚，但我就愿意这样盲目信赖直觉。科学是从众多事例中推导出唯一，艺术相反，从唯一中可以推导出众多，并且，它的过程可逆，你可以先给出一个错误判断，然后回溯式推演，使你的谎言自圆其说，进而准确无误。科学只有一个标准答案，而艺术有千条美妙真理——即使前者是威严上帝，我更迷恋后者那些针尖上的天使。

当接到大学中文系的录取通知书，我不敢相信幸福就这样到来，竟然再也不用受到数字困扰。那些一边放水一边漏水的游泳池，那些鸡兔同笼，那些对数、立方根、幂、抛物线、被交错线条瓜分的几何图形，和同桌男生的脸一起，干干净净地，全部撤离我的生活……除了梦中，作为废墟。

我的运算能力敌不上菜市场的小贩，我注意他劳苦的脸多于秤盘上的准星。数字观念薄弱，隐晦地象征着对生活缺乏解决能力。

拯救

不是紧张。就是失神，我厌恶镜子里那张表情乏味的脸。束缚教育和莫名其妙的自我省察，使少女的我刻板、生硬，我从未经历活泼诱人的青春期。我同时萌生一种不健康的自虐。理性上，我知道对自虐倾向应该克制，但纵容它，却暗生一种折磨中的舒适。我的牌，正面是循规蹈矩的中学生。背面，是厌弃。我预见自己将面对弃儿衔接弃妇的命运，不被爱意的怀抱收容。

性格并非既定，偶然因素可能动摇它的根本。雨水侵蚀着铁皮楼梯，我踏着锈迹向上，每走一步，阶梯上就有悬垂的水滴被震落。阅览室位于小灰楼二层。一层，左边音乐教室，右边生物解剖室。这使我的阅读建基于奇异的背景上，一边是唱颂，对称的另一侧，正给孩子表演屠杀。临刑青蛙钉牢在展板上，三角的头，皮肤上浮凸的绿花纹，微微鼓起的白的肚皮，向内侧弯曲的腿，足蹼，青蛙总是引起我的生理抵抗。我尤其反感，钉子和剪子之下，它的扭动和挣扎。还有兔子，被提起耳朵，它竟然像个傻孩子似的并腿立正……整节解剖课我都盯着前面同学的颈椎和后脖梗上那粒黑痣，我听到有若布匹撕裂的声音。我再也没有往那个方向看。生物老师先是抱怨音乐课的音量太大，干扰自己的教学，后来习惯了，钢琴和高低音的混唱烘托着，倒使他的工作更有旋律、节奏和仪式感。美和暴力，相生相伴……总是美的声音大，暴力无声，但美经常沦为暴力的奴役。我翻开的书页亦如此，指向优美和残酷两条路径——无论是在当时的阅读还是未来的写作中，它们都是秘而不宣的两个重要支撑。

五号铅字，三十二开，书面语开始了对我的终生影响和修正。在那些叙述中，我不知不觉被调整，以趋近明朗的方向。文字比药物更具体有效地拯救我。

舌尖

扁桃腺经常发炎。医生从大白搪瓷缸里取出木质压舌板，紧接着，我会说“啊”，让他窥察我肿痛的咽喉。我好奇地设想，除了“啊”，还有多少个发音不需要舌头辅助？数量稀少，仅只几个语尾助词而已，除了冒充哑巴以外帮不上什么忙。

人体中最灵活柔软的部分。斧子的舌头发布命令，火焰的舌头舔触爱人。小小舌尖，承担着对千万种滋味的辨别、千万种事物的指认。舌头的动作，带有隐含中的微微显露，所以它有色情的本质。

我对舌头怀有偏执的关注和爱好，舌苔厚薄有时能决定我说话多少。我的同学艳惊四座，她的美貌中有一种绝对成分，虽然她沉默寡言，但唯有听从才能对应这种美。后来一起吃饭，我从她张开的口腔看到因为烟酒、熬夜或肠胃不适而变得黄暗的舌头——奇怪，这些并未损伤她的皮肤，她看起来非常娇嫩，但舌头，泄露了发生于内部的侵蚀。我的视线一次次落在她若隐若现的舌头上：湿嗒嗒的，缓慢，暗淡的软体，像一只老年蛙。意外发现解放了我，我很高兴，今后能以平常心与之相处，不再苛刻地要求她扮演仙女。有意思的是，那桌菜肴里包含着对舌头的其他响应。我讨厌口条。难以忍受上面突出的味蕾。但是鸭舌不同，纤巧外形正好满足我对舌尖的爱好。汤盆里，漂浮着煮熟的舌尖，尽管鲜美，但我不致因暴殄天物而不安。我想同样是鸟类，鹦鹉和鹩哥的舌头断不会用来烹饪，因为它们会模仿人语。说话，使舌头的品质提升为高贵，从食用性中被解救。不会说话的舌头我们用来咀嚼，会说话的，我们用来聆听。

卡内蒂的自传《获救之舌》，开头惊心动魄。猩红的地板和楼梯，保姆的怀抱，对面的男人取出一把折刀，将刀口贴近："现在我们把他的舌头割下来。"他靠拢得越来越近，就在最后一瞬间，他将小刀收回去："今天先不割，明天才割。"作为毫无反抗的孩子，他的舌头每天都是从险境中侥幸逃生。我酷爱这个开篇，梦里曾逼真地再现这个场景；舌头在威胁之下变得如此重要，以至它似乎成为身体里唯一需要被保留的，其余器官全是烘托和陪衬。舌头，这人体的花蕊，并非最美，但它是存在的秘密核心。它是肉体享乐，是密码传递……它是种子里的春天，死亡里的时间，魔法容器中近乎无限的承纳。

然而，我平时对舌尖的迷恋具有端庄又隐蔽的替代形式。在我看来，写作就是用手指代替舌尖，它使亲吻和诅咒得以在辽阔空间里开展，它消除了唾液的杂音，它使一个人在远离或死去之后还能俯在他人耳边低语……列那尔说："用舌头走路。"

无知的起点

作为一个懒惰的意志涣散之辈，我有时想，写作为什么构成吸引。和体育不一样，写作的经验可以持续累积，不因体力衰减而注定放弃——这种前往让人无畏向死，并享受沿途的欣喜。然而，当写作成为习惯，最初的构思快感、创作快感乃至发表快感往往归于平淡，甚至，为写作者带来怀疑和焦虑。一个证明：许多作家患有严重的失眠和神经质，诗人比常人更靠近疯狂。

写作很少给予我信心。开始阶段就伴随着沮丧，每完成一篇文章后几乎必然涌起的失望使我推迟开展下一篇。然后情绪以加速度败坏下去，变成每写完一个段落就重读，常常懊丧，影响下个段落的进行。然后加剧到句子。最后极端到写下的词被否定，重新琢磨，希望能替换一个更妥帖的。在一个词与一个词之间，我徘徊，犹疑，灰心，蔑视自己。我写得很慢，并非天生。我运用的单位太小。拿马赛克盖楼。暗地猜测，我写作可能与自虐倾向相关，我爱并且只爱使自己绝望的东西。

尽管如此，对我个人而言，写作至少保留了两点魅力。第一，是发现自己的可能性。写作需要不断处理新题材，体会新感受，让人能在新领域发现自己的兴趣和能力，即使是发现自己的边界和限定也好。第二，是寻找同道中人。写作是一种孤独的个体劳动，但是，却能够通过它，找到你在世界上最信赖的人，最信赖的朋友——即使你的敌人会和爱人一起，埋伏在朋友之间。

但那时，站立在起点，作为未来的X，我看不出它到底更像错误符号还是更像倾斜的十字路口。我刚刚开始。文字按照意愿建设了一种我更渴望投身其间的生活。我华丽得像扑克牌上的女王。没有什么比得上排比里的亢奋，递进里的滴水穿石，转折突然呈现眼前的桃花源，还有比喻中发现的血缘。比喻是我心爱，因为它参破了一个有关背叛的谜底——神的想象匮乏留下了痕迹，他在创造事物中有时偷偷抄袭自己。

秘籍

锻造不出英雄的时代，也许平和，也许平庸。我的理想主义主要受到虚构人物的辅导，我对杜撰中的武林高手敬意浓厚。数年与世隔绝，他潜藏密室，对着一本枯燥的秘籍苦苦修炼。整个过程他无比危险，可能终无所成徒耗年华，可能走火入魔，可能正在入定毫无抵抗，突然闯入血海深仇的敌手。漫长的音信皆无，江湖中人确信他已死去。当他重新走出，兀立山顶，周围是千万年不融的冰川。这种描写深得少年我心，我就迷恋这种任性，这种不现实，这种无人分享的顶天立地的孤独。他不知道他早就没有对手，孤寒中的绝技已无施展必要；他不知道他早就没有爱人，她怀里诱人的暖香已成蛛网下的尘埃；他不知道自己的命运，为假想敌研习拳术刀法，最后，却死于毒。我尤为仰慕传说中的女掌门，即使她们在后来的叙述中成为令人齿寒的妖婆。提升技艺的渴望，使她忽略正随时光流逝的美貌和爱情，她为自己打造一颗贝壳般坚硬的心，除非打碎或死亡，谁也猜不出其中的柔软，柔软包裹着的动人珠光。

我写作时挑剔环境，最好周围地穴般或者就是坟墓般死寂。我要与世隔绝，像修炼秘籍。我喝咖啡，蓄意让它伤害身体——据说英雄每天喂给蝎子一点儿血，日久天长，就可以百毒不侵。我希望自己对人生大多数内容冷漠，以集中全部余温，关怀一些瘦小的字词孤儿。我那时太年轻，以为孤往绝诣，断绝后路，一味牺牲，终会获得大报答——其实这是一条只可逆推的公式。不错，获得报答的前提是隆重的牺牲，但是，现在的牺牲之中，报答不是必在的答案。一个传奇之外是无数现实版本，假想自己是无人能及的武林高手步出黑暗，迎接他的，是刺目阳光，以及和阳光一样锋利的直抵咽喉的陌生者手中的嗜血剑锋。

我关着房门，几何作业本被切割的圆锥体下，掩护着一本爱情小说。我厌恶和同桌一样热衷打架的小男生们，厌恶他们变声期经常劈开的嗓音，我爱那个书里永远对女主角忠诚、对我毫无感情也不知道我存在的他。我偷偷改写故事，把自己当成偷心高手。

陷入危险的偏执，我错觉这是秘穴中的孤独。

提升技艺的渴望，

使她忽略正随时光流逝的美貌和爱情

置换

爱好和职业，渗透你每天的缝隙。比如油漆工的呼吸系统不过是在重污染中劫后余生。比如作为内科医生的妈妈不吃猪肝。比如写作致幻，它轻微程度地，扭曲，置换，把真实生活字词化——写作者不知不觉，身中语言的慢性毒。

字词在很大方面改进了我的观念、习惯和可能性。素食很难说是谁的胜利，生理的，还是文化的？一本食谱建议不要使用白盘子盛装咸水鸭，否则会有“尸肉感”。我一直没解释为什么，在蜜月的家务恶补中，放弃采购咸水鸭，选择虫草酱鸭——直到放弃虫草酱鸭，因为邻居说刚去参观展览，木乃伊的颜色如同“酱鸭色”。

有的表达逐渐在公共语境中被磨蚀掉，有的，是从个人词汇里被删除的。前者比如“雅座”，我为此感到好笑，什么是“不雅的座”呢，难道对应着马桶？个人废弃的词比如“温馨”，我凄凉地发现，当废除使用这个曾经青睐的词，我也难再体会“温馨”感受。

掩盖对年轻人的妒意有很多办法，其中一个是表达同情。我在一些场合听到对电玩迷和网恋者的惋惜：这些被数字之神引领着、在经济和科技的哺乳下成长的孩子，交流依赖技术手段，竟然对近旁的亲密不适并警惕，贪恋那些不知隐匿何处、不可触摸的脸！假设我们把网络情人理解为利用文字而不是笑容和身体来召唤情欲，那么，与文学区别何在？小说难道不就是电玩的农业时代？

我倾心于罗兰·巴特式的书写。我认为有些寓意仅仅存在字词之中，对现实既不建设也不破坏，或者，它们的态度干脆就是轻蔑。写作者中，谁，和我一样，堕入郑人买履的现代版本？只信任那条量好的绳子，却不认识自己的脚。

远隔

也许朋友们说得对，我身上明显带有语言侵害的痕迹。我产生好感，表达所起到的决定作用不弱于他们的举动。对语言的迷恋蔓延到声音，我发现我喜欢的人总是“偶然地”具有某种共性，比如偏于淳厚的嗓音，比如讲普通话——我排斥方言，埋藏着一种担心自己不能理解他的隐患和恐慌。是否，我渴慕文字其实来自于对安全感的需要？把它们当作最小的盾牌，以掩饰自己对现实难以克服的孩子式的畏怯？

生活经过文字的过滤，滗除了为我虚弱的消化系统所抵抗的粗野然而可能也正生机勃勃的杂质。事实上我不喜欢生活与写作水乳交融，我乐于保持它们之间的阻隔。我没有自传的勇气，表面是捍卫个人隐私，其实，是害怕那种对现实具备还原性的操作，尤其，一些无畏的女作家竟然敢于提供到细节和名字的程度。阅读口味偏好亦是如此，照相写实主义当然功力非凡，但我更倾向于与现实情境、原则脱节的写作，比如卡尔维诺、博尔赫斯、帕维奇。当然，很难摆脱与现实干系，仿佛从未亲密，但阅读和写作的此刻，我愿意把现实当作艰难分手的前妻。

字词不可能完全复述现实，所以，写作就是对生活的修补、篡改和虚构，再追求真实的写作也属于抄袭生活的赝品。这是一种起始处的必然隔阂，态度上的隔阂亦是必然。当书写愤怒，我无动于衷地敲击键盘；当书写悲喜，我保持创作需要的平静，并在写完一个自然段后习惯性地计算字数。文字木偶活动在前台，我背后垂帘；它们替我挣扎，替我死。写作教会我克制，继而，它确凿地成为推辞现实的方式。

如果字词作为完全导体，它们传输的高压电量是否对我来说致命？

柏拉图

我发觉，自己对写作与对爱情的态度内在一致。我的女友激情充沛，三十已过还向往刀山火海的爱情，前车之鉴起不到警示，她对伤痕的修复能力特别强。痛彻肺腑，也无怨无悔，甚至唯有如此才能证明她爱着，活着，对明天希望着。我心胸狭隘，轻微受挫就大幅后退，对疼痛耿耿于怀，习于自虐式地反刍。对我来说，妥善的处理方式是把感情保持在冷静与冷淡之间的位置。

我知道，自己不配爱了，一个只在杯口闻到酒香的人怎能体会到大醉中的狂悲狂喜？爱得那么轻，那么不落痕迹，那么怕对结果负责。我难以克服矫情，爱到名字足够，排斥象征真实的肉体。对柏拉图式的爱恋我暗怀不合时宜的欣赏，尽管许多柏拉图主义者的纯洁出于被迫，他们唯美、胆怯，尤其神经质地回避结束——所有带有尾巴的，都不可能成为他们的宠物。他们坚持使肉体保持在诱饵状态，抗拒成为食物。是的，借助字词、回忆和想象，与某人维持亲密——我叶公好龙，因此画龙永不点睛。

一个朋友说我写作“冰清玉洁”，埋伏在褒义词下的是鲜明的反对，它揭示出局限和承载力的薄弱，有如柏拉图爱情。

禁区过大，剩下可供跑动的区域就太小。单调，虚假，闻不到烟火和肉味，还是不是真正的美？对生活间接接触，隔着书面语精心织就的手套，是不是我的写作就不留清晰指纹？柏拉图主义和写作一样，提供安全的快感；写作和柏拉图一样，为我的自虐所需要，都有一种甜的不为人所知的内外交困。

我的全部筹码不过一枚小额硬币，我不把它扔进旋转轮盘和老虎机的嘴里，我留着，不赌输赢。有人一掷之下变成百万富翁，可惜机会小得略大于零；大多情况，他们会被洗劫一空……相比之下，我选择这样，和我秘密的全部的财产在一起，想象它藏在贫穷中的富有机会，想象它是一句尚未出口的阿里巴巴的咒语。

后遗症

俯望着我众多的脸，搭成拱顶，从它们之间的缝隙，我看到无影灯的奢华银色。那些脸，有一瞬，像浸泡水中的面具，然后我才从中认出麻醉师熟悉的五官。他说：“不许睡觉。你得一直醒着。”术后几小时，我极度疲倦，嗜睡，但只要稍稍合拢眼皮，就立即遭到搅扰，迫使我回到乏力的难忍的清醒中。

大夫的警惕和冷酷有道理，全麻手术结束以后，我呼吸抑制。邻近一所著名医院去年刚出了类似的医疗事故，医护人员没有及时发现病人的平静，她在家人和仪器的看护下，悄然离世。无痛无惧的理想自杀。

几天后出院，回家休养，我逐渐发现自己陷入狼狈可笑的遗忘中。拖鞋、热水瓶、塑料袋……我知道它们的用途，但不知怎么命名。我对我先生说："你把那个穿在脚上的让脚舒服的东西拿过来。""那个，那个能装热水的壶空了。"我语速快，比他词汇量丰富，所以平常的争辩他没有获胜机会。现在我的健忘成了他的笑柄。我也觉得此种像孩子又像傻瓜的表述太过滑稽，也伙同着他进行自嘲，但清晰意识到，自嘲背后，我怀着隐忧。

白天家人上班，房间空荡荡的，我躺在阳光照射的床上，没有伸手拉拢窗帘。我要求自己必须在想起怎么说那种喜欢吃的食物之后才能拉上窗帘。时间流逝，半个小时，一个小时，两个小时……我被耻辱和绝望钉死在床上，阳光万箭穿心。我已经用尽全部气力，还是想不起那个词。这种状态还要持续多久，也许终生？

请教过麻醉专家，他说我的情况属非常少见的特例。可能是我体质过分敏感，对芬太尼或丙泊酚之类的麻醉药剂反应异常，抑制了中枢神经系统。从事研究的朋友告诉我，语言对事物的命名和对事物功能的记忆分属两个大脑不同区域，所以才会有我那种含糊其词。

半年以后，我恢复正常，把那段经历当相声说。无人知晓我怎样恐惧过，无人知晓，一把锋利小刀，每天每天，如何悬上我的舌面。

挽留

曾濒临绝望，我涌起向死之心。深夜两点，我走在僻静的树影里。我极少这个时间还停留户外，习以为常的是白昼晴朗和安稳，现在一切都黑暗、陌生……世界突然翻出它的内脏。

一辆汽车缓慢开动，停下，树坑后边转出一个蹲俯着的女人，她凑到车窗边说了几句话，而后汽车启动，车速是在开了一二十米后加快的。这个剩在原地、穿着高跟鞋的女人站在空旷马路中间，开始醉酒般旋转。光头的两个男人接火，烟头一明一暗，听不见说话的声音。铁路医院急诊楼外，一个头破血流的人放声痛哭，他噎住似的，哭声中会有一分钟间隙，诅咒着谁，用咬牙切齿的方言，接着又号啕。我平静地看着他被血糊住半边的脸。还有一个，我怀疑他犯毒瘾，那种身体抽搐太古怪了。我从他脚边走过去，他大概没有什么侵犯别人的气力了。我是胆怯的人，但现在我无所畏惧。我热望离世，最好，借助别人的刀子而不是自己的手。

突然，我怕了，因为想到电脑里的存稿。这么说显得特别造作，拿自己当业余伟人，但我的确从那一刻开始对死恐惧。我当然明白，那些小雕小砌不能对文学造成任何影响和建设，它们不足轻重，存在不必关切，死去不必遗憾。但它们是我的花。假设我死去，它们就同时死于干渴。

曾流产过一个孩子，我直觉而任性地坚持他的男孩性别。他只有一个月大，非常洁净地泡在玻璃瓶中眼药水般的东西里，不成形，像一片刚出生的哺乳动物的小耳朵。由于绝对的爱、恐慌和厌弃，我选择让他死。没有比在生病婴孩声嘶力竭的哭喊中为他更换尿布的母亲更狼狈的形象了，我害怕这种生活，担心水晶字词和虚幻梦想被这种哭喊击碎。自然界里，做了母亲的雌性动物常常在食物供给有限的情况下放弃哺育最弱的幼仔，以保全其他——它有时亲手杀死自己的孩子。我那么懒惰，那么爱好享乐，那么不会利用时间……既然先天不足，只好偏见地认定，必须杀死真实中的孩子，才能维护写作，让梦想中的婴儿获得营养存活下去。作为母亲自己，首先必须保障自身的健康……我准备就这么自私地带点儿无耻地茁壮下去，随时准备杀死一个可能剥夺写作的我自己的孩子。埋他的那棵柏树是经过挑选的。高大，沉稳，冬夏常绿。但我清楚，我使自己的孩子烂在黑的易朽的树根旁，和七手八脚的盲眼的爬来爬去的虫子一起。安静的小胎儿，身上爬满工蚁和细菌，他被肢解，为天使所拒绝。

第一次杀死自己的孩子，我意志清醒；如果现在自杀，那些因为集中阵痛而生出肉体的文字胎儿，也会作为雏形烂掉，在失去电源的满是灰尘的黑暗机芯。我犹豫地止住脚步，子夜的孤独处境突然让我紧张。

我慌张奔跑，回到我还不知怎么解决的困境。

当我在现实中沉溺，是与之无涉的写作将我打捞。

漏掉的谜底

往事建诸记忆，历史建诸记录。回忆永远不完整，那些附载于龟背、竹简、羊皮、陶土的文字，交还我们的，只是残片。我们所信赖的，不过为字迹所告知的部分——由于缺乏其他佐证，它看起来就是真理，就是全部真相。历史如果不作为一条巧言如簧的舌头，又能怎样？

文字意欲捕捉真实，其显见的有限性与真实的无限性之间，必然脱节，像童年蜡笔，语言描绘面对丰富颜色的那种无能。“红”承担着赤红、朱红、殷红、猩红、嫣红、桃红、绯红、肉红、绛红、紫红、洋红、水红、枣红、橘红、杏红、浓红、粉红、嫩红、潮红、鲜红、血红、火红……难道还不够精细吗？不够，因为每个条目下都有同样精细的划分，只是粗糙的言语不能呈现。准确说明一种紫色，只能用数学的对比度，比如，75%的红加50%的蓝，仅凭文字的清晰度，都不足以准确印制一张图片。如何还原，如何再现？语言天然地损失掉真实生活的水分。作家企图以写作覆盖生活，这种覆盖先行地要求文字从个体功能上膨胀、夸大、过分承载——再真诚的作家也从起点开始隐瞒，开始说谎，开始指鹿为马。文学，历史，人类文明，无不清晰呈现出纸张的性质：脆弱，易损，被篡改的可能，客观发生被控制在主观的手里，况且，那只握笔的手隶属于谁又有多么大的偶然性。

尽管如此，设若没有那些文字，人类的记忆又会陷入何等虚妄？那些篆刻甲骨文的祖先，那些以狂草书写绝句的酒徒，他们表露着自己，也穿越时间漫漫的延长线，打捞着未来容易迷失的孩子。

魔咒

运用咒语者，常常是魔法师、巫婆、童话中幸运的奴隶或儿童，他们念念有词，从神明或精怪那里借取力量。颤动在舌尖上的几个神秘字音，打开用手掌无法推动的大门。看啊，奇迹在咒语中闪烁：火焰玫瑰，金碧辉煌的宫殿，烛光和音乐映衬下美若天仙的女子摇动蛊惑的腰肢……

咒语，幻想用魔法来解决自然力无法抑或难以完成的。我们用名词、动词、形容词、助词和代词来对位这个世界，而咒语打破语言的逻辑、秩序与对等关系，它使世界发生某种“突变”——我们尊崇的文学大师，正是从规则语言成功向魔咒靠拢的偷渡者。

咒语有两点特别奇异。第一，由于未经可视的努力与劳作过程，依靠咒语获得的幸福先天具有一种短暂易朽的印象，像海市蜃楼，像写作灵感。第二，咒语的用途指向背道而驰的两极：福祉或灾祸。神的恩泽，魔鬼的诅咒，都被几个玄机四伏的词语瞬间运抵。掌握咒语的，是秘密的持有者，他会落入谁的掌心，将有怎样天翻地覆的命运？当但丁写下长诗的第一行，注定，天堂和炼狱同时为他开启。

对于自由撰稿人和专业作家来说，词语等同他的食粮和财富。少女被言情小说打动进而爱上作者，这个小说家会发现，他的字词爱情魔法般兑现……撒谎的木偶变成了真孩子。当然，作家保持着平凡的人间气质：魔法咒语用几个字换回无限礼物，而写作，累累数字叠加。换回些许。这揭露出写作潜在的艰辛和牺牲。

拒绝信任咒语的人，虽无缘目睹宝藏，是否也因而避免被囚困的危险？只有走出石门，阿里巴巴的所获才成为财富；如果不能从童话返回现实，宝藏就是墓地。

夜晚写作，弥散着迷人的诱引气息，词语的珠光和灯盏的黄金光芒将我照耀。我记得故事的结尾，那个贪婪的高西木，进去时记得咒语，返回时却已忘记，他坐拥着闪烁的珠光和黄金，幸福又绝望……死亡如同甜蜜而浩大的睡眠，缓缓打开。

谁主沉浮

1

李谷一一身雪白及地长裙，腰部打褶，脖子那儿有亮晶晶的珠串和亮片——尽管廉价，依然显出了某种高贵不凡。眼光明媚，睫毛又浓又密，她的皮肤缎子般闪动光亮。上方，红的黄的舞台灯轮流照耀，她始终在被瞩目的中心。我放下语文作业，蹑手蹑脚地溜到门边偷看电视节目：她光洁玉润的脸透过狭窄的门缝将我照耀。“啊，亲爱的朋友们，创造这奇迹要靠谁？要靠我，要靠你，要靠我们八十年代的新一辈。”李谷一正在晚会上作为压轴戏兴致勃勃地唱着《年轻的朋友来相会》，“但愿到那时，我们再相会，举杯赞英雄，光荣属于谁……啊，亲爱的朋友们，让我们自豪地举起杯，挺胸膛，笑扬眉，光荣属于八十年代的新一辈！”

这个夜晚我记忆犹新。那时候还小，不知道自己有一天也会老，不知道时间巨大的冲刷能力，不知道万物都会被推移，远离原来的位置。我真的以为会有若干年后的一场庆功宴，李谷一们张灯结彩，把酒言欢，其他人还是坐在台下的板凳上仰视，或根本就在外围，遥远地仰望，眼里依然燃烧着妒羡。

尖叫、狂吻、鲜花和礼物，被聚光灯照射，被媒体纠缠，被千百万少年追踪和模仿……20年过去了，看看光荣属于谁？有当年“八十年代的新一辈”什么事？我这才意识到，他们几乎被忽略在现在的背景上，像后排的合唱演员。那些昨日宠儿曾以主人的身份想象过今天……但是今天，他们失望了。以为再不济也能在荣耀的大锅里分上一杯羹，80年代新一辈中的许多人忽然发现，自己竟然连勺子把也够不着了。

2

《我的理想》——每个孩子都曾在这道作文题的要求下被迫进行过幼稚的思考。这个题目出得有点儿强人所难，原因很多，这里只提几条。

第一，有效的理想要与个人能力相结合，是充分考虑到自己的兴趣、才华、机会等因素之后做出的乐观预测。而孩童时期，人还缺乏自我认识，所谓的理想免不了人云亦云，盲目攀比，不计算可行性，只追求掷地的金石之声。虚荣之下，必有勇夫——我流着鼻涕的同桌曾在看过《铁臂阿童木》当晚，信誓旦旦，立志成为钢铁飞人。

第二，理想在相当一段时间内保持着稳定性，而儿童严重受到好奇心的吸引，乐于追求新鲜事物，今天想当电影明星，明天想当科学家，那些讲述在口头或书面的鸿鹄之志，往往只代表短暂的兴致——孩子易于把一时的念头错当理想。

第三，理想是经过判别和选择过程后做出的决定。那么小的时候以为自己想要的，其实不作数，之所以想要它，不过因为尚未见识过别的东西，像渔夫见识短浅的老婆，在法力无边的小金鱼面前，首先想到的只是个搓衣板。

第四，过早确立的目标虽然使前进有了方向和动力，使人从起点处就开始积累，不浪费点滴的努力，但同时，也造成微妙束缚。为某一个固定理想终生奋斗的人要付出代价：被剥夺其他的可能性，其中也许包含着更适合他、更能带来荣誉和享受的可能性。

孩子耳闻的远远大于他所亲历的，像理想这种概念色彩浓重的抽象词汇与他的生活处于脱节状态，他既没有具体的感性联系，又没有足够的理性设想。这种听来言之凿凿的大词到底意义何在？虽然不便明说，但每个孩子都心照不宣地明了，树立某些理想是平庸的、不妥的，甚至是可耻的、不洁的。说来说去，大人教化的“理想”，是在名正言顺地灌输一种职业等级观念。《我的理想》呈现出成人意志对儿童的干预和侵犯，而趴在作文本上奋笔疾书、谎话连篇的孩子，也是在同老师、家长代表的成人世界递交一份妥协保证。

尽管如此，仅就我个人而言，那篇作文确实为我的一生预埋了隐秘的路标。后来我在初中的主题班会上朗诵诗歌，左臂横在胸前，意气风发：“理想是石，敲出星星之火；理想是火，点燃熄灭的灯；理想是灯，照亮前进的路；理想是路，引你走向黎明……”这是流沙河的《理想之歌》，我用楷体抄写在日记本上……这时候，我清晰体会到，经过小学语文老师的钻木取火，理想，已在心里开始暗暗燃烧了。

3

可以像考古学家般清除古老动词上的霉斑，可以把一个形容词镶嵌在意外的句子里让它充满异域风情。让昆虫的翅膀被想象的风吹动，把情人的面孔隐藏在陌生名字背后。我阅读，抄录，开始一种更愿意投身其间的字词生涯。对于少女时代的我来说，天使的影子是具体的，就落在灯下的日记本上：浅灰色，微微倾斜，芭蕾足尖从纸页的左侧慢慢滑向右端。

生活平静又平庸，好在我有秘密的悲喜。那些震撼甚至不摇落书桌上的尘埃，那些暖意，却可以带来真实的安慰。写作，不动声色而重要地参与到我对生活的建设之中。

至今，我保存着少年的作家理想，像珍藏一张过期合同。我发现自己的信仰一直很小很小，只建立在词上……像一个虚弱的人，把对饥饿的全部补偿寄望于谷壳。

4

风水轮流转，各领风骚三五年。小时候我对售货员充满敬意，排队买肉的经历留下了深刻印记，我曾经多么仰慕他们手起刀落的权柄。而今受人尊崇的是科技皇帝，他们得以笑傲江湖的正是我再努力也将受困终身的数字知识，诸如闪客，诸如蓝牙……以至让我有种错觉，现代社会只需几个词，就可以手法简洁地把聪明人和傻瓜断然分开。

早些年的小说爱好者很难想到文学期刊会在未来面临生存困境。必须承认，文学，已经不能再像80年代大龄青年在征婚启事的爱好里普遍填写的那样扮演主角。它也许还可以治疗某些伤口，只不过已降到创可贴的面积；它依然可以带来享受，只不过像饭后甜点，不再成为主菜。商人易于让人先期地产生品德怀疑，尽管这个职业的如鱼得水受到我们暗自的艳羡；相比之下，诗人，除了生存状况的潦倒，还让人联想到神经质、悖逆、疏懒、脆弱……几乎是全方位的失败者。

我们在树下张开饥渴的嘴，但果实早已落尽。谁还倾听字词里细小的乐声？谁期待从文学的许诺里获取幸福？与我同龄的写作者说：“真不公平！文学盛行的时代我们还年幼，现在精力旺盛的年轻时代却要被迫从事夕阳产业。”

我并不排斥科技文明，必须承认我们从中享受着种种便捷和好处；也不是怨妇，总在回忆作家受到恩宠的往昔——我只是偶尔对自己略怀生不逢时的惋惜，其实是在这种惋惜中纵容自己继续没落下去。

谁不知道现在是群雄逐鹿天下，该出手时就出手……我只是该出手时拿不出手而已。

5

且慢。谁说写作进入暮秋？不要以个人的失意以偏概全。看看畅销书排行榜上每月都能打造出新的媒体英雄，看看一部小说的电视改编权就可以让创作者终生衣食无虞，看看被争相追捧的少年作家骄傲无畏的表情……也许文学的荣誉只是被瓜分得更细碎、更短暂而已。

我喜欢逛书店，但逛书店的一大害处是削减写作热情。

有那么多书，那么多张嘴，那么多故事和思想，那么多爱恨生死，你还能表达什么别见？高级书让人绝望，知道自己的力气再滋长也掰不过举重冠军的手腕；低级书让人气馁，看它们那么受欢迎，不敢相信自己的算术成绩会败给傻子。读者的热情有时让人难以估量，比如一些畅销书的内容是教授大家如何社交和射精，说来说去，就是让你无论面对群众还是个人，都无所畏惧，所向披靡——我怀疑这里面含有隐义：要求你从态度上对他人有所轻蔑。

我听到过公共汽车上的两少女先是聊一部正在热播的言情电视剧，又说自己如果想写点什么也易如反掌；后来车厢拥挤，聊天突然改用英语，她们用脏话咒骂全车人。我的外语水平低得分不清到底是24个字母还是26个字母，但由于盗版光碟的哺育对脏话比较敏感。我不是生气，而是诧异，她们那种敢把天下人都当白痴的勇气。我开始比较不同，回忆起自己的少女时代保持着怎样的迟疑和自卑……或许这是衰老的先兆。

我的朋友看过对作家少年军团的访问后说：现在的孩子有种盲目的骄傲，以为信息就是知识，知识就是真理；在经济和科技的哺乳下成长，他们似乎用一年就可以掌握我们用十年才能学习到的……但馒头出屉不意味着你就成了胖子；相比之下，从混乱的垃圾场中拣选真理仅仅花费更多的时间和精力是不够的，还需要始终清晰的判断力，以及从容定力。她说得有理，问题是，我们的批评除了抚慰自己，丝毫不能影响孩子扬扬得意的好心情。

60年代的写作者被冠以“新生代”没几年，为所欲为的70年代就已阵容强大，不久，他们却被新鲜出炉的80年代讥诮地推举为“前辈”。有次和低龄小作家们吃饭，第一次，我从他人眼神里读到对自己年纪的同情。他们的谈话中有许多我不了解的词汇，不敢试验的生活方式，除了老阿姨般抱以慈祥的微笑和祝福，我还能如何？我不禁悲从中来，浮升些许的委屈和落寞。

不是岁月催人老，屁股后面有只脚——是啊，别想得太美，哪里有“催”这个字眼儿里面暗含的礼貌和克制？

6

新新人类们说，如今最好的写作发生于网上，功利的追逐在其次，表达快感上升为首位。仅仅依靠一台可以随身携带的机器，人们对世界进行无微不至的观察和不可思议的创造。速效邮递、食物补给、刻毒谩骂和刻骨爱恋……没有什么不能在这万能载体上发生，包括性。写作变得易于操作，你可以使用作文软件，让技术捉刀代笔；也可以无视既有传统，什么旧有的思维方法、语言状态、结构处理……都见鬼去吧！任何人都可以宣布建立一个崭新的自由王国，在领土无限的网络空间。

由于发表轻易和写作者身份隐匿，网络文学水准差异巨大，有的仅只停留底线，有的作品，去除了对编辑的妥协和对面具的爱护，展示出强烈的个人特异性和冲击力，其趣味迥异于纸介媒体。我时常惊讶于一些网络文字，具有失重般的轻盈，似乎，它们从未被语文课本引入歧途，没有中过新闻报道的慢毒。而我，低劣语言污染造成的后果远大于我自己的估计，并非一小团乌云，我像绝望的孩子跑不出阴天。和所有情绪沮丧又心胸狭窄的人一样，我暗想为什么时代如此偏向。我们本来就是乌龟，还被绑在树上，又吃了安眠药；他们本来就是兔子，还服用了兴奋剂，穿上溜冰鞋。跑得多快，背影都看不清，他们被运送在宽带上。

一个年纪稍长于我的兄弟沉陷于此生最壮烈的爱情，是网恋，他不知道他的爱人姓甚名谁、姿容怎样、身置何方，他甚至不能绝对肯定对方的性别。但他的爱情每时每刻渗透骨髓。清醒时分都用于想念，睡梦中，他抱紧拒绝现身于现实的爱人，并体会苏醒带来的万分绝望。不停书写，他的情书无比动人。我祝福他，却对爱情本身畏之虎狼。读着他的情书，我确认代沟并非以生理年龄划分，而是依据心理年龄，或者，代沟

他不知道他的爱人

姓甚名谁、姿容怎样、身置何方

只是类别的一个不准确概括。

我难以对一个素未谋面尤其没有倾听过声音的人爱到生死相托。或者，我根本对活人抱有戒心。我非常保守、非常固执地热爱书籍，那些死去的智者让人放心。他们不对我的误读抗议，对我经常的偷窃行为也听之任之。网络，太进行时了，太容易保护黑客和间谍，我警惕有加。一个网友告诉我："你的写作注定要被淘汰，仅仅因为，你对网络保持落后者才有的仇恨距离。"

网络对我的生活影响很少，少到可以被精简。我抗拒利用最先进的发表阵地，争取最广大的读者。对他的说法我不辩解，也正暗合我对自己的评估，我必遭淘汰。印刷术的发明，使书籍的大量复制成为可能，使教育加以普及。可以说，网络就是一项电子印刷术的伟大发明。我甚至想到，上帝躲在什么地方最有人身安全，又有利于宗教传播？什么地方前往的人群日益增多，发挥效用越来越大？什么地方让他省略面试，一上来就直指人心？不在古老教堂，也不在奇迹中。后现代社会的今天，恰恰，上帝最适合隐身于网络聊天室，因为他不需要一个物理的空间、一张生物的脸。

7

李谷一是父辈们的偶像。当年我跟随父母去和平里一带做客，那家的学者叔叔指着对面一幢普通居民楼，没有任何语境铺垫，突兀地介绍：“瞧，那就是李谷一家的阳台。”阳台上堆着旧木板，不知是不是天冷的缘故，上面一盆花也没有，铁丝绳上挂着两个空衣架。激动之余我当然失望，这个毫不起眼的住址根本不符合李谷一的仙女身份。耳畔传来乐团排练之前的调音声，三三两两，高高低低，一点儿旋律也没有，让我的心情也和这个冬天下午一样地黯淡下去。

前几天，广播节目里播送“老歌重放”节目，我又听到李谷一久违的《知音》。气声运用是李谷一的特色。当时歌坛除了豪迈就是高昂，全是非专业训练不能跟从的歌曲；聪明的李谷一，在他人一概的气贯长虹、声若洪钟中加入了一些微妙的喘息。她的歌唱更让人意识到这是一个女人，柔情似水，柔弱无骨。我不禁感慨，在普遍的中性方式里，李谷一恢复或强调了女性身份就独树一帜，那时候，个性多么容易塑造呀。

与众不同，推陈出新，独占鳌头……蛊惑的纲领召唤着年轻的撰稿人，他们对规则、习惯、传统等绕路而行。多少人迷路，多少人放弃，多少人向往文字里的叛逆青春，于是奔命地成长自己，却因相似而相互湮没。

因相似而相互湮没

同样作为挣扎者，我不能像荷花脱颖而出；低头审视自己的成果：藕节埋在烂泥深处。什么样的喘息能拯救我？什么样的魔咒能激活潜能？什么样的拒绝能维护坚持？什么样的镇定与领悟，我们才能剑走偏锋，笑傲江湖？

此时，我发现，其实来自写作内部的阻力远比外部的更重大，更需要克服。一个真正意义的写作者，应有效地集中注意力。怨艾的作家和文学爱好者抱怨社会的冷落态度，也许他们是在倚仗借口来隐藏怯懦；顾影自怜的同时，他们在最不值得的地方徒劳无谓地消耗着力量。在这个花样翻新的新工具时代，一个作家首先需要抗拒的，是发生在自身上的工具化。

8

60年代出生的作家坐在一起，脸上渐渐有了入世渐深的表情：一种时间给予或恩准的平静。些微厌倦对抗着尚不衰老的年纪，我们才有了这种平静。

孤独的写作，把你从喧闹之中放逐到荒凉，它要求一个人充分的忍耐、承担和自我挑战精神。一次漂亮的胜利，并不能帮助你赢得下一场，清醒的写作者熟知命运，在与自己的斗争中，他将生死未卜。也许正因为写作内部的残酷性质，同道中人的鼓励才尤为重要，特别是在文学被认为已然没落的条件下。那些和我一样寂寞的书写者，仿佛洪荒年代的孩子们，脆弱，纯真，不温饱的成长，全部安慰来自周围同样饥饿的脸、想象中的美味以及对未来的信赖。但，可否对其中的悲伤气息抱有另外的理解？比如欧阳江河说的：“你知道自己重视的是青春，却选择了一门到老年才带来荣耀的技艺……”

苍茫大地，谁主沉浮。每代作家都有共性：既否定上一辈的传统，又鄙夷下一辈的革命。自我评价中，总以为紧挨着的两辈像汉堡中的面包片，自己才是夹在其中最为宝贵的肉排。即便如此，同辈中的座次又由谁来排定，专家、读者还是时间？现代派说写实的缺乏想象力，写实的说现代派基础没打牢，其间有多少学术意义的探讨？无非在自己地盘里做大王还不够，想再搞点圈地运动。有时，恰恰由于距离近了，彼此才能出现在射程之内。

我同事的女儿正上小学，因为竞选大队长失败，她郁郁寡欢。慈爱的父亲为使失意的女儿获得补偿，偷偷在女儿的“二道杠”上用红油笔添加一道，专供女儿星期天在家反动地佩戴。文学的小圈子里，我们见面彼此称呼“大师”，口气里戏谑与勉励相结合——每当这时我就想起那道人为的红线，觉得相互之间进行着一项非法的加冕。这是幼儿园里的红花，这是几个人之间的大师。你以为“天下谁人不识君”，其实是“西出阳关无故人”。我们只好自嘲，说无故人好，无故人就无敌人。

9

我不喜欢从前关乎写作的高调，不喜欢让个人的内心事业依附于某个堂皇的集体背景中。那种把自己的爱情结晶说成为祖国建设添丁的说法，我觉得特别羞耻——谁知道你贡献给社会的，是不是个坏人呢？很多情况下我们失去个性，缘由对团体过分重视，对安全感的过分需求，说到底，因为自身虚弱。后来的写作者极欲强调个人，许多伪先锋混迹其中，现象是排斥庸众，但效果，同样是尽可能大地追求在传统旗帜下已不易于赢得的荣誉，尽可能广泛地谋求知名度——根本没有逃脱察看观众脸色的尴尬，他们把自己当成演员，并且是始终不入戏的演员。

曾认识个优秀的理发师，阿海，剪头发非常精细，修一个齐耳短发将近两小时，不管后面有多少排队的人催促。后来，他生意日隆。再后来，处理一个脑袋他只需要十几分钟就够了。虽然有手艺和名气的提升，但他剪得已明显敷衍。我逐渐不再能从他那里获得形象惊喜，我的头发除了在理发店的镜子里是体面的，走出大门，和煦的风也能使它一败涂地。阿海想让更多的人认识他。许多写作者和阿海一样，敷衍发生于自认成名之后。名声浮起来，手艺降下去，他们对自己从事的行业少了最初的尊重和谦逊。短效的利益追求是危险的，它让你用最大的成本，去赌最小的且并非胜券在握的利润。

我们太怕消失，太怕错过一夜成名的机会，我们有时恭维有时扮酷，太怕在这个分外热闹的世界惨遭冷落。大风大浪，谁不动荡？小恩小惠。谁不沉浮？纵使云上有鸟自由，水底有鱼逍遥，我们之中的大多数还是一粒随波逐流、力量微弱的石子。谁能保持聪明清醒的自控能力，跳到岸边静观流水，或者沉入深深河床，像玻璃里风雨不摇的气泡。黄昏中的影子总是大于实际身高，那入世的和出世的，跑在前面和跟在后面的，被爱戴的和被忽略的，歌唱着的和叹息着的，我们之中谁，能让荣誉死后存留的时间长过他的寿数？未来取决于对每个今天的建设，却又不取决于对每个明天的预算。不管怎样，我们都将在20年后的下游再相会……但愿再相会时，我们还有出发时深怀的信赖。

当我写作，我不听音乐，不开电视，对评论也任性地置若罔闻。就是要这样，做个聋孩子——你不听，世界才给你绝对的寂静，完美的寂静。

来自美术的暗示

波特罗式肥胖

他的绘画给我带来强烈的惊讶和戏谑中的快意。我立即迷恋上了波特罗。没有谁的指向性像他那么夸张：对体积的浓厚兴趣。任性的波特罗，尊重自己偏执的爱好，无论女王、天使、水果还是动物，他赋予他们成熟到过盛的巨型。几十年，连续不断地，波特罗重复表现着圆滚滚的轮廓、球形的脸，充溢的脂肪把皮肤撑得红亮，膨胀得几近爆炸……由于肥胖，人物的五官被驱赶着集中到面部的中心地带。经过篡改的蒙娜丽莎，丰润的腮肉使她失去原有的神秘感。代之以可爱的婴儿肥。身着紫红拖袍的教皇，中老年妇女般笨重，带着与身份不相称的顽皮……胖得似乎水面都托不住他的倒影了。甚至他的一只梨，都拥有纪念碑般不可忽略的庄严体积。这是典型的波特罗风格，他那么喜欢浑圆，像农夫热衷于待产母牛的腹部——在浑圆里酝酿着所有的丰收。

“不管在自然界或是艺术中，在具有同等价值的场合，我首先择其大者，巨大的动物，巨大的风景，巨大的男子，巨大的女人……”波特莱尔宣称，“爱待在一个女巨人身旁……从容游遍她壮丽的肉体。”波特罗和波特莱尔同样是体积爱好者。

奇怪的是，这种肿胀并未带来视觉上的病态联想，难以负荷的体重反而使波特罗的作品具有一种难以言述的随幽默而来的轻快感。坠楼的女性因此获得了喜剧调性，把自己与濒死的危急区分开来。这种对悲剧主题的改写。还涉及他对革命乃至宗教题材的处理。是的，人物形象可以脱节于他的命运。波特罗的儿童成长得那么迫切，冷淡表情和圆满体态，使他们不再是成人的雏形，而是一种发育后的完成时态，只不过按比例地缩小尺寸。波特罗的成人有着婴孩的脸，而儿童，即使坐在父亲腿上，也冷静地抽着一支烟。波特罗的暴力带有游戏性质，从丛林中休憩的游击队员，到舞会上破门而入的屠杀。

“对我来说重要的是，每一个看我的作品的人，应该认出它是波特罗的。”波特罗说，“风格越明显，艺术家越疯狂。

在那种意义上，获得某种程度上的扭曲很重要。”

波特罗体现出极端的风格化。是的，极端的风格化，我的出发曾经以此为目标，却在过程中一再受限于能力和勇气，最后停缓了脚步。越来越多地，我在自己的文字里，发现了一种心照不宣的投靠，一种取悦集体的趣味调整。箭如果有了途中的弯折，它就丧失了抵达的力量，不能深揳靶心。犹豫之所以可耻，因为它预示一面试探的白旗。

我们习惯于优雅，乃至优雅到病人般的虚弱……习惯意味着生理和心理的双重适应，而波特罗要以绝对的方式篡改我们对美自以为是的认识。当代绘画艺术因一个人的肥胖爱好增加了重量。无论怎样地与世俗审美背道而驰，波特罗固执己见，最后展示了似乎是死路上的美学可能。这是一个人的世界，没有参照物，极端个人的风格化，使艺术家得以脱离日常法则，无法以“我们”的标准来判断“他们”……如同波特罗绘画中不符常态的人物形象。

波特罗鼓励了我。我愿自己像病毒一样，坚持复制自己的风格，为着一场隐约的摧毁。也许胜利只是想象中的成果，我很快会被公众尺度消灭，来不及呈现我的图案。我愿牺牲之前自己始终坚持。我知道，谦虚是前进中的必要品德，但睥睨自雄，我把它理解为对艺术更大意义的忠诚。

圣母和天秤

达利在自传中讲述，他在马德里美术学院学习时具有强烈的对抗倾向。他不断而又系统地唱反调，蓄意使自己言行荒诞。绘画课要求按照一尊圣母雕像进行写生时，达利受到愚弄他人的情绪支配，着手精确地画了一台秤。当教授前来检查作品，所有同学陷入惶惶不安的沉默，唯达利，用腼腆但大胆的声音宣称：“您可能同大家一样看到一位圣母，然而，我看到的却是一台秤。”

无论服装、画风还是行为举止，达利追求惊世骇俗的表达效果。他之种种，带有夸饰倾向，读者普遍认为，达利的自传不过是为说明自己是天才做出的文字辅助，戏剧化的杜撰色彩很强，姑妄听之，不必事事当真地信赖。其实自传本来就是不作数的，写作者借这种文体，来增强话语的说服力度——除了文采上的征服，更重要的是个人魅力的塑造。在似乎揭穿内幕式的坦诚态度里，写作者埋伏隐藏更深的用意……在自传里，人生诸种情节永远更靠近的是写作者的愿望，而不是真相。摆脱对自传的迷信，有助于我们缓解遭遇现实时受到的伤害。所以把圣母画成天平的这段文字，往往被当作达利搞怪的一个佐证，不论是真的发生，还是假的回忆，它体现出了达利在特立独行中的自鸣得意。

但我看到隐含其中一个令人震动的暗喻。达利看到一台天平。天平，让人联想起公平、正义和对称的乳房……还有什么，比这更能精确地勾勒出圣母的容颜？！它超越众多塑像者的手工差异，呈现了圣母不可更改的本质。

我们习于向散文、传记一类的作品索要真实，乐于强调真实是其基础品格，是与小说、戏剧的体裁界限。但我常常怀疑，所谓真实的权威性。因为任何人不能绝对地复现生活，一旦开始写作，就是开始间断性的回忆，且不说回忆本身难证真伪，仅仅让写作成为对生活的修复和填补，就必然需要借助假名为想象的虚构。即便怀有裸向自己的一腔诚勇，我也怀疑真实的唯一性——是不是只有公共的真实，而不存在那些以隐身状态蛰伏着的个人真实，诸如众人的圣母像与达利的天平？

假设面对一个女性，如何才能最准确地将她概括？以照相写实主义的素描，可以让我们一眼认出她的面孔；而一张生理挂图，却向我们披露了她秘而不宣的子宫……如果能够克服浪漫主义的羞赧和限制，我们必须承认，后者显然出自一种更深入的认识——它结束了花朵脆弱的发育期，直抵暗的、尖的、硬的核。小时候有人吓唬我，让我摸着果核，说这是魔鬼的喉结——现在想来，只有通过魔鬼的喉咙才能听到一些鲜为人知的黑真理。一个看起来昭然若揭的谎言，可能裹挟着更大的真相——它挑剔靠近者，所以设置非凡的考验，以使得以目睹的人维持在极少数。众多享有天赋、向往革新的美院学生中，达利画下了唯一的秤——它要比真的像假的，似乎是一个虚构的产物。卡夫卡的注解再恰切不过：“虚构是浓缩，转化为本质。”

在神启的瞬间，一个人的突然发现，有可能直接开辟一条由肉身直达灵境的道路，省略掉哲学训练和宗教准备。通过观察、分析和推理得来的逻辑成果，未必就更确凿。

在现实主义难以前行之处，超现实主义代之以飞跃。达利忽略了圣母的面部线条以及细腻的阴影变化，在他的绘画哲学里体现了暗示性形象。魔幻现实主义看似的扭曲和失真，其实是从另一方向上对“真”的触及——如果你相信“真”不是唯一、平扁的面，它有着无法一言以蔽之的立体结构。在匍匐大地的现实主义姿态之后，毛虫看到了阻断在前的河流，如何才能到达彼岸……如果它不破茧而出，展开魔幻的眼斑？

对海市蜃楼的写作兴趣，不纯粹是沉溺幻觉，它对我来说就是真相。即使，这真相来自天平星座般遥远的地方。

盛名之耳

著名事件。凡·高与高更争吵之后，在难以自控的躁狂与悲痛之中，割下自己的耳朵，送给情妓……对于一个画家来说，耳朵似乎是可以割舍的，因为，绘画是寂静的艺术。这当然是一个特例，但它隐喻着美要索取的代价：一个艺术家会因他的艺术而使自己的生活发生撕裂，如同梗因为果实的沉重断开。

艺术究竟怎样改观创作者的存在状态？修正、提升还是促进？也许我们的估算太理想主义了。当画布上徐徐浮现一个美人，转移视线看看：画家的双手和外衣沾满狼狈的油彩。

头部包裹着纱布，纱布之下是浸血的伤口——割耳之后的凡·高首先做的，是对镜自画。割耳是一幕象征场景，概括凡·高一生带有自伤性质的悲剧。这个世界的确没有免费午餐，那么，你拿什么来为你的艺术买单呢？爱、劳动、健康、幸福……还不够，你要的东西越昂贵，越需要隆重的抵押。你选择因平静而平庸。还是因非人而非凡——结果也许置换，非人的磨难过后你依然平庸，而由平静升至卓越的可能性几近为零。

为了维护艺术的孤独与纯粹，什么东西我敢于付出？我嗅到自己的怯懦：那层因害怕而冒出的冷汗，正挥发着不清爽的体味。贫穷和疾病，把我吓破了胆，为此我是原谅自己的。我的愧色始于两年前，搬家时顺便整理旧作，我发现，岂止金钱和肉体上的代价，我连一点点可笑的名誉都舍不得付出。

长达十年的写作，我习惯在行文中回避我的恶。倡导美德当然没有错，但在慈爱和批判背后，我不自觉地把自己塑造为道德完美主义者。说是歌颂真善美的散文，莫如说是一篇化装在散文里的个人赞美诗。

小时候我乐于顶着正午毒日，提着开水壶一路浇灌，观察蚂蚁们密集的尸体浮动在浊水里。尘土溅起，弄脏了我的脚面，它们死去，我无动于衷……如果说有感觉，那是一种渐渐散播在心里的由衷快感；如果没有这种快感，难以支撑和解释这种不被鼓励的艰辛的义务劳动。或者，儿童最纯洁，因为连基本的善恶概念都未领会；或者，儿童最肮脏，他没有负疚，没有惭愧，他甚至连一点点道德上的成本都不舍得花。成年以后我突然获得一种宗教般的善良，倾向于把苍蝇赶到另外的餐桌，不挥动拍子，让它塌陷变形的身体在我眼前抽搐，而后被自己渗出的体液黏住。是的，我变得善良了，可不能证明往事中的我能变得善良……但我早年关于童年的回忆文章里，有一个天使般无染的水晶孩子。

虚拟写作里，我如此爱惜自己，超过具体的耳朵，包括抽象的体肤毛发……不让自己的形象有丝毫的损伤和污斑。为了不让停留于业余阶段的读者产生不应有的道德猜忌，我不在文字中展现内心的黑暗与暴力。我写花朵、雨水和整个窃窃私语的春天，包括旧房子里面残疾的动物和失恋者受伤害的眼睛……我的手只用于抚触，愿万物在抚触之中轻微叹息，并放心睡眠。我建设一个不带刀的世界使自己免受威胁。

我在创作观念上晚熟，晚熟得人近中年才懂得敬仰那些恶狠狠的写作者。他们宁愿拿声誉冒险，宁愿在无人阅读的孤独之中，或者来自社会的重重怀疑之中，驰骋于艺术的危险疆域——我以为，这种付出，近于凡·高滴血的被割舍下来的耳朵，既出于大爱，又出于决绝。

质朴的水果篮

美术史上第一幅被收藏的静物油画，是16世纪绘画大师卡拉瓦乔绘制的《水果篮》。画册里，这幅画的普及说明如下：“……画中的静物结构明晰结实，光线单纯质朴，葡萄、苹果等水果刻画得逼真、传神，成为不朽的名作。”

何谓不朽？它的力量源自何处？一种活过又死去、然后在死中获得永生的东西才能构成不朽。一件从来就没有活过的东西谈不上这个词。所以，虽然不朽是对死的最大背叛，但对它的验证，必须从生着手。卡拉瓦乔之不朽，不在于画中神赐般质朴的光线，而在于证明了水果曾经膨胀、储存汁液、被无名的手采摘……他用破损来证明这一切。

苹果上的虫蚀，梨子上的暗斑，葡萄粒掉落后残余在蒂缘的零星果肉。画家在果篮中有意加进几片叶子，以使破损有更大的延展空间。脱水的软而卷的葡萄叶，边缘褴褛，中间镶着窟窿和黄枯的部分。篮子的柄把残留着草刺儿和被提握的痕迹。破损，这是不朽的秘密配方——破损烘托出果实的光亮与饱满，在时间不可摧毁的深处，散发香气。

假设抹除那些破损，我们只会目睹一个失真的丰收。我记得那是70年代，一个光润无瑕的杧果装在玻璃盒子里，作为礼物送给爸爸。它和工艺美术大楼里那些桃子、葡萄之类的假果品一样，可以长久摆放，永不腐烂。完美的蜡制杧果，坚硬的表皮之下，没有果肉与核——因为它没有内部的甜美，时光才将它饶恕。这枚杧果不会带来真正的美味，它似是而非地躺在水晶棺材里：从来没有活过，一个生来的死者。

卡拉瓦乔向我们透露的观念，可以挪移到写作之中。我所接受的中学语文教育，给我债务般的遗产：热爱偶数词，骨肉匀整的语法，清晰节奏，发情般高亢的抒情，有序的结构关系，积极倾向……不自觉地强调光洁度，我仔细打磨掉一个用错的词可能造成的意义倒刺。对完美主义的误解，使我制作着文字的蜡制水果。幻想它也有穿越果皮的芬芳。标本的安静，怎么能胜于它曾经的体温和呼吸呢？一个由褒义形容词、对称法则和逻辑整理的世界，闪耀在明亮的光线之中，像一个色泽鲜艳的模型。

浪漫主义同样是禁区。为什么，我们要舍弃那些独特的破损？其实正是破损之处，把个体与集体区别。如同所有优点都雷同，善良、勇敢、诚实……光可鉴人的蜡果，是吝啬，是怯懦、自私和贪婪，是这些品德上的虫斑，成为个人与众不同的标记。写作必须有能力逼近破损的真相。

其实展示破损比表现光滑更具备技术难度。如同绘画上的破损，不是素描功底不良的破损，而是超越之上一种技艺精湛的破损。必须挣脱传统提供的保护。比如放弃选材上的洁癖，保存叶子上的泥。比如打破承上启下的秩序逻辑，让篮子里的水果杂陈，而不像售卖店分门别类的摆搁。突兀地进入，像滚落一个桃子。任性地结束，比如对话题的突然脱水处理，在小说情境的进行中，穿插哲学命题的论证——让怀疑主义的虫子蛀洞而入。我所说的破损，不仅起到增强句子之间摩擦力的作用，包括其他，甚至越过修辞层面，指涉文本背后的操作者——作家本人，能否不再自塑道德完人的蜡像，转而暴露自身的破损？

作为一名女性写作者，我希望自己能够写出女性真实的成长、疲倦、爱和疼感。我知道有些读者保留着美化女性的期待，概念中的、史诗中的、长得像天使的抽象而完美的女性把我们彻底战胜。可破损使人生动。强迫自己直视镜子，面对痣、刀口和羞于启齿的欲望……我希望自己，有胆量以耻为荣。

图书在版编目 (CIP) 数据

你的身体是个仙境 / 周晓枫著. — 北京 : 北京十月文艺出版社，2019.1

ISBN 978-7-5302-1846-4

Ⅰ. ①你… Ⅱ. ①周… Ⅲ. ①散文集—中国—当代 Ⅳ. ① I267

中国版本图书馆 CIP 数据核字 (2018) 第 125556 号

你的身体是个仙境
NIDE SHENTI SHIGE XIANJING
周晓枫 著

出　　版　北京出版集团公司
　　　　　北京十月文艺出版社
地　　址　北京北三环中路 6 号
邮　　编　100120
网　　址　www.bph.com.cn
发　　行　新经典发行有限公司
　　　　　电话（010）68423599
经　　销　新华书店
印　　刷　北京盛通印刷股份有限公司
版　　次　2019 年 1 月第 1 版
　　　　　2019 年 1 月第 1 次印刷
开　　本　880 毫米 ×1230 毫米 1/32
印　　张　12.75
字　　数　230 千字
书　　号　ISBN 978-7-5302-1846-4
定　　价　59.00 元
质量监督电话　010-58572393
如有印装质量问题，由本社负责调换。